U0097417

古典詩歌研究彙刊

第 二 三 輯

龔鵬程 主編

第 9 冊

乾隆三大家詠史詩研究（下）

賴 玉 樹 著

國家圖書館出版品預行編目資料

乾隆三大家詠史詩研究（下）／賴玉樹 著 — 初版 — 新北市：
花木蘭文化事業有限公司，2018〔民107〕
目 2+130 面；17×24 公分
（古典詩歌研究彙刊 第二三輯：第 9 冊）
ISBN 978-986-485-286-4（精裝）
1. 詠史詩 2. 清代詩 3. 詩評
820.91   107001413

ISBN-978-986-485-286-4

9 789864 852864

古典詩歌研究彙刊
第二三輯 第九冊   ISBN：978-986-485-286-4

乾隆三大家詠史詩研究（下）

作　　者　賴玉樹
主　　編　龔鵬程
總 編 輯　杜潔祥
副總編輯　楊嘉樂
編　　輯　許郁翎、王筑　美術編輯　陳逸婷
出　　版　花木蘭文化事業有限公司
發 行 人　高小娟
聯絡地址　235 新北市中和區中安街七二號十三樓
　　　　　電話：02-2923-1455／傳真：02-2923-1452
網　　址　http://www.huamulan.tw 信箱 hml810518@gmail.com
印　　刷　普羅文化出版廣告事業
初　　版　2018 年 3 月
全書字數　241325 字
定　　價　第二三輯共 14 冊（精裝）新台幣 22,000 元　　版權所有‧請勿翻印

乾隆三大家詠史詩研究（下）

賴玉樹　著

第五章　乾隆三大家詠史詩藝術表現

　　學者重視藝術的表現，已行之有年，近人姚一葦曾在《藝術的奧秘》一書中強調：「吾人不能忘卻藝術品的表現方法才使藝術品成爲藝術品，脫離了這一表現方法，則吾人所作的各種肯定均將落空，最多吾人只是指出了人類表達感情與思維的一種共有的形式，而非藝術品的獨有的形式，因此進一步從事技術性的研究是十分必要的」〔註 1〕。任何一種藝術均有其表現方法，音樂離不開聲音，繪畫離不開色彩線條，而詩歌的表現方法則必須透過意象和語言，來傳達詩人的內心世界。如意大利美學家克羅齊《美學綱要》就說過：「詩是意象的表現」〔註 2〕。又德國美學家黑格爾在《美學》一書中論詩歌「語言的表現」時也談到意象：

> 詩人的想像和一切其它藝術家的創作方式的區別既然在於詩人必須把他的意象體現於文字而且用語言傳達出去。所以他的任務就在於一開始就要使他心中觀念恰好能用語言所提供的手段傳達出去。一般說來，只有在觀念已實際體現於語文的時候，詩才眞正成其爲詩。〔註3〕

〔註 1〕參姚一葦：《藝術的奧秘》，台北・台灣開明書局，1993 年 2 月，頁92。
〔註 2〕克羅齊：《美學綱要》，北京・外國文學出版社，1983 年，頁 264。
〔註 3〕黑格爾著、朱孟實譯：《美學》，台北・里仁書局，1983 年 3 月，頁64。

一般而言，詩人要將心中觀念用語言傳達出去，實際上是必須經過一道轉化的程序，這道轉化程序要如朱光潛所說的：「在文學的藝術中，情感須經過意象化和文辭化，才算得到表現」〔註4〕。因此，意象和語言對於詩歌表現來說，無疑是基本要素。

　　相類的觀點在陳植鍔的《詩歌意象論》中也獲得呼應，其曰：「意象說着眼於修辭和煉句，所謂意象，表現在詩歌中即是一個個語詞，它是詩歌藝術的基本單位」。又「意象是以語詞為載體的詩歌藝術的基本符號」〔註5〕。至於袁行霈〈中國古典詩歌的意象〉一文，則明確指出意象和語言的關係，他說：

> 語言是意象的物質外殼。在詩人的構思過程中，意象浮現于詩人的腦海裏，由模糊漸漸趨向明晰，由飄忽漸漸趨向定型，同時借著詞藻固定下來。而讀者在欣賞詩歌的時候，則運用自己的藝術聯想和想像，把這些詞藻還原為一個個生動的意象，進而體會詩人的思想情感。在創作和欣賞的過程中，詞藻和意象，一表一裏，共同擔負著交流思想情感的任務。〔註6〕

詩是語言的藝術，著重於美的表現，它的美感表現必須使用語言（詞）這種特殊的形式，透過視覺、聽覺等感知，藉由表象（客體事物）和想像（主體情思），構成一個融合思想和情感，理性與感性，可以傳達和喚起審美經驗的藝術形象（意象），吾人能夠感受詩歌之美，主要也是經由此一藝術形象而來。

　　基於上述學者所提出的觀念，本章嘗試就詩的語言與情感思維聯繫、衍生的藝術特質，如意象營構、修辭技巧與體式運用等角度切入分析，從而勾勒乾隆三大家詠史詩藝術表現之樣貌。

〔註4〕朱光潛著：《朱光潛全集》第4卷，合肥・安徽教育出版社，1988年6月，頁270。

〔註5〕陳植鍔：《詩歌意象論》，秦皇島・中國社會科學出版社，1990年8月，頁39、64。

〔註6〕該文收錄於袁氏所著：《中國詩歌藝術研究》，北京・北京大學出版社，1996年6月，頁69。

第一節　意象營構

意象是詩歌的基本要素，是詩人用來將抽象、隱微的情感思想化為具體形象的方式，同時它也是中國文學、美學理論中相當重要的概念，在分析詠史詩作品之前，有必要掌握其源流與意涵。

一、意象溯源與釋義

意象概念的形成與發展，在古代學者的論述中，可以整理出一套系統，其意涵也在文學理論家的梳理中臻於成熟。

（一）意象溯源

早期提出意象問題的是《周易・繫辭》：

子曰：「書不盡言，言不盡意。」然則聖人之意，其不可見乎？子曰：「聖人立象以盡意，設卦以盡情偽，繫辭焉以盡其言，變而通之以盡利，鼓之舞之以盡神。」〔註7〕

邱燮友以為文中的「意」，指人的情意、思想，「象」指物的形象、表象，而敘述意和象的媒介，便是「言」，即語言〔註8〕。《周易・繫辭》引述孔子的觀點，雖未「意」、「象」連用，其「立象盡意」的提出，為後世學者觀察和研究藝術創作中物象與情意的關係開了先河。

先秦莊子論說言與意的關係，對意象範疇之形成有一定的影響，其曰：「荃者所以在魚，得魚而忘荃。蹄者所以在兔，得兔而忘蹄。言者所以在意，得意而忘言。」（《莊子・外物》）魏晉玄學家王弼用《莊子》解釋《易傳》，創立了「得意忘象」的理論。他說：夫象者，出意者也。言者，明象者也。盡意莫若象，盡象莫若言。言出于象，故可尋言以觀象；象生于意，故可尋象以觀意。意以象盡，象以言著。故言者所以明象，得象而忘言；象者所以存意，得意而忘象。〔註9〕

〔註7〕阮元：《十三經注疏》，台北・大化書局，1982 年 10 月，頁 82。
〔註8〕邱燮友著：《童山詩論卷》，台北・萬卷樓圖書有限公司，2003 年 4 月，頁 58。
〔註9〕王弼《周易略例・明象》，收於《易經集成》（149），台北・成文出版社，1976 年，頁 21～22。

在這段文字中，王弼將「言」、「象」、「意」排了一個次序。認為「言」
生於象，「象」生於「意」。所以，尋言是爲了觀象，觀象是爲了得意。
言－象－意，這是一個系列，前者均是後者的工具，後者均是前者的
目的。〔註10〕

　　將「意象」概念運用於文藝創作，始見於南朝劉勰《文心雕龍·
神思》篇：

> 是以陶鈞文思，貴在虛靜，疏瀹五藏，澡雪精神；積學以
> 儲寶，酌理以富才，研閱以窮照，馴致以懌辭；然後使玄
> 解之宰，尋聲律而定墨；獨照之匠，窺意象而運斤。此蓋
> 馭文之首術，謀篇之大端。〔註11〕

在這段文字當中，劉勰所指「意象」一詞，是構思中的形象，頗能直
接傳達情意與形象在文學表達上統合爲一的關係〔註12〕。

　　到了唐代，進入古典詩歌的黃金時期，對「意象」的探討愈益
增多，盛唐、中唐，乃至晚唐皆有詩人提出相關論點，其中司空圖
的《詩品》有著指標性的意義，他從詩學角度舉出「意象」之說：

> 是有眞跡，如不可知。意象欲出，造化已奇。〔註13〕

他將「物象」與「心意」聯繫起來考察，總結了前人創作實踐所積累
的藝術經驗以及理論研究的成果。如果說，「意象」一詞最早見於《文
心雕龍》，那麼，這就是中國詩歌理論批評史第一次明確提出的意象
論。〔註14〕

　　此後宋代及明清諸朝，循此開展出許多雖是點評式卻很重要的論
述，如宋·強幼安《唐子西文錄》說：

> 謝元（玄）暉詩云：「寒城一以眺，平楚正蒼然」，「平楚」
> 猶平野也。呂延濟乃用「翹翹錯薪，言刈其楚」，謂楚，木

〔註10〕陳望衡：《中國古典美學史》，台北·華正書局，2001年8月，頁244。
〔註11〕劉勰：《文心雕龍》，台北·里仁書局，1984年5月，頁515。
〔註12〕參歐麗娟：《杜詩意象論》，台北·里仁書局，1997年12月，頁12。
〔註13〕詹幼馨：《司空圖詩品衍繹》，台北·王記書坊，1985年9月，頁95。
〔註14〕參李元洛：《詩美學》，台北·東大圖書有限公司，1990年2月，頁
　　　163。

叢，便覺意象殊窘。凡五臣之陋，類若此。〔註15〕

引文中以謝朓詩爲例，述詩句中之形象爲一整體性，並批評五臣注《文選》鄙陋之處在於用「物象」爲「意象」。又南宋・劉克莊以「意象」批評本朝詩歌：

> 遊默齋序張晉彥詩云：「近世以來學江西詩，不善其學，往往音節聱牙，意象迫切。且議論太多，失古詩吟詠性情之本意。」切中時人之病。〔註16〕

這裏是借用遊九言序張祁之詩從而指出江西詩派末流的拗戾詩風在「音節聱牙，意象迫切」。

　　明代胡應麟在《詩藪》中則有所謂「古詩之妙，專求意象」〔註17〕之說，他讚歎「大風千秋氣概之祖，秋風百代情致之宗，雖詞語寂寥，而意象靡盡。」〔註18〕〈大風〉指劉邦〈大風歌〉，〈秋風〉指劉徹〈秋風辭〉。又明李東陽以「意象具足」和「音韻鏗鏘」稱美溫庭筠〈早行〉詩：

> 「雞聲茅店月，人跡板橋霜。」人但知其能道羈愁野況於言意之表，不知二句中不用一二閒字，止提掇出緊關物色字樣，而音韻鏗鏘，意象具足，始爲難得。〔註19〕

所謂「意象具足」已非單純詞語上的意涵，而是在言意之中引發言意之外的情境。

　　迨及清朝，「意象」之討論更多更盛，如沈德潛稱孟郊之詩「亦從風騷中出，特意象孤峻」〔註20〕，葉燮則深入探究「意象」在詩中的意義：

> 可言之理，人人能言之，又安在詩人之言之；可徵之事，

〔註15〕強幼安：《唐子西文錄》，見何文煥：《歷代詩話》，台北・藝文印書館，1974 年 4 月，頁 266。

〔註16〕劉克莊：《後村詩話》，北京・中華書局，1983 年 12 月，後集卷二。

〔註17〕胡應麟：《詩藪》，台北・廣文書局，1999 年 4 月，頁 26。

〔註18〕同註 17，頁 161。

〔註19〕李東陽：《麓堂詩話》，見《歷代詩話續編》，台北・木鐸出版社，1988 年 7 月，頁 1372。

〔註20〕沈德潛：《說詩晬語》，台北・台灣中華書局，1987 年 8 月，頁 11。

> 人人能述之，又安在詩人之述之。必有不可言之理，不可
> 述之事，遇之於默會意象之表，而理與事無不燦然於前者
> 也。今試舉杜甫集中一二名句……如〈玄元皇帝廟〉作「碧
> 瓦初寒外」句，……設身而處當時之境會，覺此五字之情
> 景，恍如天造地設，呈於象，感於目，會於心。意中之言，
> 而口不能言，口能言之，而意又不可解。劃然示我以默會
> 相象之表，……有中間，有邊際，虛實相成，有無互立，
> 取之當前而自得，其理昭然，其事的然也。〔註21〕

這裏強調詩人能運用「意象」將「不可言之理」、「不可述之事」呈現
出來，並藉由讀者的仔細閱讀而在心中默會「意象」的涵蘊。再列舉
杜甫詩句，申明「呈於象、感於目、會於心」之歷程中，「意象」具
有媒介的功能，溝通作者、讀者，達成傳述效用。足見葉燮已深刻掌
握詩歌以「意象」打動人心之特質，同時對「意象」感發方式作出具
體說明。

　　從以上所舉文獻，約略可以窺知「意象」說之源流與發展情形，
而「意象」一說，確實是我國古代詩歌藝術史中出現較早又獲得較爲
廣泛運用的重要理論。以下再談論今人對「意象」一詞的詮解與調整。

（二）意象釋義

　　立基於古人「意象」說之精要內涵，近代文學理論家多提出一己
對「意象」的看法，茲舉數家爲代表，如邱燮友〈詩歌意象的表現〉
一文以爲：

> 所謂意象，是指意識中的記憶。換句話說，也就是人們將
> 心裏的記憶和各種性質關聯的印象揉合在一起，所造成的
> 反應。用在詩歌中，詩人憑心靈的活動，喚回以往的記憶，
> 與內心的情意結合，造成暗示或象徵的效果，是爲意象。
> 〔註22〕

〔註21〕葉燮《原詩》，見丁仲祜編：《清詩話》（下），台北‧藝文印書館，
　　　　1977 年 5 月，頁 724～725。
〔註22〕邱燮友：〈詩歌意象的表現〉，台北《幼獅文藝》，1978 年 6 月，47

又李元洛《詩美學》云：

> 意象，如同詩歌創作與批評中的興象、氣象、情景、意境
> 等詞一樣，在漢語的構詞法中，都是先抽象後具象的複合
> 名詞，它包括抽象的主觀的「意」與具體的客觀的「象」
> 兩個方面，是「意」（詩人主觀的審美思想與審美感情）與
> 「象」（作爲審美客體的現實生活的景物、事象與場景）在
> 文學第一要素──語言中的和諧交融和辯證統一。〔註23〕

又如陳慶輝《中國詩學》說：

> 意象的特性在於它是意與象、情與景、形與神、心與物的
> 有機統一，是審美創造的產物，是不同於主觀世界、也不
> 同於客觀世界的第三種世界，它是蘊含著詩人審美感受的
> 語言形象。〔註24〕

以及孫耀煜《中國古代文學原理》所述：

> 文學意象是客體物象與主體意念的融合而形成的一種文學
> 基本元素，它以表象爲載體，涵容了客體審美特性和作家
> 審美情感與想像的文學模式。〔註25〕

由學者的闡發，得知「意象」是作者構思而成，兼有情意與形象兩方面的義涵，能讓讀者獲得文字上的啟發之外，尚具有文字以外的功能及內蘊，要如黃永武所論：「『意象』是作者的意識與外界的物象相交會，經過觀察、審思與美的釀造，成爲有意境的景象。」〔註26〕。

　　上述學者的看法均屬於較早的理論，具有開創之功，至於提倡章法學的陳滿銘在前人的研究成果上，再加以引申發展，並從廣義的角度看待意象，進而將其義界調整爲：

> 所謂意象，指的是在形象思維、邏輯思維與綜合思維的運
> 作下，主體「情」或「理」與客體「景」或「事」產生了

　　卷6期，頁31。

〔註23〕李元洛：《詩美學》，台北・東大圖書有限公司，1990年2月，頁167。

〔註24〕陳慶輝：《中國詩學》，台北・文史哲出版社，1994年12月，頁68。

〔註25〕孫耀煜：《中國古代文學原理》，南京・江蘇教育出版社，1996年4月，頁187。

〔註26〕黃永武《中國詩學》（設計篇），台北・巨流圖書，1999年9月，頁3。

> 連接與互動，使得意象因此形成，並進而表現、組織，最
> 後統合爲整體意象；而探討它們形成、表現、組織與統合
> 之理論與應用的，就稱爲意象學。〔註27〕

可知學界對「意象」涵義之研討，從未止息，主要原因是「意象」在
文學中佔有相當重要的地位，可以說是文學作品的核心。

以上是對「意象」源流與前輩學者界說「意象」的概括敘述，底
下則論述三大家詠史詩作品中關於意象的營構，分爲意象選擇與創造
兩方面。

二、乾隆三大家詠史詩的意象選擇

意象種類繁多，在三大家詠史詩中常見的意象有時空意象、感官
意象等。

（一）時空意象

時間與空間是組成一切實在事物的基本要素，中國古代以「宇
宙」來表述「時空」。如《莊子‧庚桑楚》云：「有實而無乎處者，
宇也；有長而無本剽者，宙也」〔註28〕。《淮南子‧齊俗》亦曰：「往
古來今謂之宙，四方上下謂之宇」〔註29〕。時間無始無終，空間無
涯無盡，人處於世，所思所感，皆無法脫離時空而存在，故而其文
學作品必然融合了時空要素。

在文學創作裏，時空和詩人情感息息相關。黃永武曾說：「中國
詩裏的情，往往高度複雜而縱橫鈎貫於時空之中，藉著自然時空的
推移而忽隱忽現。人與自然時空是那樣奇妙地融合無間，情感與哲
理，不喜歡脫離時空景象，去作純粹的摹情說理，每每透過時空實
象的交互映射予以形象化」〔註30〕。

〔註27〕仇小屏：《篇章意象論》，台北‧萬卷樓圖書事業公司，2006 年 10 月，
　　　　頁 32。
〔註28〕黃錦鋐：《新譯莊子讀本》，台北‧三民書局，1992 年 9 月，頁 271。
〔註29〕劉文典：《淮南鴻烈集解》，北京‧中華書局，1997 年 1 月，頁 362。
〔註30〕黃永武：《中國詩學》（設計篇），台北‧巨流圖書公司，1999 年 9 月，

　　而李元洛則以爲：「詩，是一種重在抒情而且要求動人以情的文學樣式，和其它所有的藝術門類比較起來，它的藝術時空形式中融入了更爲飽滿強烈的詩人的主觀審美情感，使得詩的藝術時空具有更爲鮮明突出的審美感情性，構成時空的所謂『審美錯覺』，突破生活中的常規時空的限制，而呈現出異樣的光彩」〔註31〕。仇小屛也指出「人處在物理時空中，終其一生與天地萬物相摩相接，因此必然會感受到種種時空現象、體會到種種時空思維，而這些也都自然而然地會經過創作者的匠心處理，『形象化』地反映在文學作品中」〔註32〕。透過時空意象，吾人或能進入作者的內心世界，感受他們創作時的情感起伏。三家詩人詠史作品中的時空意象，俯拾即是，主要是他們均曾擁有一段深刻的遊歷生涯，對於時間流轉、空間變幻異常敏銳，三大家詠史詩在時空意象的選擇上，常以今昔對照的方式呈現，如袁枚〈澶淵〉：

> 路出澶河水最清，當年照影見親征。
> 滿朝白面三遷議，一角黃旗萬歲聲。
> 金幣無多民已困，燕雲不取禍終生。
> 行人立馬秋風裏，懊惱寇王早罷兵。（《小倉山房詩集》卷一）

這首詩繫於乾隆元年（1736）至二年（1737），是袁枚 21、22 歲的作品。據方濬師《隨園先生年譜》所載，乾隆元年詩人曾赴廣西省叔，冬，試鴻詞科報罷，落魄無歸。隔年，落魄長安〔註33〕。首聯云詩人路經澶河，憶起當年宋眞宗於景德元年（1004）親征澶州（今河南濮陽）之事，形成今昔對照。頷聯承上，「白面」指參知政事王欽若、陳堯叟等。當時，遼蕭太后與聖宗率大軍南下，深入宋境，

頁 43。

〔註31〕李元洛著：《詩美學》，台北・東大圖書事業公司，1990 年 2 月，頁375。

〔註32〕仇小屛著：《古典詩詞時空設計美學》，台北・文津出版社，2002 年11 月，頁 336。

〔註33〕參王英志主編：《袁枚全集》（第捌冊），南京・江蘇古籍出版社，1993年 9 月。

朝廷震驚，參知政事王欽若主張遷金陵，陳堯叟請避往成都，唯寇
準力排眾議，主張親征，「一角」句即指寇準。頸聯「金幣」句寫澶
淵之盟訂立，宋每年輸遼銀 10 萬兩，絹 20 萬匹。「燕雲」句指幽、
薊、雲等十六州（今山西河北一帶）。五代後晉高祖石敬瑭將燕雲十
六州送予契丹，詩人以為北宋朝廷未能收復，外患終生不斷。末聯
詩人立馬秋風，對於懦弱君主（宋真宗）務求息兵妥協，甚而答應
年年輸銀 10 萬兩，絹 20 萬匹亦在所不惜之作法，心中鬱恨，再次
形成今昔對照。

又蔣士銓〈漂母祠〉云：

> 婦人之仁偶然耳，不遇韓侯何足齒？
> 鬼神默相飯王孫，齊王不死楚王死。
> 千金之報直一錢，老母廟食今猶傳。
> 丈夫簞豆形諸色，餓殍紛紛亦可憐。（《忠雅堂詩集》卷十二）

此篇作於乾隆二十九年（1746），詩人正值不惑之年，卻因梗直敢言
得罪上司，被迫告長假離開京城，攜眷南歸，途經淮陰，憑吊漂母祠，
思及仕路迍邅，無人見賞，感於漂母飯韓信之事，因而寫下這首詩。
首二句言漂母飯信乃婦人偶然萌發惻隱之心，若不遇韓信，終將默默
無聞，何足道哉？如此落筆，出人意表。接著三、四兩句指出鬼神暗
地護佑，使其得遇韓信，施與飯食。韓信不死於天下大亂、自稱齊王
之時，而死於衣錦還鄉、受封楚王之後，得以千金報恩，傳下此段佳
話。「千金」二句讚揚韓信以千金報答只值一錢之飯食，令漂母之祠
至今猶受香火，流傳不輟。結尾就韓信漂母際遇對照今日大丈夫窮途
末路，一飯一羹猶難，未得施與而餓死者隨處可見，令人垂憐。

再觀趙翼〈赤壁〉之作：

> 依然形勝扼荊襄，赤壁山前故壘長。
> 烏鵲南飛無魏地，大江東去有周郎。
> 千秋人物三分國，一片山河古戰場。
> 今日經過已陳迹，月明漁父唱滄浪。（《甌北集》卷二十）

此詩為乾隆三十七至三十八年（1772～1773），甌北 46、47 歲時的作

品。這年十月，詩人因廣州讞獄舊案，部議降一級調用，遂以養親爲名，辭官歸里〔註34〕。隔年自常德經洞庭湖入長江，路過三國鏖兵之古戰場——赤壁，心有所感，故而寫下這篇擲地有聲，膾炙人口的佳構。全章以歷史與現實的差異，時間與空間之對照呈現今昔之感，從而呈顯淡于名利的歸隱之志。首聯點題，自山河形勝起筆。赤壁扼荊、襄要衝，古來即爲兵家爭奪之地，三國時期修築之營壘於今依稀可辨，眼前山川不改，地形險峻。頷聯運用曹操〈短歌行〉和蘇軾〈念奴嬌〉之名句，十分精妙。頸聯以時間與空間自然成對。

　　出句爲緬懷三國人物，如劉備、諸葛亮、孫權、周瑜、曹操等；對句書即目所見，表達古今時代之縱貫和對山河遺跡之感喟。尾聯抒懷，與前六句恢宏氣象形成鮮明對映，以冷慧幽邈筆調收束全詩，餘味無盡。

　　又如趙翼〈題忠節金正希先生遺像爲其族孫素中太守作〉：
　　昔從燈窗讀公文，浩氣上薄秋空雲。今從畫卷見公像，
　　峨冠闊袖書生樣。書生何意好論兵，正值時危國步傾。
　　陳濤斜痛戰車覆，高勾驪報使節行。投劾歸來退閒久，
　　南渡孱王又出走。故國招魂史憲之，新朝易帥洪亨九。
　　黃山白嶽集鄉兵，一彈丸地爲誰守。包疙疸竟願裹瘡，
　　毛葫蘆皆甘碎首。已聯眾志結成城，不藉印囊懸在肘。
　　明知一旅事何成，猶欲挽天憑隻手。虼蜯蟻子絕援師，
　　糠籺草根充宿糧。五坡嶺遂執文山，生祭無煩炎午酒。
　　事隔滄桑百六年，重蒙昭代易名傳。狄家能保梁公像，
　　尤見清門有後賢。（《甌北集》卷四十八）

這篇作品創於嘉慶十一年（1806），甌北年八十。詩詠明末忠臣金聲。首四句就今昔對照落筆，言昔日曾讀金公（聲）詩文，頓覺浩氣充盈四體直達雲天；今時復從畫卷覽其遺像，乃知金公亦曾是一名氣質書生。「書生」二句指明末社稷處脆詭之境，金聲上疏朝廷

〔註34〕參趙興勤著：《趙翼評傳》，南京·南京大學出版社，2002 年 5 月，
　　　　頁 423。

「破格用才」〔註35〕。「陳濤斜」以下六句敘述金公生平要事,「陳
濤斜痛戰車覆」一句本是唐朝房琯於陳濤斜(今陝西咸陽東)為安
祿山大敗之役,此指金聲推薦之僧人申甫為清兵殲戮之事。「高勾
驪輟使節行」,史載,金聲因東宮冊立,自請頒詔朝鮮,俾聯絡東
江,張海外形勢。帝雖嘉其意,亦不果用〔註36〕。此地「高勾驪」
借代「朝鮮」。「投劾」二句寫金聲不為朝廷所用,之後,福王立於
南京,欲超擢聲左僉都御史,聲堅不起〔註37〕。「故國」句,指史
可法為國捐軀。弘光元年(1645),清攝政王多爾袞致書史可法勸
其投降,憲之(可法字)嚴拒,堅守揚州。城破,自刎未死,被俘
不屈,為清軍所殺〔註38〕。「新朝」句,指洪承疇(號亨九)招降
之事。明末,清軍攻陷南京,金聲與門人江天一於安徽起兵抗清。
兵敗被俘,死前洪承疇欲招降,金聲喝斥:「咄,亨九受先帝厚恩,
官至閣部,辦鹵陣亡,先帝痛哭輟朝,御製祝版,賜祭九壇,予諡
蔭子,此是我明忠臣,爾是何人,敢相冒乎?」〔註39〕。「黃山」
以下六句,述金聲糾集士民保績溪、黃山,分兵扼六嶺,即使無朝
廷官印在手,依然眾志成城,隨時有共赴國難的準備。接著「明知
一旅」六句,描繪金聲「知其不可而為之」的儒者氣節和孤立絕援
的情狀。其中「五坡嶺遂執文山」以文天祥兵敗五坡嶺借指金聲抗
清就義南京。

　　「事隔滄桑百六年」四句,詩人意緒由闡述金聲歷史回歸現實,

〔註35〕《明史‧金聲傳》載大清兵逼都城,金聲具疏言:「臣書生素矢忠
　　　　義,遭遇聖明,日夜為陛下憂念天下事。今兵逼京畿,不得不急為
　　　　君父用。……今天下草澤之雄,欲效用國家者不少,在破格用之耳。
　　　　臣所知申甫有將才。臣願仗聖天子威靈,與練敢戰士,為國家捍強
　　　　敵,惟陛下立賜裁許」。北京‧中華書局,1997年11月,總頁1820。
〔註36〕同上註,總頁1821。
〔註37〕同上註。
〔註38〕《明史‧史可法傳》,北京‧中華書局,1997年11月,總頁1804。
〔註39〕張岱著:《石匱書後集》,北京‧中華書局,1962年,卷三十七〈黃
　　　　道周金聲列傳〉。

距離金公辭世（1645）至詩人創作（1806）業已經過一百六十餘年，適逢清廷褒獎明代忠臣，不遺餘力，凡具忠義之風者均予頌揚。而金聲遺像得流傳，足見其後亦爲賢者。

　　除了上述詩例，在三家詠史諸作的字裏行間，隨處即能察覺詩人巧拈時空意象的痕跡，呈現時空交錯的情狀，此類作品甚豐，多屬懷古型篇章，擬舉各家代表詩歌以見一斑。

　　如袁枚〈柳下惠墓〉：

　　　野無青草一抔乾，牛觸荒碑石已殘。

　　　萬古滄桑都變盡，依然直道事人難。

　　《小倉山房詩集》補遺卷二）

這是詩人憑弔柳下惠之作。柳下惠（約前720～前621），春秋時魯國大夫，名展禽，字季，食邑柳下，諡惠。據《論語・微子》載，柳下惠爲士師，三黜。人曰：「子未可以去乎。」曰：「直道而事人，焉往而不三黜。枉道而事人，何必去父母之邦。」〔註40〕。前二句從空間落筆，詩人過展禽墓，墓上青草不生，黃土已乾；牛觸荒冢，墓石殘破。後兩句就時間著墨，抒發人世滄桑，感歎正直行事依然艱難。自春秋至清朝中葉，已過二千餘年，時空變幻，然人事依舊滯礙難行。

　　又〈蒯徹墓〉：

　　　三分楚漢中原鹿，計定難教口不開。

　　　悔到英雄方信命，脫還湯鼎始稱才。

　　　千年烏兔穿荒冢，四面河山背將臺。

　　　畢竟黥彭非健者，更無一犬吠堯來。

　　《小倉山房詩集》補遺卷二）

據《臨淄縣志》載：「蒯徹墓在五路口莊東里許」。一說墓在（北京）府東廣渠門外八里莊古埠（《畿輔通志》卷四十八）。

　　此詩詠韓信謀士蒯徹（《史記》、《漢書》避漢武帝名諱作「蒯通」）。首聯寫韓信成爲齊王時，蒯徹曾慫恿韓信自立，成三分天下、鼎足之

─────────────

〔註40〕參阮元校勘：《十三經注疏》，台北・大化書局，1982年10月，總頁2528。

勢。然韓信以爲漢必不負我，不願背叛漢王。頷聯出句承上，迨韓信受陳豨事累，將爲呂后處斬時，曰：「吾悔不用蒯通之計，乃爲兒女子所詐，豈非天哉！」〔註41〕。悔之已晚！對句「脫還湯鼎始稱才」，讚賞蒯徹辯才無雙〔註42〕。頸聯呈現時空交錯，「千年烏兔穿荒冢」，烏謂「金烏」，借代「日」；兔謂「玉兔」，借代「月」。意爲經過千年光陰其墓依然保存。尾聯指英布（黥布）、彭越生平並無謀士爲其定策，不若韓信曾有蒯徹。

其次舉蔣士銓〈謝文節祠〉四首其四：

　　殿角喬松慘不春，靈風縹緲出香蘋。

　　嚴詞罵賊鬚眉壯，絕食題詩涕泣眞。

　　一死已完千古事，全家不愧百年身。

　　低徊欲採溪毛薦，搔首殘陽淚滿巾！（《忠雅堂詩集》卷一）

詩作於乾隆十一年（1746）春，心餘年22，時過弋陽（今江西省弋陽縣）。據《江西通志》卷 109〈祠廟〉云：「謝文節祠在弋陽縣東二里，祀宋謝枋得」〔註43〕。首聯言南宋滅亡，枋得流寓建陽（今屬福建），以賣卜教書爲生。頷聯指枋得怒罵魏天祐及絕食求死之事。史載，至元二十六年（1289），福建行省參政魏天祐見時方以求材爲急，欲薦枋得爲功，使其友來言，枋得罵曰：「天祐仕閩，無毫髮推廣德意，反起銀冶病民，顧以我輩飾好邪？」〔註44〕。同年四月，至京師，問謝太后攢所及瀛國所在，再拜慟哭。已而病，遷憫

〔註41〕參《史記‧淮陰侯列傳》，北京‧中華書局，1997 年 11 月，總頁 665。

〔註42〕《史記‧淮陰侯列傳》載，漢高祖劉邦得聞韓信臨死之言，乃詔齊捕蒯通。得通，欲烹，通辯稱：「秦之綱絕而維弛，山東大擾，異姓並起，英俊烏集。……蹠之狗吠堯，堯非不仁，狗因吠非其主。當是時，臣唯獨知韓信，非知陛下也。且天下銳精持鋒欲爲陛下所爲者甚眾，顧力不能耳。又可盡亨（烹）之邪？以狗吠非其主、獨知韓信非知陛下、欲爲陛下者眾又可盡烹邪？」。高帝乃釋通之罪。北京‧中華書局，1997 年 11 月，總頁 666。

〔註43〕參《忠雅堂集校箋》（第一冊），上海‧上海古籍出版社，1993 年，頁 68。

〔註44〕參《宋史‧謝枋得傳》，北京‧中華書局，1997 年 11 月，總頁 3230。

忠寺，見壁間〈曹娥碑〉，泣曰：「小女子猶爾，吾豈不汝若哉！」
留夢炎使醫持藥雜米飲進之，枋得怒曰：「吾欲死，汝乃欲生我邪？」
棄之於地，終不食而死〔註45〕。頸聯以「千古事」、「百年身」之時
間、空間意象書枋得嶔崎以全臣節，復全家殉國（妻李氏守節自縊、
三位弟弟先後遇難、其女葵英投水自盡）之義風。末聯述詩人悼念
文節，欲薦溪毛奠祭〔註46〕，仰首望見殘陽，淚滿衣襟！

　　復次品趙翼〈題明太祖陵〉四首其三：

　　　　定鼎金陵控制遙，宅中方軌集輪鑣。
　　　　千秋形勝從三國，一樣江山陋六朝。
　　　　燕啄皇孫傳豈誤（謂靖難師），狗烹諸將亂終消。
　　　　運移恰稱懷宗烈，多事屠王此續貂。（《甌北詩鈔》尾聯作
　　　　「橋陵曾借神僧穴，易代猶聞禁采樵」）（《甌北集》卷一）

這是詩人20～22歲（乾隆十一年至十三年，1746～1748）時所寫的
作品。詩詠明太祖朱元璋，兼及燕王朱棣奪皇位之事。首聯肯定明
太祖以金陵（南京）為王都，控制遠方，並屯駐重兵，加強統治。
頷聯呈現時空意象交錯，言六朝均只割據一方，不及明朝一統天下。
頸聯出句指朱元璋傳位錯誤，導致燕王起兵奪權。對句指明太祖濫
殺功臣，據史載，朱元璋懼功臣奪其江山，藉機誅滅許多大臣，如
左丞相胡惟庸一案，誅三萬餘人〔註47〕。又大將藍玉一案，誅萬餘
人〔註48〕。尾聯，《甌北集》與《甌北詩鈔》所錄不同，《甌北集》
云「運移恰稱懷宗烈，多事屠王此續貂」意為燕王朱棣雄才大略，

〔註45〕同上註。
〔註46〕溪毛指溪邊野生植物。《左傳・隱公三年》云：「苟有明信，澗谿沼
　　　　沚之毛……可薦於鬼神，可羞於王公」。阮元校勘：《十三經注疏》，
　　　　台北・大化書局，1982年10月，總頁1723。
〔註47〕張廷玉等撰：《明史・胡惟庸傳》載，「……惟庸及六部堂屬咸當坐
　　　　罪。……惟庸既死，其反狀猶未盡露。……帝發怒，肅清逆黨，詞
　　　　所連及坐誅者三萬餘人」。北京・中華書局，1997年11月，總頁2026。
〔註48〕《明史・藍玉傳》載，「……錦衣衛指揮蔣瓛告玉謀反，下吏鞫訊。……
　　　　至九月，乃下詔曰：『藍賊為亂，謀洩，族誅者萬五千人。自今胡黨、
　　　　藍黨概赦不問』」。北京・中華書局，1997年11月，總頁1009。

能繼太祖之業，並修正當年封官太濫之失。《甌北詩鈔》云「橋陵曾借神僧穴，易代猶聞禁采樵」，出句以黃帝橋陵借指明太祖陵，神僧指蕭梁高僧寶志，朱元璋曾毀寶志墓，安放自己的棺木。對句寫清代皇帝曾下令保護太祖陵，禁止於墳山打柴。

藉由上列懷古篇章，吾人對於三家詩人時間、空間意象的選擇、運化均獲一定程度的啓發。陸機云：「精鶩八極，心遊萬仞」、「觀古今於須臾，撫四海於一瞬」〔註49〕。劉勰言：「寂然凝慮，思接千載；悄焉動容，視通萬里」〔註50〕。杜甫則說：「乾坤萬里眼，時序百年心」（〈春日江村五首〉其一）。詩家之心，涵括宇內，無遠弗屆，通過時空意象，能讓作者內在情思的呈露，益發眞切，意境更爲悠邈。

（二）感官意象

袁枚以爲：「詩者，人之性情也。近取諸身而足矣。其言動心，其色奪目，其味適口，其音悅耳，便是佳詩」〔註51〕；邱燮友則說：「詩歌的美好，便是用最少的字，包涵更多的情意，用最鮮明的意象，喚起讀者的共鳴，在寂寞中借行吟找到慰藉」〔註52〕。意象就詩人本身而言，是主體將客體物象和心中思維情感的和諧交融；從讀者角度觀之，則是讀者自我情意和所領會作品詩思的緊密結合。在三大家詠史詩中常見的意象除了時空意象，尚有感官意象，其中包括視覺、聽覺、觸覺、嗅覺和味覺等。

1、視覺意象

邱明正《審美心理學》說道：「人接受外來信息主要依靠視覺和

〔註49〕蕭統編、李善注：《文選》，台北·五南圖書，1991 年 10 月，頁 416、417。

〔註50〕劉勰著、周振甫注：《文心雕龍·神思》，台北·里仁書局，1984 年 5 月，頁 515。

〔註51〕見《隨園詩話》，《袁枚全集》（第三冊），頁 546。

〔註52〕參邱燮友：〈詩歌意象的表現〉，台北《幼獅文藝》，1978 年 6 月，47 卷 6 期，頁 40。

聽覺，尤其視覺所接受的信息量更是遠遠超過其他感覺」〔註53〕。在三大家詠史作品中，詩人屢屢將眼前所見的景物，有秩序地鋪陳，以達寫景在目，構成詩趣。如袁枚〈羅昭諫墓〉云：

> 遠望鼉江氣寂寥，江東遺冢草蕭蕭。
>
> 三生金榜無名字，一卷唐詩殿本朝。
>
> 照壁紅紗曾志寵，隔簾嬌女罷吹簫。
>
> 傷心枉進英雄計，花醉華堂淚未消。（《小倉山房詩集》卷一）

詩作於乾隆元年至二年（1736～1737），此時袁枚正值 21～22 歲。曾由杭州前往廣西桂林探望叔父袁鴻，詩當寫於途中。羅隱（833～909）字昭諫，餘杭人（今浙江餘杭），一作新登（今浙江富陽縣西南）人〔註54〕。羅昭諫墓即羅隱墓。「遠望鼉江氣寂寥，江東遺冢草蕭蕭」，此聯就眼前之景抒發。鼉江，位在浙江富陽縣新登鎮，為富春江支流。「氣寂寥」據錢儼《吳越備史》卷二〈武肅王下〉云：「初，新登鼉江常有二氣互於江上，晝夜不滅。及隱泊丞相杜建徽生，而二氣不復見，識者以為文武秀氣焉」〔註55〕。「江東遺冢」，羅隱自號江東生。這兩句透過視覺意象點明羅隱故鄉及墓葬之所。頷聯兩句言羅隱終生未第，卻有詩集名于唐末。頸聯「照壁紅紗」謂題詩於壁，用紅紗遮罩，以示珍藏。此句指羅隱之詩曾得官宦之女的喜愛。「隔簾嬌女罷吹簫」，史載，鄭畋之女幼有文性，嘗覽隱詩卷，諷誦不已，畋疑其女有慕才之意。一日，適逢羅隱過府謁鄭畋，其女垂簾窺之，見羅隱貌寢，自是絕不詠其詩〔註56〕。「罷吹簫」指打消以羅隱為意中人之念。「傷心枉進英雄計」，羅隱於錢鏐幕下，曾勸錢鏐進兵討朱溫，然錢鏐割據兩浙，奉事北方朝廷，終為宋所

〔註53〕邱明正：《審美心理學》，上海・復旦大學出版社，1993 年 4 月，頁147。

〔註54〕薛居正等撰：《舊五代史》，北京・中華書局，1997 年 11 月，總頁92。

〔註55〕錢儼：《吳越備史》，收於《四部叢刊廣編》，台北・台灣商務印書館，1981 年。

〔註56〕同註54。

滅。「花醉華堂淚未消」言羅隱寄食諸侯，才能襟抱無從施展之落寞情懷。

再看〈秦中雜感〉其一云：

高登秦嶺望褒斜，鐘鼓樓空噪暮鴉。

古井照殘宮殿影，書堂吹入戰場沙。

賀蘭風信三邊笛，杜曲霜痕九塞花。

每欲憑欄怕惆悵，二千年是帝王家。（《小倉山房詩集》卷八）

這首亦採視覺意象切入主題。詩寫於乾隆十七年（1752），子才 37 歲。這年詩人再起官秦中，而有此作。首二句作者登秦嶺望褒斜道，往日繁盛均成滿目蒼涼，曾經熱鬧無倫的鐘鼓樓，而今屬於暮鴉棲息之荒原。三、四句承上，續寫古井中依稀映照宮殿殘影，書堂上瀰漫戰場沙塵。頸聯目光凝睇賀蘭、杜曲兩處資源豐饒，名動當時的縣城，而今亦不再輝煌，只落得風煙一抹。這諸多物換星移的場景將詩人引入歷史的沉思與惆悵，歎「萬古滄桑都變盡」（袁枚〈柳下惠墓〉），悟「古來萬事風輪走，除出虛空無不朽」（袁枚〈梁武帝疑陵〉）。宇宙萬事萬物皆將逝去，唯「虛空」不朽，這便是詩人藉意象、語言所傳達的歷史觀。

蔣士銓詠史諸作中呈現視覺意象者，如〈過嚴子陵釣臺〉二首云：

老木寒雲冪古祠，江山如昔足相思。

故人有榻君能臥，新國無功爵可辭。

九里灘迴柔艣下，孤亭水落釣絲垂。

題詩不敢論高節，欲掃蒼苔讀斷碑。（其一）

布帆風緊促行舟，片石臺空不少留。

可有星辰隨客棹？只今霜雪共羊裘。

壯心未老中猶熱，古迹無端弔且休。

煙水蒼茫漁艇在，富春山色使人愁。（其二）

（《忠雅堂詩集》卷二）

這兩首詩均作於乾隆十二年（1747）十一、十二月間，心餘 23 歲，

時舟過桐廬（今浙江省桐廬縣）。第一首起句詩人之眼凝睇舊祠，時
值冬日，上有古木、寒雲覆蓋。次句詩思隨江山延展，緬懷嚴光（字
子陵）。頷聯、頸聯回首子陵故實，他曾與東漢光武帝劉秀同榻而眠，
劉秀親自勸他協理國政，他卻多次拒絕，之後歸隱富春山，垂釣富
春江。尾聯申題詩之意不在論子陵高節，而在發思古幽情。第二首
從思古意緒抽回眼前，桐廬冬季，氣候異常，寒風淒緊，催促詩人
發舟。江浪翻湧，臺石亦為湮沒。頷聯詩人想著嚴光星靈是否隨客
舟移動？怕是仍在原地，如霜雪般皎潔。頸聯為詩人正逢青春年華，
猛志溢四海，暫無隱居之念。末聯描繪詩人漁艇在蒼茫煙水中獨自
前行，望著富春山色竟萌一縷淡淡哀愁。

　　三大家中的趙翼，詠史作品最多，取材廣博，內容豐贍，在視覺
意象的選擇上，亦有其獨特性之呈現，如〈題明太祖陵〉四首之四：

> 聖代深仁到九幽，玉魚金碗護林丘。
> 有人周陛班三恪，無恙唐陵土一抔。
> 猶見丹青藏寢廟（明祖御容尚在廟中），豈聞樵牧及松楸。
> 居民共說春秋節，每見祠官祀典修。（《甌北集》卷一）

這首寫於乾隆十一年至十三年（1746～1748），時詩人20～22歲。首
聯、頷聯讚聖代（清）皇帝仁德深厚，分封前朝（明）王室後裔爵位，
並對帝王陵寢善加護衛。頸聯出句寫詩人謁明太祖陵猶見其御容存於
廟中，對句指清帝禁令百姓於明太祖陵打柴之事。末聯通過居民之口
與眼，述說朝廷每年春、秋時節，均曾派遣祠官祭祀明太祖陵。詩人
運用視覺意象將明太祖陵前之擺設、廟中之圖像、祠官之祀典，一一
描摹，讓讀者不須親臨，亦能心領神會。

　　又〈下相懷古〉云：

> 客行馬陵道，訪古下相里。一片川原接芒碭，傳是項王舊
> 桑梓。當日漢帝過沛宮，空縣父老迎歌風。淮陰徙封王楚
> 地，千金亦報漂母誼。丈夫富貴歸故鄉，輒有佳話垂聲光。
> 滅秦衣繡東還日，此地想應多故實。舊交入座歡酹頤，宿
> 怨到門懼行膝。胡為遷史無一字，得非身敗事亦軼。要之

成敗何足論，劉項曲直公道自在人。鴻門宴，縱其身。鴻
溝約，歸其親。大恩乃反以仇報，平心試問誰不仁。不仁
者興仁者滅，三代變局從此新。一事還堪傲漢主，虞兮能
死帳前舞。笑他萬乘一戚姬，留作廁中人彘苦。何況漢社
久已墟，重瞳英風尚千古。然則漢未爲得楚未失，魂魄不
須悲故土。（《甌北集》卷三）

此詩詠項羽，寫於乾隆十七年至二十年（1752～1755），是甌北26～
29 歲的作品。首四句爲寫作緣起，詩人行經馬陵山，來到項羽故鄉
——下相里（秦縣名，治所於今江蘇宿遷縣城西南），見眼前山川平
原遼闊，思及楚漢相爭故實。「當日」以下十句即徵引劉邦還沛，高
歌〈大風〉〔註57〕；韓信封楚，賜金漂母〔註58〕；陳勝爲王，故人驚
歎〔註59〕和項羽破秦，諸將膝行〔註60〕等史典，甚爲精妙。「胡爲」
以下四句，點出甌北史觀，成敗不足論，公道在人心。「鴻門宴」以
下八句，側重描述項羽表現仁心的一面，並暗喻劉邦之不仁。「一事」
至「重瞳」六句，將項羽、劉邦之愛妾、身後，加以比觀，說虞姬生
前尚能與項王歌舞帳前；而戚姬身爲萬乘之君的愛妾，卻淪落爲廁中
人彘。如今漢朝社稷久爲廢墟，項羽英風傳頌千年。結尾二句，詩人

〔註57〕 《史記・高祖本紀》載，漢高祖劉邦立爲漢王後第十二年（前195），
曾擊英布叛軍於會甄，布走，令別將追之。途過故鄉沛縣，置酒召
故人父老子弟歡聚。酒酣之際，擊筑歌詩：「大風起兮雲飛揚，威加
海內兮歸故鄉，安得猛士兮守四方！」令兒皆和習之。高祖乃起舞，
慷慨傷懷，泣數行下。北京・中華書局，1997年11月，總頁103。
〔註58〕 《史記・淮陰侯列傳》載，漢五年正月，徙齊王信爲楚王，都下邳。
信至國，召所從食漂母，賜千金。北京・中華書局，1997年11月，
總頁665。
〔註59〕 《史記・陳涉世家》載，陳勝（字涉）王凡六月，其故人扣宮門欲
見，宮門令不肯爲通。陳王出，故人呼之。陳王聞之，載與俱歸。
入宮，見殿屋帷帳，客曰：「夥頤！涉之爲王沈沈者！」。北京・中
華書局，1997年11月，總頁497。
〔註60〕 《史記・項羽本紀》載，楚兵擊秦，諸將皆從壁上觀。楚戰士無不
一以當十，楚兵呼聲動天，諸侯軍無不人人惴恐。於是已破秦軍，
項羽召見諸侯將，入轅門，無不膝行而前，莫敢仰視。北京・中華
書局，1997年11月，總頁82。

以爲，就長遠形象而論，漢未得，楚未失，項王若有靈，不須因魂魄不得歸鄉而悲。以上爲視覺意象的詩例，接著舉聽覺意象相關作品。

2、聽覺意象

人體感官除視覺以外，當以聽覺最爲靈敏、細緻，詩人善用聽覺意象，往往將聲音加以形象化、具體化，讓讀者「聽」見詩歌中的旋律，體驗作者內心的喜怒哀樂。先從袁枚〈謝太傅祠〉一詩切入分析：

> 一笑翩然載酒行，東山女妓亦蒼生。
> 能支江左偏安局，難遣中年以後情。
> 花下殘棋兒破敵，燈前老淚客彈箏。
> 荒祠隔葉黃鸝語，猶似當初絲竹聲。（《小倉山房詩集》卷一）

這首詩寫於乾隆元年（1736），爲詩人 21 歲的作品，當時袁枚曾赴廣西探望叔父袁鴻，應是途中路過謝太傅（安）祠而作。篇中歌詠東晉謝安（320～385）生平行跡，略帶感傷氛圍。史載，謝安年輕時風流倜儻，挾妓悠遊山林，年四十餘方出仕，曾於淝水之戰以八萬士兵擊潰前秦苻堅（338～385）百萬雄師，使得東晉維持穩定之局。其後，受會稽王司馬道子專權猜忌，遂出鎮廣陵之步丘，築壘曰新城以避之〔註61〕。首、頷二聯即詠上述行誼。頸聯二句，一書謝安鎮靜指揮〔註62〕，一寫聽箏潸然淚下〔註63〕，對比強烈。末聯選擇聲音意象，訴說荒祠林蔭中傳來黃鸝之鳴，還似當年聲聲絲竹，

〔註61〕《晉書·謝安傳》，北京·中華書局，1997 年 11 月，總頁 533。

〔註62〕《晉書·謝安傳》載，（謝）玄等既破（苻）堅，有驛書至，安方對客圍棋，看書既竟，便攝放牀上，了無喜色，棋如故。客問之，徐答云：「小兒輩遂已破賊。」既罷，還內，過戶限，心喜甚，不覺屐齒之折，其矯情鎮物如此。北京·中華書局，1997 年 11 月，總頁 534。

〔註63〕《晉書·桓伊傳》載，謝安因功名盛極，受朝廷猜疑。某次宮廷飲讌，聽桓伊撫箏歌〈怨詩〉曰：「爲君既不易，爲臣良獨難。忠信事不顯，乃有見疑患。周旦佐文武，〈金縢〉功不刊。推心輔王政，二叔反流言。」聲節慷慨，觸動意緒，泣下沾衿。北京·中華書局，1997 年 11 月，總頁 544～545。

迴盪耳際。

又袁枚〈過鄴下吊高神武〉云：

唱罷陰山〈敕勒歌〉，英雄涕淚老來多。

生持魏武朝天笏，死授條侯殺賊戈。

六鎮華夷傳露布，九龍風雨聚漳河。

只今尚有清流月，曾照高王萬馬過。（《小倉山房詩集》卷一）

此詩與上一篇〈謝太傅祠〉創作時間相同，唯內容以北齊高歡（496
～547，北齊代東魏後，追尊神武皇帝，廟號高祖）之功業爲詠。首
聯採自史書，據《北史・齊本紀上》載，（東）魏孝靜帝武定四年（546）
十一月，「是時，西魏言神武中弩，神武聞之，乃勉坐見諸貴。使斛
律金敕勒歌，神武自和之，哀感流涕」〔註64〕。是年高歡五十一歲，
故詩人云「英雄涕淚老來多」。頷聯以曹操（魏武帝）、周亞夫（條
侯）比況高歡生前身後同受尊榮。頸聯頌揚高歡生平事功，「六鎮華
夷傳露布」一句指高歡以六鎮降戶爲武力基礎，起兵討尒朱兆，「九
龍風雨聚漳河」言神武因北魏孝武帝元修投奔宇文泰，乃另立孝靜
帝元善見，並遷都於漳河邊之鄴，史稱東魏。末聯應題，表達詩人
憑吊之意。

復次觀蔣士銓〈金陵雜詠〉八首之五：

豈有君臣說中興？滿城花月唱春燈。

風流略似清談後，秋草茫茫十一陵。（《忠雅堂詩集》卷二）

據《忠雅堂詩集校箋》云，此詩作於乾隆十三年（1748，心餘 24
歲）九月，時泊舟南京〔註65〕。全篇揭示南明福王立都金陵（南京），
不思中興，但聞滿城歌舞，與南朝風流相似，終於走向迅速滅亡之
途。當中「唱春燈」指明阮大鋮所撰之春燈謎劇曲，又稱「十錯認」，
十件之一爲大關目，以韋節度與宇文生元宵打燈謎，生出無限波
瀾，故名「春燈謎」。詩人慨歎奸臣（馬士英與阮大鋮）誤國，隱

〔註64〕《北史・齊本紀上》，北京・中華書局，1997 年 11 月，總頁 76。
〔註65〕參《忠雅堂集校箋》（第一冊），上海・上海古籍出版社，1993 年，
　　　頁 206。

含諷意。

　　又〈黃天蕩〉詩云：

　　　夫人揎袖擊戰鼓，將軍殺賊聲如虎。黃天蕩闊浪排山，金
　　　人膽落魚游釜。閩士焉知老鸛河？百靈縱脫蛟龍渦。厓山
　　　壁立海濤湧，中原路絕悲如何！君不見和尚原、朱仙鎮，
　　　吳岳軍威天不順。金山鼓死戰雲愁，空勞魚鳥長江陣。將
　　　軍恨逐江波流，夫人散髮弄扁舟。西湖去作騎驢叟，偕老
　　　猶堪共白頭。(《忠雅堂詩集》卷十五)

詩作於乾隆三十一年（1766，心餘 42 歲）十一月下旬，時舟過儀
徵（今江蘇省儀徵縣）。黃天蕩，位於儀徵縣西南揚子江（長江）
中。據余賓碩《金陵覽古・黃天蕩》載：「西迤龍潭登舟出朱家嘴
望黃天蕩，崩浪震山，淫淫莽莽，迷禽瞇目。……此長江第一險也。
宋韓蘄王（世忠）圍兀朮於此，幾成禽矣，或日老鸛河故道今雖湮
塞，鑿之可通秦淮。兀朮從其言，一夕渠成，凡三十里，遂趨建康」
〔註66〕。詩人途經黃天蕩，思及南宋抗金名將韓世忠夫婦英勇事蹟，
因有此作。全篇十六句，依其韻腳變化，略可分為四段。第一段四
句，選擇聽覺意象呈示當年黃天蕩之役的聲勢動魄，夫人（梁紅玉）
擊鼓，將軍殺敵，驚濤裂岸，金人膽寒，何等威風，何等震懾！第
二段四句，詩人為閩人獻策，讓窮蹙的金兀朮得以逃出生天之事提
出質疑，並為南宋之後覆亡，深表遺憾。據《宋史・韓世忠傳》載，
韓世忠圍困兀朮軍於黃天蕩達 48 日，兀朮大窘，時閩人王某者，教
其舟中載土，平版鋪之，穴船版以櫂槳，風息則出江，有風則勿出。
又有獻謀者日：「鑿大渠接江口，則在世忠上流」。兀朮一夕潛鑿渠
三十里，絕江遁去〔註67〕。第三段四句，承上而來，對於吳、岳軍
抗金，表示肯定，也因朝廷阻撓，發出浩歎。其中和尚原之役為抗
金將領吳玠、吳璘兄弟所指揮，此戰不僅以少勝多，更令敵首負傷

〔註66〕見余賓碩《金陵覽古》，收錄於《瓜蒂庵藏明清掌故叢刊》，上海・
　　　　上海古籍出版社，1983 年。
〔註67〕見《宋史・韓世忠傳》，北京・中華書局，1997 年 11 月，總頁 2896。

遁走〔註68〕；而朱仙鎮破敵，於史有據。《宋史・岳飛傳》載「飛進軍朱仙鎮，距汴京四十五里，與兀朮對壘而陣，遣驍將以背嵬騎五百奮擊，大破之，兀朮遁還汴京」。正當岳飛欲進一步直抵黃龍府，宋高宗卻聽從秦檜之言，一日中連發十二金字牌，將岳飛召回臨安〔註69〕。數百年來，輒令讀者為此扼腕！最後一段四句，寫韓世忠自請解職，縱游西湖。史載，紹興十一年（1141）世忠連疏乞解樞密柄，繼上表乞骸。十月，罷為醴泉觀使、奉朝請，進封福國公，節鉞如故。自此杜門謝客，絕口不言兵，時跨驢攜酒，從一二奚童，縱游西湖以自樂〔註70〕。心餘素懷忠雅之志，對於史上忠貞行誼，往往予以頌揚與同情，此詩雖為懷古作品，卻不難「聽」出詩人所寓不平之鳴。

再舉趙翼〈黃天蕩懷古〉二首之一：

打岸狂濤捲白銀，似聞桴鼓震江津。
歸師獨過當強寇，兵氣能揚到婦人。
有火誰教戎箭射，無風何意海舟淪。
建炎第一功終屬，太息西湖竟角巾。（《甌北集》卷一）

此詩作於乾隆十一至十三年（1746～1748，甌北20～22歲），與上一首心餘所作〈黃天蕩〉同詠韓世忠。起首以聽覺意象落筆，書白色狂濤擊岸，如聞當年梁紅玉親執戰鼓，威震江津。次聯出句言韓世忠所率宋軍阻截金兀朮的歸路。對句反用杜甫〈新婚別〉中「婦人在軍中，兵氣恐不揚」詩意，稱許梁紅玉〔註71〕。腹聯巧運史典，認為戰場的一切實難以預測。據《宋史・韓世忠傳》云：「（兀朮）募人獻破海舟策。……又有獻謀者曰：『鑿大渠接江口，則在世忠上

〔註68〕 見《宋史・吳玠傳》載，紹興元年（1131）十月，金兵攻和尚原，玠設伏於神坌以待。金兵至，伏發，眾大亂。縱兵夜擊，大敗之。兀朮中流矢，僅以身免。北京・中華書局，1997年11月，總頁2908。
〔註69〕 見《宋史・岳飛傳》，北京・中華書局，1997年11月，總頁2903。
〔註70〕 見《宋史・韓世忠傳》，北京・中華書局，1997年11月，總頁2897。
〔註71〕 《宋史・韓世忠傳》云：「戰將十合，梁夫人親執桴鼓，金兵終不得渡」。北京・中華書局，1997年11月，總頁2896。

流。』兀朮一夕潛鑿渠三十里，且用方士計，刑白馬，剔婦人心，自割其額祭天。次日風止，我軍帆弱不能運，金人以小舟縱火，矢下如雨。孫世詢、嚴允皆戰死，敵得絕江遁去」〔註72〕。末聯出句稱頌韓世忠於宋高宗時期立下不朽功業，詩裏之「建炎」爲高宗年號，時當公元 1127～1130 年。紹興四年（1134），世忠以建康、鎮江、淮東宣撫使駐鎮江。是歲，金人與劉豫合兵，分道入侵。世忠親提騎兵駐大儀鎮，於此大破金人與劉豫聯軍。史載「捷聞，群臣入賀，帝曰：『世忠忠勇，朕知其必能成功。』沈與求曰：『自建炎以來，將士未嘗與金人迎敵一戰，今世忠連捷以挫其鋒，厥功不細。』帝曰：『第優賞之。』於是部將董旼、陳桷、解元、呼延通等皆峻擢有差。論者以此舉爲中興武功第一」〔註73〕。故知詩人所謂「建炎第一功」實則包含黃天蕩與此次戰役。

　　對句則爲其被迫解職遊西湖事深表歎息，世忠與秦檜同朝爲官，世忠力謀恢復中原，而秦檜主和，他曾多次抗疏言檜誤國，然不爲帝所採。紹興十一年（1141）解兵權，自此杜門謝客，縱遊西湖。

3、觸覺意象

　　乾隆三大家作品中透顯的觸覺意象，多屬蕭條冷清的氛圍，時令讀者置身其中，與作者、詩中人物同思、同感、同悲、同愁。如袁枚〈昭君〉云：

　　　陰山月落夜啼鳥，放下琵琶影更孤。

　　　知道君王終遣妾，將軍不賜賜匈奴。（《小倉山房詩集》卷八）

張繼〈楓橋夜泊〉云：「月落烏啼霜滿天，江楓漁火對愁眠」。寫景清麗，意象鮮明，描繪客旅不寐，重在「愁」。子才「陰山月落夜啼鳥，放下琵琶影更孤」。同樣使用「月落」、「烏啼」等意象，然客旅尚有江楓、漁火與之爲伴，而昭君只餘琵琶，相對形單影「孤」，不

〔註72〕見《宋史・韓世忠傳》，北京・中華書局，1997 年 11 月，總頁 2896。
〔註73〕見《宋史・韓世忠傳》，北京・中華書局，1997 年 11 月，總頁 2896。

覺寒意透心。

又〈謁蔣廟〉云：

> 為神為將此山中，散帶依然漢上公。
>
> 冷廟滴殘三月雨，靈旗吹滿六朝風。
>
> 階前泥馬毛如動，門外松濤響在空。
>
> 昔日南郊今不祭，盛衰君亦與人同。（《小倉山房詩集》卷十）

此作繫於乾隆十九年（1754），詩人 39 歲。年近不惑的隨園，對於仕途不再眷戀，轉而隱居賦閒與全力著述。詩名之「蔣廟」為祭祀東漢末年秣陵尉蔣子文之祠。據宋・樂史《太平寰宇記》載：

> 蔣廟，按《金陵圖》云：鍾山，故金陵山。後漢末，蔣子文為秣陵尉，逐盜鍾山北，傷額而死。嘗自謂青骨，死當為人主，主禍福。至大帝下都，子文乘白馬，慘搔頭執白羽扇見形，令故吏白吳主為立廟，不爾當百姓大疫。大帝猶未信之，又翌日見於路，曰：「當令飛蟲入人耳。」後如其言，帝詔立廟鍾山，封子文為蔣侯，改鍾山為蔣山，即此也。〔註74〕

隨園依照史典，雕繪生動韻律，觸發讀者心弦。首聯敘述，言子文生前為將、死後為神均與鍾山相涉，即使為神，依然身著漢縣尉官服（按子文曾作秣陵尉，秣陵是漢代縣名，地屬今日南京市。尉為官名，即縣尉，主捕盜賊按察姦宄）。次聯寫景，出句謂三月春寒，祠廟滴著殘雨，格外清冷；對句指子文信仰於六朝極為盛行，上自帝王將相，下至平民百姓，無不虔誠事之〔註75〕。三聯形容階前守護之泥馬，雄姿翹首，栩栩如生；而門外松風猶如濤聲，響徹天際。尾聯慨歎昔日帝王將相恭迎其駕之景不復存在，想來神格與一般百姓地位並無多大差別，盛衰與否，皆由人心之好惡而定。

〔註74〕樂史著：《太平寰宇記》，景印《四庫全書》版，台北：商務印書館，1983 年 6 月，卷九十。

〔註75〕相關論文可參看陳聖宇：〈六朝蔣子文信仰探微〉，《宗教學研究》，2007 年，卷 1 期。

接著是蔣士銓〈讀史〉十首其二，詩云：

風色蕭蕭易水寒，殺身猶負白衣冠。

漸離不作田光死，感激其如遇合難。（《忠雅堂詩集》卷一）

荊軻刺秦，千古聞名，心餘此作著眼「遇合」，別具一格。前二句由「易水送別」切入，史載，燕太子丹得荊軻，欲報秦王遇其不善。臨行前，「太子及賓客知其事者，皆白衣冠以送之。至易水之上，既祖，取道，高漸離擊筑，荊軻和而歌，爲變徵之聲，士皆垂淚涕泣。又前而爲歌曰：『風蕭蕭兮易水寒，壯士一去兮不復還！』復爲羽聲忼慨，士皆瞋目，髮盡上指冠。於是荊軻就車而去，終已不顧」〔註76〕。「殺身猶負白衣冠」意謂荊軻刺秦失敗被殺，有負太子所託。後二句就高漸離、田光與荊軻之交游論述，詩人以爲田光爲守密而自刎激勵荊軻；高漸離爲替荊軻復仇變名瞳目，俟機擊殺秦王，兩者皆與荊軻相互欣賞、投合才會不顧性命，人世間再難尋得此等重義之士。

又〈讀史〉十首其十，詩云：

驪山風月事全非，輦道荒涼碧草圍。

南內何人聽法曲？山川滿目淚霑衣。（《忠雅堂詩集》卷一）

李（隆基）、楊（玉環）愛情，歷代詮評，至今猶爲世人傳頌。心餘此詩，立基于安史亂後，明皇心境。前兩句描寫當年明皇、貴妃風月情濃之事，在歷經巨變之後，物是人非，帝王車駕所過驪山之途，不再熱絡，只餘荒草夾道。後二句抒明皇心意。「南內」指興慶宮，爲玄宗聽政之所，亦是與愛妃楊玉環長期居住之地。「法曲」本道教宮觀所奏之曲，亦稱「法樂」，玄宗酷愛法曲，曾選座部伎子弟三百，教於皇宮梨園，稱「法部」，專爲訓練、演奏法曲。自貴妃辭世，玄宗不復聽「法曲」，猶恐「觸景傷情」。然往日情愛豈是說忘就能忘，貴爲一國之君，卻無力保護心愛之人，登高遠眺，面對山川，亦只

〔註76〕參司馬遷《史記‧刺客列傳》，北京‧中華書局，1997 年 11 月，總頁 642。

有淚濕衣襟！

揮別「風色蕭蕭」與「驪山風月」，再看趙翼〈題明太祖陵〉四首之一，亦呈示觸覺意象，詩云：

> 鍾山陵寢鬱嵯峨，四海當年一奮戈。
> 宋祖應慚燕地少，漢高猶覺泗亭多。
> 金鳧氣冷消凉雨，石馬年深臥綠莎。
> 何代不留興廢慨，英風要自耿難磨。（《甌北集》卷一）

此詩作於乾隆十三年（1748），原有四首，這裏徵引第一首。明太祖陵又稱明孝陵，爲朱元璋之陵墓，坐落於今江蘇省南京市東郊鍾山南麓獨龍阜玩珠峰下。首聯形容陵寢壯觀宏偉，而陵寢主人正是當年驍勇多智，推翻元朝，建立大明的太祖朱元璋。頷聯舉宋太祖趙匡胤、漢高祖朱元璋與之相較，由於三人皆非世襲帝位，故顯特殊意涵，詩人認爲三人中明太祖居首。頸聯運用觸覺意象點明陵寢年久失修，金鳧、石馬受風雨侵蝕、綠草掩蓋，一派凄涼。尾聯雖顯朝代更迭，不無感慨，然肯定英雄風調，易世不磨。

再觀甌北〈耒陽杜工部祠〉云：

> 手擷溪毛薦拾遺，空山客過有餘悲。
> 生逢世難身安托，死有詩名骨豈知？
> 瘦削儀容傳飯顆，飄零魂魄傍湘纍。
> 可憐千載人祠祭，在日曾無一飽時。（《甌北集》卷十三）

詩繫年於乾隆三十二年（1767），爲甌北乘舟順耒水而下，途經耒陽所作。內容概括敘述杜甫生前死後之飄零凄苦情景。起首描繪雙手摘取溪邊青草獻與杜甫，敬表崇仰之意，同時環顧空曠山村，憶當年杜甫亦曾作客經過，似乎還留有餘悲。次聯說生當亂世一無依靠，身後雖遺詩名，然埋骨之人豈得聞知？三聯借用李白〈戲贈杜甫〉〔註77〕詩述杜甫刻苦創作之情，並言杜甫魂魄與屈原爲伴〔註78〕。末聯呼應

〔註77〕 李白〈戲贈杜甫〉云：「飯顆山頭逢杜甫，頭戴笠子日卓午。借問別來太瘦生，總爲從前作詩苦」。見《全唐詩》卷185。

〔註78〕 班固《漢書・揚雄傳上》：「因江潭而往記兮，欽弔楚之湘纍」。顏師

起首，憑弔之中，惋惜千載留名的「詩聖」，生平竟無飽餐之日！

4、嗅覺與味覺意象

感官諸覺，各司其職，各賦功能，誠如顏進雄所說：「嗅覺與味覺雖然是感官諸覺中屬於較低層級者，但卻也擔任著不可或缺的輔助地位」〔註79〕。三家詠史作品之嗅覺意象有自然景物的香氣，也有人文蘊涵的馥郁，洵清晰可感，情采俱足。例如袁枚〈銅雀臺〉二首之二：

> 殿上歸來履幾雙，三分天下更分香。
> 一家樂府商聲老，八尺燈帷鄴水涼。
> 疑冢尚存兵法意，招魂只用美人妝。
> 傳心曾許諸姬嫁，老去將軍話竟忘。（《小倉山房詩集》卷一）

詩詠曹操，稱讚他「分香賣履」之開明與「一家樂府」之儒雅；同時批判他老來沉溺酒色歌舞，將曾經許諾諸姬於其死後「皆當出嫁」之語忘卻腦後。史載，曹操作〈遺令〉云：

> （吾死之後）汝等時時登銅雀臺，望吾西陵墓田。餘香可分與諸夫人，不命祭。諸舍中無所爲，可學作履組賣也。
>
> 〔註80〕

詩人運用嗅覺意象，緊扣題意，褒貶公允，極富特色。

又如〈曹娥廟〉詩云：

> 久說曹娥廟，今才打槳尋。
> 滔天江上水，抱父女兒心。
> 黃絹題詞在，青苔古墓深。
> 燒香來此處，絕勝拜觀音。（《小倉山房詩集》卷三十四）

詩頌曹娥孝心與剛毅精神，「燒香來此處，絕勝拜觀音」意謂拜佛者大爲減少，多數百姓均敬仰曹娥，其德亦隨香煙裊裊，流芳萬古。

古注引李奇曰：「諸不以罪死曰纍，荀息、仇牧皆是也。屈原赴湘死，故曰湘纍也」。北京・中華書局，1997 年 11 月，總頁 893。

〔註79〕參顏進雄著：《唐代遊仙詩研究》，台北・文津出版社，1996 年 10 月，頁 466。

〔註80〕曹操著：《曹操集》，北京・中華書局，1974 年 12 月，補遺。

再看蔣士銓〈岳鄂王墓〉二首之一，詩云：

白日滿湖光，忠貞骨並香。

靈威馳玉壘，宰木指錢塘。

二帝陵何有？羣奸怨已忘。

徒令鑄錯鐵，遺臭兩階旁。（《忠雅堂詩集》卷十五）

此篇作於乾隆三十一年（1766），心餘當時 42 歲。內容憑弔岳飛，其中「白日滿湖光，忠貞骨並香」一聯，形容白日映照西湖，一片光亮，此地爲岳飛埋骨處，詩人立身墳前，猶受其忠貞精神感召，如聞骨香。而「徒令鑄錯鐵，遺臭兩階旁」呼應起首，指秦檜，其妻王氏，審訊官万俟卨和製造僞證的張俊，四人鐵鑄像跪於階旁，不同的是，但聞其「遺臭」而非「流芳」！

又〈梅花嶺弔史閣部〉詩云：

號令難安四鎮強，甘同馬革自沉湘。

生無君相興南國，死有衣冠葬北邙。

碧血自封心更赤，梅花人拜土俱香。

九原若遇左忠毅，相向留都哭戰場。（《忠雅堂詩集》卷二）

這首作品是乾隆十三年（1748），詩人春闈落第，南歸途經揚州所書。內容歌詠史可法之忠貞，同時表達對明朝滅亡之哀挽。當中「碧血自封心更赤，梅花人拜土俱香」一聯巧施嗅覺意象，「碧血自封」指史可法立志殉國。揚州受圍，史可法曾集城中諸將，相約城破之日將他殺死，實現與揚州共存亡之志。「梅花人拜土俱香」點出前往梅花嶺燒香瞻拜史可法衣冠塚者，絡繹不絕，連嶺上泥土均染其香，另一方面亦喻指史可法留芳百世，芳名永存！

接著再觀趙翼之作，如〈眞娘墓〉詩云：

虎邱二月踏青天，閒訪眞娘古墓田。

脂粉香留遊客弔，鶯花地愛美人傳。

平蕪經燒猶遲雨，新柳纏梯未著煙。

也似香山白居士，競將杯酒滴荒阡。（《甌北集》卷四十七）

這是一篇憑弔唐朝蘇州歌妓眞娘之詩。據晚唐范攄《雲溪友議》記

載：「眞娘者，吳國之佳人也，時人比於錢塘蘇小小，死葬吳宮之側，行客慕其華麗，競爲詩題於墓樹」〔註81〕。中唐白居易任蘇州刺史期間，曾作〈眞娘墓〉詩惋之〔註82〕。首聯序詩人於仲春踏青虎邱，途經眞娘墓順道參訪。「脂粉香留遊客弔，鶯花地愛美人傳」二句使用嗅覺意象，形容到此追懷眞娘之遊客眾多。五六句寫眼前景，平曠原野焚燒蔓草，天空飄著微雨；初生柳枝，清新可愛。七八句描摹詩人仿擬香山居士，斟酒奠祭眞娘之墓。

　　又〈題鶴歸來戲本〉三首之三云：

風洞山前土尚香，從容就義耿剛腸。
久祈白刃爲歸路，肯乞黃冠返故鄉。
宗澤心期河速渡，福興身殉國垂亡。
易名眞荷如天度，偏爲殷頑特表彰。（《甌北集》卷四十八）

甌北此詩題下曾自註：「前明大學士瞿式耜留守桂林，城破殉難，族孫頡作此以傳。」知《鶴歸來》戲本作者是瞿頡，內容寫瞿式耜之英勇事蹟。詩人作此篇，已屆八十高齡（嘉慶十一年　1806），觀戲本後抒發他對明末忠臣瞿式耜之深切緬懷。首聯詩人巧運嗅覺意象，言風洞山前泥土尚香，是因爲忠臣於此從容就義。風洞山即「疊彩山」，位於桂林市區偏北，昔日山多桂樹，又稱桂山，因山層橫斷，重重相疊，如疊彩緞，故又名疊彩山，還因山上洞名風洞，故又稱風洞山。頷聯謂瞿式耜、張同敞二人視死如歸。史載，清兵破桂林，「式耜端坐府中，家人亦散。部將戚良勛請式耜上馬速走，式耜堅不聽，叱退之。俄總都張同敞至，誓偕死，乃相對飲酒，一老兵侍。召中軍徐高付以敕印，屬馳送王。是夕，兩人秉燭危坐。黎明，數

〔註81〕范攄著：《雲溪友議》，《四部叢刊》排印本，上海・古典文學出版社，1957 年 4 月，卷六。

〔註82〕白居易〈眞娘墓〉（墓在虎丘寺）原詩云：「眞娘墓，虎丘道。不識眞娘鏡中面，唯見眞娘墓頭草。霜摧桃李風折蓮，眞娘死時猶少年。脂膚蔉手不牢固，世間尤物難留連。難留連，易銷歇。塞北花，江南雪。」參《全唐詩》卷 435。

騎至。式耜曰「吾兩人待死久矣」，遂與偕行，至則踞坐於地。諭之降，不聽，幽於民舍。兩人日賦詩倡和，得百餘首。至閏十一月十有七日，將就刑，天大雷電，空中震擊者三，遠近稱異，遂與同敞俱死」〔註83〕。詩人根據此段史實，濃縮為十四字佳韻。頸聯用宗澤守汴、完顏福興守燕對比瞿式耜守桂林。尾聯書乾隆皇表彰明末忠臣，特賜瞿式耜諡號「忠宣」。

　　至於三大家筆下所表現的味覺意象，多與飲食動作相結合，與其他感官諸覺相照，在技巧變化上最單純，使用頻率亦較少，如袁枚〈謁靖節先生祠〉：

> 先生非隱士，直乃顏、閔徒。不貪米五斗，偏栽柳五株。尊中酒或有，琴上弦並無。饑乞一頓食，冥報心瞿瞿。絕不作身分，隨人作步趨。及其入蓮社，攢眉強支吾。為佛且不喜，何況為官歟？出山白雲似，還家春風俱。偶然吟一篇，太羹玄酒初。品高情轉近，詩淡味乃餘。東坡大才人，和之形神殊。奚論王朗輩，敢學華子魚？我願生當時，長為扶籃輿。（《小倉山房詩集》卷三十）

詩抒子才謁陶淵明祠後之感，前半據淵明傳記文章點染，如「不為五斗米折腰」、「五柳先生傳」、「無弦琴」等；後半則採味覺意象，形容淵明之詩，如太羹玄酒，古樸淡雅，其味有餘，令人不忍釋卷！

　　如蔣士銓〈吊祁忠敏公〉詩云：

> 二十官人作司李，饑卒譁然見公止。三吳亂賊一手禽，江左屏藩祁御史。直道不行飄然歸，戢山拜侍劉公帷。再起再去時事非，國亡忍食西山薇？西洋港中念臺死，徑往雲門挈妻子。別廟文成絕命時，笑曰人生一世矣。角巾端坐淺水中，得正而斃含笑容。誰死江湖死廊廟？同年尚有倪鴻寶。（《忠雅堂詩集》卷十八）

據《忠雅堂集校箋》言此詩當作於乾隆三十三年（1768，詩人44歲）

〔註83〕參張廷玉《明史・瞿式耜傳》，北京・中華書局，1997年11月，總頁1844。

夏或秋，時居紹興〔註84〕。這一首詩在吊祭明末政治家祁彪佳，《明史》記載祁彪佳弱冠即進士及第，次年授興化府推官。初上任，當地吏民輕其年少，及治事，見其剖決精明，皆大畏服，崇禎四年（1631）任御史〔註85〕，此即詩人前四句之意。

「直道」句敘彪佳依法行事，卻遭降俸，故以侍養告歸。「蕺山」句則指彪佳爲劉宗周弟子。「再起」二句意謂當彪佳再次爲官，時事已非，待杭州失守，彪佳即絕粒不再進食。「西洋」以下六句說劉宗周死後，祁彪佳也把定主意，自作絕命詩文，將死生置之度外。不久，即端坐池中而死，年四十有四。最後兩句言當時尚有倪元璐（號鴻寶）於李自成陷京師後，自縊而死，詩人也一同追悼之！

復次爲趙翼〈讀陸放翁詩題後〉，詩云：

> 晴霞散綺光滿空，萬馬蹴陣聲隆隆。狼籍心花怒猶熱，映入燭燄成長虹。南渡全忘復讐事，留作先生不平氣。況兼才思十倍雄，萬斛原泉不擇地。好景當前人弗見，觸目輒歸剪裁麗。直罄造物無盡藏，不許天公稍自祕。人言翁詩太求工，先得佳句後詫功。欲與千秋鬭顏色，寧免略傅胭脂紅。要其艷質本獨絕，修飾乃益妍無窮。不然無鹽滿面粉，豈遂可列施嬙中。晚年藻采更悉擯，淡掃蛾眉使人認。老婆舌頭老嫗頤，拾來都與名理印。試讀渭南以後詩，八九十歲猶精進。乃知耄學益勤劬，老境逾甘啖蔗如。慚余五十編詩日，纔是先生存稿初。(《甌北集》卷二十六)

此章詠陸游之詩，前半讚賞放翁才思敏捷，如萬斛源泉，不擇地皆可出。後半認爲放翁之詩，隨著年齡增長，創作益勤，「老境逾甘啖蔗如」取味覺意象，喻其詩如倒吃甘蔗，漸入佳境！

統綰以上列舉之感官意象，吾人得以解析三大家俱懷纖細、靈敏感官，故而得以建構此一特殊詠史意境。大體而言，由於詠史作品給

〔註84〕見《忠雅堂集校箋》頁 1222。
〔註85〕參張廷玉《明史‧祁彪佳傳》，北京‧中華書局，1997 年 11 月，總頁 1811。

予讀者爲一完整印象，須擬大結構、大布局，是以諸多感官意象常互爲通感，多重交揉，相輔相成，有時同一首詩裏即呈現各種不同感官意象，如袁枚〈息夫人廟〉：「一望虆蕪滿廟青，溪風到此似吞聲。桃花結子原無語，鸚鵡移籠尙有情。千載香烟誰供奉？三年涕淚妾分明。神巫解得夫人意，簫鼓還須啞樂迎。」（《小倉山房詩集》卷三十），具視、聽、觸、嗅四覺；又蔣士銓〈皖口謁余忠宣公祠〉二首之一：「十載重瞻廟像眞，同龕相敬故如賓。一塘清水澄千古，三冢香泥葬六人。食祿敢存能死念？臨危纔見讀書身。江濤氣靜靈旗閃，天馬邊旁有畫輪。」（《忠雅堂詩集》卷十三），含視、聽、嗅三覺；及趙翼〈蟂磯靈澤夫人廟〉：「危磯俯插滄江水，一片貞魂招不起。相傳魚復凶問來，玉骨冰飢此中死。夫人生長吳宮中，剛猛綽有諸兄風。侍婢執刀瑢懍懍，幾笑大耳非英雄。歸寧手自抱阿斗，亦見異母恩勤厚。獨疑章武建號時，何不迎回冊佳偶。仇儷殊無故劍情，劉瑁寡妻翻作后。得非房闥餘威在，猶恐變故生腋肘。（原註：武侯云主公在公安近慮孫夫人變生肘腋）我讀蜀志搜異聞，沉淵軼事無明文。要知夫人性英烈，自有一死留清芬。猇亭師敗聞應悴，況堪更灑崩城淚。生不能歸蜀道難，此水猶從巴峽至。或者游魂可逆流，欲問永安宮裏事。杜鵑啼罷血紛紛，白帝城高國土分。一樣望夫身殉處，可憐悲更甚湘君。空江烟雨迷離合，還似蒼梧日暮雲。」（《甌北集》卷二十）亦藏有視、聽、觸、嗅四覺。餘例尙多，難以細指。爰此，吾人於鑑賞三家詠史作品時宜全面開放、發揮所有感官覺察作用，六根感通，方能體悟詩人營構詠史氛圍的立體感與眞實感，從而沉浸於詩人的創作魅力。

三、乾隆三大家詠史詩的意象創造

通過時空意象、感官意象的選擇與詮釋，對於乾隆三大家詠史詩的意象涵蘊吾人有了基本的認知，而除了時空意象、感官意象，爲深化作者情感的抒發，詩人也採取意象創造的方式加以呈顯，大

體而言，意象創造的方式可透過想像與移情來表現。

（一）想　像

　　英國詩人雪萊（1792～1822）曾說：「詩可以界說爲『想像的表現』」〔註86〕。傅更生在《中國文學批評通論》中則指出：「情思之所以能構成意象，意象之所以能外射於作品，端恃作者之能運用其想像也」〔註87〕。而李元洛《詩美學》中說得更具體：「想像，是藝術家創造力的最高表現，也是詩人才能的重要表徵之一。高度發展的想像力，是藝家必具的徽章，更是詩人驕傲的冠冕」。同時，他還申明「從本質上說，想像就是藝術創造」〔註88〕。

　　關於想像此一藝術思維活動之特徵，在古代文論中能找尋論述實例。如《西京雜記》中載盛覽向漢賦名家司馬相如請教作賦之道，相如回答：

> 合纂組以成文，列錦繡而爲質，一經一緯，一宮一商，此賦之迹也。賦家之心，苞括宇宙，總覽人物，斯乃得之於內，不可得而傳。〔註89〕

所謂「合纂組以成文，列錦繡而爲質，一經一緯，一宮一商」乃指詞藻和音律，而這些不過是賦的外在形式，亦即「賦之迹」。「賦家之心」爲「賦家」在創作過程中內心的想像活動，至於「苞括宇宙，總覽人物」則正是對藝術想像的廣闊性、豐富性和生動性的概括。〔註90〕乾隆三大家詠史作品中運用想像之例有袁枚〈橫塘懷古〉：

> 橫塘花落吳宮晚，西施心痛紅顏損。身受吳恩報越仇，憐渠春夢如何穩。韓王進美人，疏秦乃益彰。西施情脈脈，

〔註86〕雪萊著、伍蠡甫譯：《詩辯》，見《西方文論選（下）》，上海・上海譯文出版社，1979 年 11 月，頁 51。

〔註87〕傅更生：《中國文學批評通論》，台北・盤庚出版社，1990 年 4 月，頁 74。

〔註88〕李元洛：《詩美學》，台北・東大圖書事業公司，1990 年 2 月，頁 288。

〔註89〕程榮：《漢魏叢書》，長春・吉林大學出版社，1992 年 12 月，頁 305。

〔註90〕參張少康：《古典文藝美學》，台北・淑馨出版社 1989 年 11 月，頁 83。

　　或者爲同鄉。子胥白頭諫刺刺，吳王英雄笑不答，抱着西
　　施更練甲。苎蘿村飲合歡杯，越王顏色如死灰。(《小倉山房
　　詩集》卷七)

此詩大約作於乾隆十五年，是年袁枚 35 歲，曾出遊蘇州，五月染病，
後經蘇州名醫薛雪治癒〔註91〕。詩中的橫塘是吳縣（今屬江蘇）的名
勝和重要渡口。這首詩借題詠橫塘古渡來描繪吳越舊事。前四句由橫
塘落花想到吳宮的晚景，再聯及吳宮中的美人——西施，西施有心痛
的毛病，每次發作都會捧心，紅顏憔悴，楚楚可憐。她身受吳王恩寵
卻負有爲越王報仇的任務，在夢中如何能睡得安穩？這是詩人的質
疑。「韓王進美人，疏秦乃益彰」兩句引用《戰國策》中的典故，說
明韓國爲了顯示出親秦，用出售美人得來的錢去侍奉秦國，結果適得
其反〔註92〕。意指越國進獻美人之計，如果西施背叛越國，也有可能
得到反效果。「西施情脈脈，或者爲同鄉」，袁枚是錢塘（今杭州）人，
相傳西施家在苎蘿（今浙江省諸暨縣南）西村（見漢趙曄《吳越春秋·
勾踐陰謀外傳》），因此詩人說「或者爲同鄉」。

　　「子胥白頭諫刺刺，吳王英雄笑不答，抱着西施更練甲」是一幅
有趣的畫面。伍子胥拜吳王闔閭之賜，得以報父兄之仇，因而盡心輔
佐闔閭夫差父子，可惜夫差心中只有西施，其忠心諫言，全然聽不進
去。

　　「苎蘿村飲合歡杯，越王顏色如死灰。」相由心生，想著夫差西
施同飲象徵情愛的合歡酒，越王勾踐心中的滋味全寫在臉上。吳越舊

〔註91〕 參王英志：《袁枚評傳》，南京·南京大學出版社，2002 年 5 月，頁
　　　　134。及王建生：《袁枚的文學批評》，桃園·聖環圖書事業公司，2001
　　　　年 12 月，頁 73。
〔註92〕 《戰國策》卷二八〈韓策三〉云：「秦，大國也。韓，小國也。韓甚
　　　　疏秦。然而見親秦，計之，非金無以也，故賣美人。美人之賣貴，
　　　　諸侯不能買，故秦買之三千金。韓因以其金事秦，秦反得其金與韓
　　　　之美人。韓之美人因言於秦曰：『韓甚疏秦。』從是觀之，韓亡美人
　　　　與金，其疏秦乃始益明。」參溫洪隆注譯、陳滿銘校閱：《新譯戰國
　　　　策》，台北·三民書局，1999 年 2 月，頁 1263。

事離詩人創作已有二千餘年（吳越之爭從公元前 494～473，詩人寫作在 1750），在詩中西施、吳王夫差、伍子胥、越王勾踐等人的意態都在作者運用想像，再次呈現在我們眼前，而且意象鮮明。

再看袁枚另一首活用想像的作品，〈謁岳王墓作十五絕句〉之一：

> 靈旗風捲陣雲涼，萬里長城一夜霜。
> 天意小朝廷已定，那容公作郭汾陽！
>
> （《小倉山房詩集》卷二十六）

此詩作於乾隆四十四年（1779），詩人年六十四，從南京回故鄉杭州小住，其間曾過棲霞嶺下之岳王墓，寫下十五首七絕，這裏是第一首。

詩的開頭兩句寫景，王英志以爲「寫景並非實景，乃是詩人想像之虛景」〔註93〕，根據他的分析，兩句話中包括三層涵義：一、「陣雲涼」、「一夜霜」是寫自然氣候，岳飛被害乃時值隆冬；二寫心理感受，岳飛被殺，舉世哀悼，天地之間皆彌漫著蕭殺的氣氛；三、云「陣雲」涼，「萬里長城」降霜，則又寓有南宋從此失去抗擊金兵，恢復中原的中流砥柱之意〔註94〕。詩的後兩句則帶有議論語氣。「小朝廷」指南宋高宗政權，「天意已定」指宋高宗之意旨，其偏安江左之策早已擬定，勢不容岳飛像唐代名將郭子儀（被封爲汾陽郡王）那般平定安史之亂，挽救國家危亡。因爲一旦迎回徽、欽二帝，高宗皇位將不保。議論中不僅含有情感，復語出奇崛，愈發人深思矣。

至於蔣士銓、趙翼兩位詩人亦有想像之作，如蔣士銓〈黃天蕩〉：

> 夫人揎袖擊戰鼓，將軍殺賊聲如虎。黃天蕩闊浪排山，金
> 人膽落魚游釜。閫士焉知老鸛河？百靈縱脫蛟龍渦。厓山
> 壁立海濤湧，中原路絕悲如何！君不見和尚原、朱仙鎮，
> 吳岳軍威天不順。金山鼓死戰雲愁，空勞魚鳥長江陣。將

〔註93〕錢仲聯等撰：《元明清詩鑒賞辭典》，上海‧上海辭書出版社，2003
　　　年10月，頁1204。
〔註94〕同上註。

軍恨逐江波流，夫人散髮弄扁舟。西湖去作騎驢叟，偕老
猶堪共白頭。（《忠雅堂詩集》卷十五）

這是詩人四十二歲時，乘舟過儀徵（今江蘇省儀徵縣）所作。內容描
述宋抗金名將韓世忠與金兀朮戰於黃天蕩之事。「夫人」二句是想像
之景，詩人途經黃天蕩，回想當年韓世忠妻梁紅玉親自擊鼓助戰，將
軍殺敵聲勢如猛虎一般，十分具有臨場感。接著寫黃天蕩闊浪排山之
姿，金兵被圍猶如魚游釜中那樣焦急不安。「闐士」二句，是詩人提
出疑問，莫非敵軍陣營出現熟知地形的細作，才使金兀朮這條蛟龍得
以脫逃。

「厓山」二句感歎南宋滅亡，悲從中來。「君不見」以下四句寫
吳玠、吳璘大敗金兵於和尚原；岳飛大敗金兵於朱仙鎮，氣勢如虹之
際，奈何軍威為上位者所阻撓，這些名將的戰功，化為徒勞。「將軍」
四句，寫韓世忠曾抗疏言秦檜誤國，卻遭受貶官，「自此杜門謝客，
絕口不言兵，時跨驢攜酒，從一二奚童，縱遊西湖以自樂」〔註95〕之
事，這是政治環境使然，令人無可奈何。

又趙翼〈牛塘橋懷古〉：

開國名臣此詰戎，曾經小衄陣雲中。
世無百勝英雄將，地有重圍捍禦功。
今日平疇禾遍綠，當年堅壘血流紅。
經過始覺吾生幸，一樣川原不戰攻。（《甌北集》卷五十三）

此詩作於嘉慶十六年，是趙翼八十五歲的作品。詩人自註云：明初取
常州徐達被圍於牛塘橋。可知所詠人物是明朝開國功臣徐達。

首聯就徐達事功點染，說他曾經在此被敵軍包圍。「小衄」是小
挫之意。頷聯論述世上並無百勝不敗之將，能抵禦敵人攻擊、捍衛國
家亦成功勳。頸聯通過想像，對比今昔，眼前所見是一片綠色稻禾，
遙想當年卻是戰況激烈，為堅守保壘，而浴血抗敵之景。尾聯有感生
於太平時期，略無戰事。

〔註95〕脫脫等撰：《宋史·韓世忠傳》，北京·中華書局，1997年11月，總
頁2897。

可知詩人運用想像皆在合理範圍之中，並無過分誇大的感覺。

（二）移　情

移情是一種藝術創作和欣賞的心理現象，意大利學者維柯認爲「詩的最崇高的勞力就是賦予感覺和情慾於本無感覺的事物」〔註96〕。翁成龍〈論唐代送別詩〉也提到：「客觀事物本無所謂情感，作者將自己的主觀感情注入客觀事物，賦予他以生命，使之成爲浸染作家情感的審美意象」〔註97〕。這些概念是移情的良好注解，然略顯抽象，童慶炳則直截了當地詮釋：「所謂『移情作用』，通俗地說，就是指人面對天地萬物時，把自己的情感移置到外在的天地萬物身上去，似乎覺得天地萬物也有同樣的情感」〔註98〕。移情作爲形象思維的方法，是詩人抒情達意、創造意境的重要手段，乾隆三家詠史詩人運用移情的方式，一是將自身情感與客觀事物相融，一是凸顯外物無情反襯人之有情。

1、將自身情感與客觀事物相融

這是採取肯定方式，將無情之物描繪得楚楚多情，也是詩人在意象創造時，常用的手法，如：

洛陽銅駝昂首坐，愁容似見晉宮破。（袁枚〈銅駝街〉）

結綺樓邊花怨春，青溪柵上月傷神。（袁枚〈張麗華〉二首之二）

只今尚有清流月，曾照高王萬馬過。（袁枚〈過鄴下吊高神武〉）

無多亭榭頻更主，半死梧桐尚感秋。（蔣士銓〈沈氏園吊放翁〉）

多情白下蕭蕭柳，收拾南朝一片癡。（蔣士銓〈金陵雜詠〉八首之八）

堠火自明孤驛夜，野花猶泣故宮春。（趙翼〈馬嵬坡〉）

〔註96〕維柯：《新科學》（中譯本），北京・人民文學出版社，1986 年，頁98。

〔註97〕翁成龍：〈論唐代送別詩〉，台中《台中商專學報》，1995 年 6 月，第27 期，頁 61～94。

〔註98〕童慶炳：《中國古代心理詩學與美學》，北京・中華書局，1992 年 3月，頁 138。

可憐一片青城月，又照蛾眉出故宮。(趙翼〈偶閱查初白集中有汴梁雜詩八首但稱梁宋遺墟殊未詳考按汴州自朱梁以宣武軍得天下始建為東都然溫僭位猶在洛也末帝方即汴為京後唐仍遷於洛石晉至汴以其地便漕運乃定都焉漢周宋因之劉豫受封亦嘗遷於此金海陵謀南伐宣宗避北侵又皆來都此汴京沿革故事也爰補其缺而以明之周藩附焉〉八首之七)

行殿幽蘭悲夜火，故都喬木泣秋風。(趙翼〈題元遺山集〉)

贏得淮山閒草木，也同旌旆氣飛揚。(趙翼〈肥水〉二首之一)

詩人賦物以情，化景物為情思，詩句中的銅駝、春花、明月、梧桐、楊柳、野花、幽蘭、喬木、草木等客觀景物，都具有作者的情感與意志。銅駝為晉宮破亡而愁容滿面，春花、明月為張麗華的遭遇含怨、傷神。清流月替高歡的雄姿作見證。半死梧桐感受秋的涼意。多情楊柳經歷南朝的盛衰興亡。野花悲泣故宮、月照蛾眉出宮。幽蘭悲傷夜火，喬木在秋風中哭泣。淮山草木意氣風發。此一情況下，客觀景物實已改變其自然狀態，別有鮮明生動之個性，它們成為詩人主觀意志的象徵，也成為詩人情感的化身。

2、凸顯外物無情反襯人之有情

除了將自身情感與客觀事物相融呈現物之有情，詩人們還通過否定方式，從反面落筆，凸顯外物無情以襯人之有情，如：

樓傳黃鶴仙何在？珮解明珠水自流。(袁枚〈峴山〉)

江水自流秋渺渺，漁燈猶照荻紛紛。(袁枚〈赤壁〉)

景陽門外一聲鐘，喚起宮娥夢正濃。(袁枚〈張麗華〉二首之一)

佛看君王餓，花迎野獸紅。(袁枚〈臺城懷古二十四韻〉)

無情最是西天佛，送過蕭梁又送君。(袁枚〈題李後主百尺樓〉八首之七)

烟霞自在興亡外，猿鶴寧知出處閒？(蔣士銓〈壽萱堂小集分賦金陵古迹得周顯草堂〉二首之一)

望古不見空躊躇，高雲在空月在水。(趙翼〈張子房祠〉)

江水無情向東奔流；鐘聲無情，喚起沉睡中的宮娥；佛像無情，忍看君王挨餓，先後送走梁武帝和李後主。煙霞、猿鶴、空中雲、水中月，對家國興亡，人事滄桑漠不關心。這些外物的無情無知，本是客觀的事實，詩人卻能以人度物，感覺它們皆有情感、理智，並藉由它們的無情，反襯人之有情。

　　如同袁行霈所說：「鑑賞中國古典詩歌，不僅要著眼於它們所描寫的客觀物象，還應透過它們的外表，看到其中注入的意念和情感；注意主客觀兩方面融合的程度。只有抓住詩歌的意象，以及意象所包含的旨趣，意象所體現的情調，意象的社會意義和感染作用，才能真正地鑑賞中國古典詩歌」〔註99〕。在袁、蔣、趙三家詠史作品中，我們看到詩人如何活用各種時空意象、感官意象，並藉由想像、移情等意象創造方式，拉近我們和作者的距離，同時感受他們創作時的內心世界。

第二節　修辭技巧

　　古人論文，多以情韻神理為首，章句修辭為末，然無工巧章句輔佐，情韻神理亦無從發揮。如黃侃即說：「凡為文辭，未有不辨章句而能工者也；凡覽篇籍，未有不通章句而能識其義者也；故一切文辭學術，皆以章句為始基。」〔註100〕又「若夫文章之事，固非一憭章句而即能工巧，然而捨棄章句，亦更無趨於工巧之途」〔註101〕。可知情韻神理，不在章句修辭之外，詩文骨髓雖是情理，詩文形式卻必須依附於字句。當然，練字度句，亦須留意工穩，太輕出則意淺，意淺則一覽便盡；過深入則意晦，意晦則難覓知音。〔註102〕

〔註99〕袁行霈著：《中國詩歌藝術研究》，北京·北京大學出版社，1996年6月，頁138。
〔註100〕黃侃著：《文心雕龍札記》，北京·中國人民大學出版社，2004年9月，頁124。
〔註101〕同上註。
〔註102〕傅更生著：《中國文學欣賞舉隅》，台北·萬卷樓圖書事業公司，2002

　　袁、蔣、趙三家詩人詠史作品的修辭手法相當靈活多變，茲舉常見的幾種，以見其詩藝的不凡。

一、引　用

　　詩歌爲精美的文學體式，須以有限文字，摹寫眾多物象，表達豐贍情感與繁複思維，故而不免引用古人故實和成語，其目的在借典達意，體現詩歌語言之精鍊含蓄。關於引用，前人諸多表述，如陳望道《修辭學發凡》：「文中夾插先前的成語或故事的部分，名叫引用辭」〔註103〕。黃慶萱《修辭學》：「語文中引用別人的話或詩詞、成語、俗語等等，來印證、補充、對照作者的本意，藉以增強文章或說話的說服力和感染力的，叫作『引用』」〔註104〕。及陳正治《修辭學》歸納各家要旨，定義爲：「說話或作文，援用已有的成語、俗諺、歌謠、故事或他人言論，以表達思想和情感的修辭法，叫作引用修辭法」〔註105〕等。均爲精闢之說，三家詠史作品中「引用」之例不少，如袁枚〈讀《寒朗傳》〉云：

> 楚王興大獄，薄海罹災殃。朝廷誅妖逆，救者爲不祥。賢哉寒大夫，慷慨對漢皇。自言當族滅，不與人共章：『臣見考囚時，各以鍛煉強。考十連百千，猶恐未精詳。陛下問公卿，僉曰大聖仁。罪合及五族，今止及其身。天下已幸甚，臣等復何言！』及其歸舍坐，仰屋竊長嘆：『明知覆盆冤，龍鱗未敢干。臣願陛下悟，萬死臣亦安。』寒公語未終，天子顏色變。急命金根車，自幸洛陽殿。赦出千餘人，哀哀淚如霰。當時無此公，青天空雷電。（《小倉山房詩集》卷九）

此詩作於乾隆十八年（1753），是袁枚38歲時的作品，這個時候的袁

　　　　年12月，頁206。
〔註103〕陳望道著：《修辭學發凡》，台北・文史哲出版社，1989年1月，頁107。
〔註104〕黃慶萱著：《修辭學》，台北・三民書局，2010年1月，頁125。
〔註105〕參陳正治著：《修辭學》，台北・五南圖書出版公司，2003年5月，頁172。

枚正悉心培治隨園。〔註106〕詩詠寒朗的賢明辦案，慷慨向帝王陳辭，
挽救可能發生的冤獄。據《後漢書・寒朗傳》記載：

> 永平中（漢明帝年號），（朗）以謁者守侍御史，與三府掾
> 屬共考案楚獄顏忠、王平等，辭連及隧鄉侯耿建、朗陵侯
> 臧信、護澤侯鄧鯉、曲成侯劉建。建等辭未嘗與忠、平相
> 見。是時顯宗（明帝）怒甚，吏皆惶恐，諸所連及，率一
> 切陷入，無敢以情恕者。朗心傷其冤，試以建等物色獨問
> 忠、平，而二人錯愕不能對。朗知其詐，乃上言建等無姦，
> 專爲忠、平所誣，疑天下無辜類多如此。帝乃召朗入，……
> 帝問曰：「誰與共爲章？」對曰：「臣自知當必族滅，不敢
> 多污染人，誠冀陛下一覺悟而已。臣見考囚在事者，咸共
> 言妖惡大故，臣子所宜同疾，今出之不如入之，可無後責。
> 是以考一連十，考十連百。又公卿朝會，陛下問以得失，
> 皆長跪言，舊制大罪禍及九族，陛下大恩，裁止及身，天
> 下幸甚。及其歸舍，口雖不言，而仰屋竊歎，莫不知其多
> 冤，無敢輙陛下者。臣今所陳，誠死無悔」……。〔註107〕

兩相比較，詩句多處引用寒朗之語，而將其濃縮變化，如「臣見考囚
時」、「考十連百千」、「陛下問公卿」、「今止及其身」、「天下已幸甚」、
「及其歸舍坐」、「仰屋竊長嘆」、「萬死臣亦安」等，就像詩人代寒朗
發語一般，若非熟讀其傳和深厚的詩學基礎，是不容易做到的。結尾
詩人感歎，如果當時沒有寒朗，就要發生冤獄。

再看蔣士銓〈李左車〉：

> 敗將不可以言勇，亡虜不足與圖存。井陘空壁立漢幟，
> 可憐儒者成安君。生得廣武釋乃縛，虞亡秦霸公其倫。
> 愚者之慮指諸掌，燕齊坐玫如公云。假王眞王亦何有？
> 蒯通武涉空多口。神龍之尾豈可見？左車爾是張良偶。

《忠雅堂詩集》卷十一）

〔註106〕參王建生著：《袁枚的文學批評》，桃園・聖環圖書事業公司，2001
　　　　年12月，頁73。
〔註107〕司馬遷：《史記》，北京・中華書局，1997年11月，頁377。

當中「敗將不可以言勇，亡虜不足與圖存。」兩句，引自司馬遷《史記・淮陰侯列傳》：「廣武君辭謝曰：『臣聞敗軍之將，不可以言勇，亡國之大夫，不可以圖存。今臣敗亡之虜，何足以權大事乎！』……」〔註108〕而稍加變化。本詩以廣武君李左車之語為起首，接著就井陘一戰，成安君陳餘不聽李左車之計，以致兵敗被殺作點染。詩人以為李左車如神龍，見首不見尾，其智堪與張良相偶。

又趙翼〈赤壁〉：

依然形勝扼荊襄，赤壁山前故壘長。

烏鵲南飛無魏地，大江東去有周郎。

千秋人物三分國，一片山河古戰場。

今日經過已陳迹，月明漁父唱滄浪。（《甌北集》卷二十）

頷聯「烏鵲南飛無魏地，大江東去有周郎。」兩句，有其來源，前一句的「烏鵲南飛」引用曹操〈短歌行〉中：「月明星稀，烏鵲南飛。繞樹三匝，何枝可依？」〔註109〕之意。後一句「大江東去」則引用蘇軾〈念奴嬌〉詞：「大江東去，浪淘盡，千古風流人物。故壘西邊，人道是、三國周郎赤壁。」〔註110〕之意，對仗工整，渾然天成。

趙翼《甌北詩話》卷十云：「詩寫性情，原不專恃數典；然古事已成典故，則一典已自有一意，作詩者借彼之意，寫我之情，自然倍覺深厚，此後代詩人不得不用書卷也」〔註111〕。要之，適當的引用不僅可以使語文具有說服力，更能讓語文精鍊、生動，語義增強。

二、映　襯

從字面上來說，映就是映照，襯就是襯托。在語文中，把兩種觀

〔註108〕司馬遷：《史記》，北京・中華書局，1997 年 11 月，頁 663。

〔註109〕參朱建新編註：《樂府詩選》，台北・正中書局，1997 年 11 月，頁166。

〔註110〕汪中註譯：《新譯宋詞三百首》，台北・三民書局，1994 年 8 月，頁92。

〔註111〕趙翼撰、霍松林點校：《甌北詩話》，台北・木鐸出版社，1982 年 4月，頁 160。

念、事物或景象，相互對照或襯托，使情意增強的修辭法，就叫做映襯〔註112〕。先來看袁枚的〈譙周〉，其曰：

> 將軍被刺方豪日，丞相身寒未暮年。
>
> 惟有譙周老難死，白頭抽筆寫降箋。（《小倉山房詩集》卷十四）

這是痛斥譙周勸劉禪降魏之詩，運用張飛和諸葛亮死時的壯年來對照譙周「老難死」、「寫降箋」，增強斥責之意。首句「將軍被刺方豪日」，史載張飛為關羽復仇征吳，臨行前，被部將張達、范彊所殺，兩人「持其首，順流而奔孫權」〔註113〕，死時正值雄壯威猛之齡，因而詩人云「方豪日」。

第二句「丞相身寒未暮年」，諸葛亮輔佐劉備、劉禪父子兩代，鞠躬盡瘁，死而後已，公元234年，在第六次出師北伐時，病死於五丈原，年僅五十四歲（181～234），尚未到達老年，即詩人所說「未暮年」。

三、四句「惟有譙周老難死，白頭抽筆寫降箋。」乃是詩人痛斥的主體。根據《三國志》本傳所載，泰始五年（晉武帝年號，西元269年），譙周自云「年過七十」，明年冬卒〔註114〕，知譙周享壽已達七十，屆老年，《禮記·曲禮上》曰：「人生十年曰幼，學。二十曰弱，冠。……七十曰老，而傳」〔註115〕。其勸劉禪降魏，時當蜀漢景耀六年（263），年已六十三歲，「白頭抽筆寫降箋」正斥其老而不死，只會勸主投降，平白斷送蜀漢國祚。

再看蔣士銓〈五人墓〉云：

> 斷首猶能作鬼雄，精靈白日走悲風。
>
> 要離碧血專諸骨，義士相望恨略同。（《忠雅堂詩集》卷二）

〔註112〕陳正治：《修辭學》，台北·五南圖書事業公司，2003 年 5 月，頁59。

〔註113〕陳壽：《三國志·蜀書六》，北京·中華書局，1997 年 11 月，總頁247。

〔註114〕同前註，《三國志·蜀書十二》，總頁 270。

〔註115〕阮元：《十三經注疏》（上冊），台北·大化書局，1981 年 10 月，頁1232。

此詩作于乾隆十二年（1747），蔣氏二十三歲，時在蘇州。據《大清一統志·蘇州府》所載：「五人之墓，在元和縣虎丘山塘。天啓中義民顏佩韋、馬傑、楊念如、沈揚、周文元以魏忠賢矯詔逮捕周順昌，五人奮擊緹騎被誅。崇禎初毀忠賢生祠，合葬于此」〔註116〕。首句褒讚五義士，頭已斷，仍能成爲鬼中雄傑，《楚辭·國殤》云：「身既死兮神以靈，子魂魄兮爲鬼雄。」。二句言其神靈在悲風中馳騁，雖死猶生。第三句借要離、專諸之碧血、傲骨襯托五人之義行。要離是春秋末吳國人，《吳越春秋·闔閭內傳第四》記載他爲吳王謀刺公子慶忌。當他與慶忌同舟渡江時，將慶忌刺死，後在吳王殿上自殺〔註117〕，專諸是春秋時吳國堂邑人。吳公子光（闔閭）欲殺吳王僚自立，伍子胥把專諸推薦給公子光。吳王僚十二年（前 515），光設宴請僚，專諸藏匕首於魚腹中進獻，刺殺僚，自己也身亡〔註118〕。末句透露詩人對於強權的痛恨。

又趙翼〈樓桑邨〉云：

桑蓋童童已古邱，英雄氣尚亘千秋。

敵強終造三分國，士少能臣第一流。

長坂安行眞大度，益州詭取亦陰謀。

獨憐故里終拋棄，不及歌風沛上遊。（《甌北集》卷三）

這首詩詠蜀漢劉備，用曹操、孫權等「敵強」映襯劉備的「士少能臣」，又將劉備、劉邦兩人歷史功績對比，有褒有貶，評說客觀。

上面三首皆爲近體詩之例，以下再舉古體詩之例，以觀其藝。如趙翼〈題柳如是小像〉：

女假男裝訪名士，絳雲樓下一言契。美人肯嫁六十翁，雖不齏眉亦奇氣。妾膚雪白鬢雲烏，伴郎白鬢烏肌膚。肯同

〔註116〕 蔣士銓著，邵海清校、李夢生箋：《忠雅堂集校箋（一）》，上海·上海古籍出版社，1993 年，頁 167。

〔註117〕 趙曄撰、黃仁生注譯：《新譯吳越春秋》，台北·三民書局，1996 年 2 月。

〔註118〕 見司馬遷：《史記·刺客列傳》，北京·中華書局，1997 年 11 月，總頁 637～638。

搽粉稱虞侯，並陌持門勝丈夫。扁舟同過京口泊，桴鼓金
山事如昨。何代青樓無偉人，可惜儂家貲主惡。早聞譙叟
寫降箋，不遣朱游和毒藥。妾勸郎死郎不應，妾為郎死可
自憑。褚公偏享期頤壽，毛惜終高節俠稱。三尺青絲畢命
處，尚悲不死在金陵。畫圖今識春風面，果然絕代紅粧艷。
誰知膩粉柔脂中，別有愛名心一片。君不見同時卞玉京，
心許鹿樵事未成。旋適貴人為棄婦，流離合淚盡蘭英。又
不見顧眉生，榮華曾擅橫波名。當其夫婦從賊日，捧泥塗
面逃出城。一樣平康好姿首，青青終讓章臺柳。（《甌北集》
卷六）

詩詠錢謙益之妾柳如是。當中「妾膚雪白鬢雲烏，伴郎白鬢烏肌膚。」
兩句將柳如是正值青春的雪白肌膚烏黑亮麗的秀髮，對比錢謙益老邁
的白髮黑皮膚。「妾勸郎死郎不應，妾為郎死可自憑。」又以錢謙益
的貪生怕死映襯柳如是的高貴情操。末段用同時期卞賽（自號玉京道
人）、顧媚（字眉生）兩人的悲慘遭遇，襯托柳如是名流青史。

又如蔣士銓〈止水亭吊江文忠公萬里〉一詩：

皇帝屈膝老臣恥，自古君臣無此禮，似道不去臣去矣。襄
樊鐵鎖一朝燬，築亭鑿沼芝山趾。知州就戮通判降，故相
身投亭下死，此是江南趙家水。國存與存亡與亡，但恨未
殉厓山航。朝廷不知汪立信，何必復有文天祥？當年斂屍
葬何處？馬鬣無人表公墓。江州亦存八角石，此地豐碑被
誰誤？在天列祖誠可憐，英靈散落蘭亭山。紹興陵寢六函
瘞，公魂哭煞冬青間。海水如山聚忠魄，前有秀夫後世傑。
丹心火熱不可濡，決眥漳州誅國賊。嗚呼！木棉庵內刀加
首，半閒蟋蟀鳴空牕。湖山唾罵憑後人，豈若止水孤亭大
如斗！（《忠雅堂詩集》卷一）

這是一首詠宋朝忠臣江萬里的古體詩，前半段就史書所載落筆，《宋
史‧江萬里傳》云：

度宗即位，（江萬里）召同知樞密院事，又兼權參知政事，
遷參知政事。萬里始雖俛仰容默，為似道用，然性峭直，

臨事不能無言。似道常惡其輕發，故每入不能久在位。似
道以去要君，帝初即位，呼爲師相，至涕泣拜留之。萬里
以身扶帝云：「自古無此君臣禮，陛下不可拜，似道不可復
言去。」似道不知所爲，下殿舉笏謝萬里曰：「微公，似道
幾爲千古罪人。」然此益忌之。……時咸淳九年，萬里年
七十有六矣。明年，大元兵渡江，萬里隱草野間，爲遊騎
所執，大詬，欲自戕，既而脫歸。先是萬里聞襄樊失守，
鑿池芝山後圃，扁其亭曰「止水」，人莫諭其意，及聞警，
執門人陳偉器手，曰：「大勢不可支，余雖不在位，當與國
爲存亡。」及饒州城破，軍士執萬頃（萬里弟），索金銀不
得，支解之。萬里竟赴止水死。左右及子鎬，相繼投沼中，
積屍如疊。翼日，萬里尸獨浮出水上，從者草斂之。〔註119〕

詩人巧妙地將這段史實濃縮在前十二句，並舉汪立信、文天祥兩位
忠臣，一樣不被朝廷所重。「當年斂屍葬何處」一段，是詩人憑弔江
萬里，慨歎當年兵荒馬亂，從者草草收斂其遺體，不知其墓碑確切
之處。然忠臣之魂，並不寂寞，前有陸秀夫，後有張世傑，其丹心
火熱，不可濡滯。「嗚呼」一段，以賈似道被鄭虎臣殺死於漳州木棉
庵，受後人唾罵，對比江萬里投身的止水亭，受人仰慕敬重。

　　再如袁枚〈施將軍廟〉云：

一德格天閣正新，一刀殺賊乃有人。敷天冤憤仗誰雪？殿
前小校施將軍。將軍煉心如煉鐵，可惜荊軻疏劍術。事雖
不了神鬼驚，懸頭市上香三日。當時元奸黨滿朝，縛虎如
羊氣太驕。忽然刀光狹路照，太師頸上風蕭蕭。嗚呼！三
字獄，兩宮駕，總在將軍此刀下！後代聞英風，尚且有興
者，君不見腦碎銅椎阿合馬！（《小倉山房詩集》卷二十六）

袁枚自注：「將軍名全，以小校刺秦檜不克，死」。又據《宋史·姦
臣傳》載：「（紹興）二十年正月，檜趨朝，殿司小校施全刺檜不中，
磔于市」〔註120〕。可知這是歌詠南宋高宗殿前司小校施全的作品。

〔註119〕脫脫：《宋史》，北京·中華書局，1997 年 11 月，頁 3188～3189。
〔註120〕同前註，頁 3499。

全詩一開頭即以秦檜和施全對舉，宋高宗曾親書「一德格天」賜與秦檜，成爲其閣之名，故這裏「一德格天閣正新」指秦檜受高宗寵信，「一刀殺賊乃有人」中的「人」指施全。「敷天」兩句寫岳飛之死及紹興和議所累積的滿天仇恨，將由施全來昭雪。「將軍」二句，以荊軻喻施全。「事雖不了」二句敘施全刺殺秦檜未遂，被殺，然精神不死。「當時」二句敘滿朝依附秦檜者甚眾。「忽然」二句指施全持斬馬刀截擊秦檜之事。「嗚呼！三字獄，兩宮駕，總在將軍此刀下！」其中「三字獄」指秦檜以「莫須有」之罪害死岳飛等人。「兩宮」指徽、欽二帝，這三句是說，如施全刺殺成功，那麼，岳飛冤死之仇，徽、欽二帝北狩之恨即可得報。「後代聞英風，尚且有興者，君不見腦碎銅椎阿合馬！」指後世起而效法施全者有元代王著用銅椎擊死奸臣阿合馬（元世祖時宰相）〔註121〕。以王著映襯施全。

　　袁枚另一首古詩〈大梁弔信陵君〉也呈現映襯技巧：

　　魏王沈醉美人起，羅袖無聲符取矣。父仇已報國仇未，妾請將符授公子。翩翩公子玉手擎，深宮箭漏傳三更。侯生迎來指而笑：彼執權者須同行。晉鄙嘆嗒未張口，撲殺此獠如屠狗。壁上高懸救趙旗，精兵八萬邯鄲走。坐中忽失白頭人，淋漓血作送行酒。更有布衣魯仲連，揭來大笑平原君。一聲帝秦便蹈海，海水欲立奔秦軍。秦軍退避五十里，咸陽虎狼心欲死。美人壯士兼清流，一齊來與秦爲仇。秦宮縱有鈞天樂，不如且歌《秦女休》。魏王醉眼終朦朧，至死不愛將軍功。醇酒婦人即東海，甘心一蹈眞英雄。吁嗟乎！君不見高皇赤龍只解罵，騎馬墳前悚然下？又不見張耳滅秦封王聲赫赫，原是郎君門下客！（《小倉山房詩集》卷一）

此詩詠魏公子無忌，前十四句是《史記‧魏公子列傳》中「竊符救

〔註121〕《元史‧姦臣傳》：「（王）著自馳見阿合馬，詭言太子將至，令省官悉候于宮前。……夜二鼓，莫敢何問，至東宮前，其徒皆下馬，獨偽太子者立馬指揮，呼省官至前，責阿合馬數語，著即牽去，以所袖銅鎚碎其腦，立斃」。北京‧中華書局，1997年11月，頁1169。

趙」故事的濃縮。中間「更有布衣魯仲連」至「甘心一蹈眞英雄」十四句，以魯仲連義不帝秦、魏王猜忌魏公子，公子終日與醇酒美人爲伴之事穿插，將魯仲連與信陵君對比。最後一段，詩人舉劉邦景仰魏公子，過大梁下馬奉祠，和張耳曾爲魏公子門客來映襯。

綜觀上述詩例，知映襯修辭法除了突顯作者語意，給予讀者鮮明印象，亦可增強作品深度，以達說服效果。

三、頂　眞

黃永武《字句鍛鍊法》說：「以後句的開端字，和前句的結尾字相同，前後頂接，蟬聯而下，促使語氣銜接、略不間斷的修辭法，叫做『頂眞』」。並強調「頂眞」可以使語氣銜接不斷〔註 122〕。陳正治《修辭學》則稍加補充其意：「說話或作文，引用前文末尾的字詞語句，作爲後文開頭的修辭法，就叫作『頂眞』」〔註 123〕。三大家詠史詩中運用頂眞修辭有如下之例：

敷天冤憤仗誰雪？殿前小校施 將軍 。 將軍 煉心如煉鐵，可惜荊軻疏劍術。（袁枚〈施將軍廟〉）

冤雲四垂風荇荇，銀鐺鐵鎖闔門響。闔門側目耳向 天 ， 天 語不聞聞 東廠 。 東廠 逮者周先生，人不識面聞其名。（袁枚〈五人墓〉）

妾彈琵琶非自 傷 ， 傷 心還是爲君王。千秋幾個傾城色，一旦輕輕付遠方。君王若果非知己，妾亦甘心絕域死。如何賤妾遠行時，詔書正選 良家子 ？ 良家子 ，比妾妹；問旁人：如不如？（袁枚〈昭君〉）

父老談惡蛟，將軍磨寶 刀 。 刀 光入水人不見，格鬥三日風蕭蕭。（袁枚〈周孝侯斬蛟臺〉）

弔公**公**不聞，我懷空鬱紆。（蔣士銓〈魏鄭公祠〉）

〔註 122〕黃永武：《字句鍛鍊法》，台北‧台灣商務印書館，2000 年 4 月，頁 65。
〔註 123〕陳正治：《修辭學》，台北‧五南圖書事業公司，2003 年 5 月，頁 288。

軍久絕糧鼯鼠掘，士不解甲蟣蝨生。相持八十有│一日│，│
日│中有千輸贏。（趙翼〈題閻典史祠〉）

大恩乃反以仇報，平心試問誰│不仁│。│不仁│者興仁者滅，三
代變局從此新。（趙翼〈下相懷古〉）

百戰不死死牢戶，從古冤禍無此奇。（趙翼〈岳忠武墓〉）

房縣城頭殺氣黑，死聲入│鼓鼓│皮裂。一片刀光滿地腥，頸
血如湯浴鐵熱。臨危殉節豈│所難│，│所難│與賊共彈丸。（趙
翼〈題褒忠錄〉）

袁枚〈施將軍廟〉詠施全，以「將軍」一詞頂真，並以荊軻比喻施
全。〈五人墓〉詠周文元等五位義士，用「天」、「東廠」等字詞頂真，
當中「天語不聞聞東廠」一句，又採用「句中頂真」〔註124〕之法，
相當靈活。〈昭君〉一詩詠昭君，以「傷」字頂真，說明彈奏琵琶是
為君王「傷」心，傷心君王無情。詩末用「良家子」一詞頂真，對
比自己。而〈周孝侯斬蛟臺〉詩詠周處，用「刀」字頂真，寫周處
磨刀後，持刀入水斬蛟。

　　蔣士銓〈魏鄭公祠〉詠魏徵，「弔公公不聞」用「句中頂真」
法抒發對魏徵的憑弔。趙翼〈題閻典史祠〉詠閻應元，用「一日」頂
真，敘述戰況之久、之多。〈下相懷古〉詠項羽，以「不仁」頂真，
並暗指劉邦「不仁」。至於〈岳忠武墓〉詠岳飛，使用「句中頂真」
慨歎岳飛身經百戰完好無缺，卻被奸臣害死於獄中。〈題褒忠錄〉詠
郝景春，「死聲入鼓鼓皮裂」為「句中頂真」象徵戰況慘烈，「所難」
一詞頂真，與賊不共戴天之謂。

四、設　問

　　「設」就是設置、安排，「問」就是問題。講話或作文，故意不
用敘述的語句而改用疑問句，以引起注意的修辭法，就是設問修辭法

〔註124〕「句中頂真」是沈謙提出的，指的是文句中詞語與詞語間，用同一
　　　　字來頂接，乍看像疊字，其實語義是拆開的。

〔註 125〕。設問有懸問、提問、激問等方式，在三大家詠史詩中常出現的是激問〔註126〕，如袁枚〈明妃曲〉：

> 明駝一群角數聲，漢家宮女昭君行。六宮送別淚如雨，怨入民間小兒女。昭君上馬鞍，手取琵琶彈。生來絕色原難畫，影落黃河自愛看。詔書殷勤選容質，傳到龍庭轉幽咽。侍女濃熏甲帳香，傾城遠掃天山雪。橫波滿臉向名王，手拂穹廬作洞房。生長內家風味慣，酒酣時作漢宮妝。從今甥舅息干戈，塞上呼韓日請和。寄言侍寢昭陽者： 同報君 恩若個多？ （《小倉山房詩集》卷三）

詩詠昭君和番，前六句描繪眾人送別，昭君馬上彈奏琵琶的畫面，十分生動。「生來」六句寫畫師畫不出昭君之美，而君王又以圖畫為準，因此，一代美女成為遠嫁匈奴的人選。「橫波」四句說昭君嫁給匈奴王，每至酒酣時仍著漢家妝扮。「從今」四句敘胡漢平息干戈，末句反詰那些侍請昭陽殿的妃子，昭君與之相比，誰報答君恩較多？這樣的寫法，很難不引起讀者的注意。

又袁枚〈玉環〉二首之二：

> 可惜雲容出地遲，不將讕語訴人知。
>
> 《唐書》新、舊分明在，那有金錢洗祿兒？ （《小倉山房詩集》卷二）

詩詠楊貴妃。前兩句感歎楊妃一生聚訟紛紜，只有當時當事之人才可能了解真實情況。「唐書」兩句對《資治通鑑》記載玄宗賜貴妃洗兒金銀錢之事提出詰問。據《資治通鑑》卷二百一十六〈唐紀三十二·玄宗天寶十載〉云：「甲辰，祿山生日，上及貴妃賜衣服、寶器、酒饌甚厚。後三日，召祿山入禁中，貴妃以錦繡為大襁褓，裹祿山，使宮人以綵輿舁之。上聞後宮歡笑，問其故，左右以貴妃三日洗祿兒對。上自往觀之，喜，賜貴妃洗兒金銀錢，復厚賜祿山，盡歡而罷」〔註127〕。

〔註125〕陳正治：《修辭學》，台北·五南圖書事業公司，2003 年 5 月，頁 40。
〔註126〕激問又叫做「詰問」、「反詰」或「反問」。
〔註127〕司馬光：《資治通鑑》，北京·中華書局，2005 年 9 月，頁 6903。

　　關於此事，《舊唐書》、《新唐書》皆不載，袁枚於此提出，有批評《資治通鑑》採用筆記野史，以訛傳訛之意。

　　再觀蔣士銓〈烏江項王廟〉二首之二：

　　　凜然生氣照江東，垓下遺歌壓大風。

　　　失鹿尚能奔父老，欺人決不是英雄。

　　　亡姬且共烏騅死，左相能教野雉通。

　　　不論人心論成敗，那無清淚哭重瞳？（《忠雅堂詩集》卷三）

作品繫於乾隆十七年（1752），心餘 28 歲。這年夏，心餘北上赴禮部恩科會試，詩當作於北上途中。詩詠項羽，兼及劉邦之妻、臣。烏江項王廟位於今安徽和縣東北，前四句作者盛讚項羽之英雄氣概與慷慨性格，「亡姬」一聯舉劉邦爲比，言項羽能得佳人、寶馬與之偕亡；而劉邦卻無法管束妻子與臣下私通。末聯詰問作收，若不以機巧之心與成敗論英雄者，應使古人爲其行事磊落慷慨而淚下幾許！

　　再如趙翼〈歌風臺懷古〉二首之一：

　　　匹夫成帝十年功，萬乘還鄉宴此中。

　　　雲起眞符天子氣，風來故是大王雄。

　　　兒童歌舞三侯徧，父老追攀一縣空。

　　　頗怪生平稱大度，如何宿怨獨銜豐？（《甌北集》卷十三）

此篇作於乾隆三十一年（1766），甌北 40 歲。此年詩人赴廣西鎮安上任，由運河乘船南下，途經江蘇沛縣時寫下這首詩。

　　內容描摹漢高祖劉邦成就帝業、衣錦榮歸之情狀。行間顯現與群臣歡宴、童子歌舞擁戴、縣中父老追攀之熱鬧景象。尾聯語鋒一轉，於熱烈氛圍中對劉邦「豁然大度」提出疑問。「生平稱大度」之句，據史載，「高祖爲人……仁而愛人，喜施，意豁如也。常有大度」〔註128〕。而「宿怨獨銜豐」之句，亦自史書來，劉邦曾引兵進攻豐縣（今屬江蘇），竟遭雍齒與豐縣子弟死守不降，後由項梁益兵五千方取，故而銜怨豐人，直至功成回沛縣探望，應沛縣父老之請方免

─────────────────────

〔註128〕 司馬遷：《史記・高祖本紀》，北京・中華書局，1997 年 11 月，總頁 91。

除豐縣人民之賦稅、徭役﹝註129﹞。此種高妙的書寫方式，洵令讀者留下深刻印象。

五、類　疊

黃慶萱《修辭學》云：「同一個字、詞、語、句，或連接，或隔離，重複地使用著，以加強語氣，使講話行文具有節奏感的修辭法，叫作『類疊』」﹝註130﹞。善用類疊修辭，可以強調語意，收到表達效果；也可以貫串文意，收到呼應的效果。在三大家詠史詩中運用類疊之例很多，當中又有疊字、類字之別。

（一）疊　字

疊字為字詞連接的類疊﹝註131﹞。如袁枚〈臨安懷古〉：

曾把江潮當敵攻，三千強弩水聲中。

霸才越國追勾踐，家法河西仿竇融。

宰樹 重重 封錦綉，宮花 緩緩 送春風。

誰知苦創東周局，留與平王避犬戎！（《小倉山房詩集》卷一）

這是詩人 21、22 歲（乾隆元年至二年，1736～1737）時的創作。臨安即今浙江杭州，是詩人的故鄉。此篇讚賞吳越王錢鏐於杭州創業，足以媲美當年越王勾踐滅吳事功。同時慨歎南宋不僅無法創業，甚而連守成亦不能，抒發作者反思歷史之沉痛心境。頸聯「宰樹重重封錦綉，宮花緩緩送春風」兩句使用疊字，呈現錢鏐死後之榮耀。

次如蔣士銓〈詠史〉二首之二：

邯鄲困纍卵，魏壁老鄴中。公子尚大義，決計夷門翁。晉鄙一小兒，屠客誠英雄。日飲近婦人，竟以酒色終。同時有魯連，老節殊未同。矯矯 千里駒，落落 青冥鴻。一出趙魏存，再出聊城空。高蹈老東海，千載懷清風。走狗易為烹，吾願觀神龍。（《忠雅堂詩集》卷一）

﹝註129﹞同上註，總頁 103。
﹝註130﹞黃慶萱：《修辭學》，台北・三民書局，2010 年 1 月，頁 531。
﹝註131﹞同上註，頁 532。

此篇作於乾隆十年（1745），心餘 21 歲。詩舉魏公子與魯仲連對比，前六句寫魏公子聽取侯嬴之策「竊符救趙」之事，「日飲」二句指魏公子見疑於魏王，遭罷兵權，悒憂酗酒，多近女色，終傷酒而亡。「同時」以下八句敘魯仲連，當中「矯矯千里駒，落落青冥鴻」二句使用疊字揄揚仲連之才與氣度。仲連少有奇才，人稱「千里駒」。「一出趙魏存，再出聊城空」指仲連詰難新垣衍，義不帝秦，穩定趙國軍心，與魏國一同擊退秦軍和致信燕將，曉以利害，使聊城不戰而下等事跡〔註 132〕。「高蹈」二句寫仲連最後隱居東海。「走狗」二句是詩人對仲連的欽慕。

　　再爲趙翼〈古詩二十首〉之十三：

嚴光與李泌，皆共帝王臥。一則去不返，一則起相佐。若論高蹈風，子陵固不挫。豈知衣白人，相業亦甚播。近護太子危，遠紓吐蕃禍。鑿鑿副名實，力有回天大。使皆托鴻冥，國家事誰作。公獨爲其難，豈厭辟穀餓。回首披裘翁，蒼山但晏坐，區區一釣竿，寧勝芋半个。（《甌北集》卷一）

這首詩作於乾隆十一年（1746），甌北 20 歲，時館於城中史翼宸明經家。內容以東漢嚴光和唐代李泌的行藏爲對比。詩人以爲李泌隱現均順勢而作，況且爲相，忠於本分，聲譽遠播，名實相副，力能回天，優於嚴光獨善其身。

　　又如趙翼〈金山詠韓忠武事〉：

滿江風捲怒濤聲，千載如聞戰鼓鳴。
南渡君猶能將將，中權帥竟出卿卿。
時清兵甏無遺跡，事往英雄尚大名。
愧我亦曾身執戟，至今仍作一書生。（《甌北集》卷三十）

這是乾隆五十一年（1786），甌北 60 歲時所寫的作品。年屆花甲的甌北，過金山（位鎮江西北），有感於韓世忠事跡，故詠之。首聯行

〔註 132〕 司馬遷：《史記・魯仲連鄒陽列傳》，北京・中華書局，1997 年 11 月，總頁 623～626。

舟過鎮江金山，聽取江上風捲怒濤，猶如當年激烈戰鼓之聲。頷聯運用疊字，描寫宋室南渡，偏安一隅，值金兵入侵，幸賴世忠運籌帷幄，於楚州十餘年，而金人不敢犯。惜秦檜弄權，復高宗不採世忠抗疏，終讓世忠解職。頸聯、尾聯呈現詩人對於世忠過往懷著欽敬，反觀自身雖曾執戟官門，如今卻只是一介書生，略顯愁緒淡淡。

（二）類　字

　　類字屬字詞隔離的類疊〔註133〕。如袁枚〈孝侯射虎處〉云：

　　　　英雄 得自由，一身射虎如射牛；英雄 受束縛，五千壯士同
　　　　一哭。我生跳蕩如雷顛，過此不覺心悁悁。三十三年棄綦
　　　　組，從此入山不畏虎。（《小倉山房詩集》卷二十八）

這首寫於乾隆四十七年（1782），詩人 67 歲。這年春，詩人游天台、雁蕩、永嘉、處州之黃龍山等地，一路作詩撰文。內容描寫周處射虎與遇害。前四句使用類字，稱周處為英雄，「英雄得自由」二句言其在野，一身超群武藝，射虎射牛，易如反掌；「英雄受束縛」二句說周處與氐人齊萬年作戰，受夏侯駿、梁王肜約束，以五千兵馬對七萬敵軍，力戰而亡〔註134〕。後四句寫詩人心情激動，過此不覺憂悶，「三十三年棄綦組」二句謂離開仕宦三十三年，不須畏懼官場如虎口般險惡！

　　次如蔣士銓〈題文信國遺像〉詩云：

　　　　遺世獨立 公之 容，大節不奪 公之 忠。天已厭宋猶生公，一
　　　　代正氣持其終。小人紛紛作丞輔，公不見用且歌舞。朝廷
　　　　相公國已亡，六尺之孤是何主？出入萬死身提戈，天意不
　　　　屬當奈何！十載幽囚就柴市，毅魄且欲收山河。節義文章
　　　　皆可考，狀元宰相如公少。山中誰救六陵移？地下真慚一
　　　　身了。亂亡無補心可憐，天以臣節煩公肩。不然狗彘草間

〔註133〕同上註，頁 533。

〔註134〕房玄齡等撰《晉書‧周處傳》：「時賊屯梁山，有眾七萬，而駿逼處
　　　　以五千兵擊之。……將戰，處軍人未，肜促令速進，而絕其後繼。……
　　　　遂力戰而沒」。北京‧中華書局，1997 年 11 月，總頁 407。

活，借口順運謀身全。俎豆忠貞遂公志，嶺上梅花公再世。

鄉人誰復繼前賢？一拜須眉一流涕。（《忠雅堂詩集》卷十八）

詩詠文天祥，通篇稱「公」旋知心餘崇敬之情。前二句使用類字，意在呈示文天祥超脫世俗之容與臨危不易之忠。「天已厭宋」以下八句謂宋朝氣運已終，而文天祥帶著正氣應運而生。諸多變節仕元之宋臣，如留夢炎之流，均曾擔任丞相，身為狀元的文天祥卻未受重用。迨及啟用天祥為相時，宋室已瀕覆亡！「十載」二句指天祥雖已就義，然堅毅魂魄仍欲收復被侵占的山河，當中「十載」應為四載，自天祥于景炎三年（1278）十二月被俘于五坡嶺，至至元十九年（1282）十二月九日就義于柴市，前後四年。「節義」二句言天祥遺留之亮節義風、詩詞文章，斑斑可考，像他一樣的狀元宰相世間少見。「亂亡」以下四句形容天祥謹守忠君之節，不為苟全性命而借口順應歷史潮流。「俎豆」句意謂天祥自小即立志效法前賢，《宋史·文天祥傳》載：「（天祥）自為童子時，見學宮所祠鄉先生歐陽脩、楊邦乂、胡銓像，皆諡『忠』，即欣然慕之。曰：『沒不俎豆其間，非夫也』」〔註135〕。「嶺上」句稱數百年後明朝出現史可法死守揚州，葬于梅花嶺，宛如天祥再世。最後兩句詩人歎息廬陵自天祥後誰能繼其志，瞻仰其像，不禁愴然涕下！

再如趙翼〈李忠定公墓在福州懷安桐口大安山〉：

靖康如用公，或免北轅辱。建炎如用公，或免南渡蹙。敵退公亦去，敵來公已逐。徒令後世悲擯棄，何補當時計恢復。有宋李忠定，有明于忠肅。皆當天地翻，力欲奠坤軸。一則言不用，身存國被蹴。一則言見從，國存身被戮。若論純臣心，豈願全軀國家覆。懷安桐口青山麓，我過荒墳淚盈掬。生無百日立朝端，死有一坏留海曲。（《甌北集》卷三十二）

詩寫李綱，旨在憑弔，並為其發聲。詩人以為北宋末、南宋初，李綱

〔註135〕參脫脫《宋史·文天祥傳》，北京·中華書局，1997年11月，總頁3191。

在朝，若能採納其言，或許不會發生「靖康之難」，而宋室也不須南渡。

六、翻　疊

　　用翻筆產生新意，使原意翻上一層，出人意表的句子，叫做「翻疊」〔註136〕。如袁枚〈馬嵬〉四首之二云：

　　　　莫唱當年〈長恨歌〉，人間亦自有銀河。

　　　　石壕村裏夫妻別，淚比長生殿上多。(《小倉山房詩集》卷八)

前人寫作馬嵬詩，或歎惋李、楊的愛情悲劇，或諷刺玄宗的昏庸無能，袁枚這首〈馬嵬〉卻脫出前人窠臼，賦予新意。

　　詩的前兩句，「莫唱當年〈長恨歌〉，人間亦自有銀河。」，作者以直述方式，發表自己的見解，他認為白居易〈長恨歌〉中所描述、歎息的，不過是太眞仙子感受的相思之苦和玄宗個人失去所愛之痛，這苦痛乃咎由自取，並不值得同情。而人世間無形的銀河，硬將親人拆散，迫使夫妻分離，才是令人為之一掬同情之淚的悲苦。

　　「石壕村裏夫妻別，淚比長生殿上多。」借杜甫〈石壕吏〉作跌宕，順接前二句，翻出無限意趣。杜甫〈石壕吏〉描述安史之亂時，目睹差吏強行拉夫，迫使一對年老夫婦白首分離，老翁翻牆逃走，老婦被連夜捉走，詩人寫道：「夜久語聲絕，如聞泣幽咽。天明登前途，獨與老翁別。」其所反映的民間疾苦，袁枚感同身受，從而以為石壕村中平民夫婦那純樸眞摯，至死相依爲命之情，非長生殿中帝妃可比。

　　由馬嵬而想到白居易〈長恨歌〉，再穿插〈石壕吏〉，出人意表，妙趣橫生，體現詩人豐富的情感和作詩清新靈巧的特點。

　　復觀蔣士銓〈采石磯登太白樓〉四首之四云：

　　　　已歎仙人謫，還堪貶夜郎。

　　　　交遊寧黨附，知遇但文章。

〔註136〕黃永武著：《字句鍛鍊法》，台北・台灣商務印書館，2000年4月，頁26。

> 使氣非眞醉，沉江豈是狂。
>
> 錦袍聊自飾，不許後賢傷。（《忠雅堂詩集》卷十四）

詩懷李白，首二句爲李白一生遭際歎惋，三、四句言李白生平交遊非附黨之輩，知遇皆文章之士。「使氣非眞醉，沉江豈是狂」用灌夫使酒罵座與屈原沉江史典，一翻前人窠臼。《史記・魏其武安侯列傳》載竇嬰失勢，日與灌夫游。灌夫剛直使酒，不好面諛，嘗於丞相田蚡處假酒醉而罵座〔註137〕。又班固〈離騷序〉評屈原：「責數懷王，怨惡椒蘭，愁神苦思，強非其人，忿懟不容，沉江而死，亦眨絜狂狷景行之士」。此地心餘自出己意，一翻前人窠臼。結語稱太白錦袍爲自家風流瀟灑，後人傷弔，徒增煩惱！

又趙翼〈雜題〉九首之三云：

> 秦皇築長城，萬里恢邊牆。西起臨洮郡，東至遼海旁。
>
> 隋帝發兵夫，開渠自汴梁。抵淮達揚子，由江達餘杭。
>
> 當其興大役，天下皆痯瘝。以之召禍亂，不旋踵滅亡。
>
> 豈知易代後，功及萬世長。周防鞏區夏，利涉通舟航。
>
> 作者雖大愚，貽休賞無疆。如何千載下，徒知詈驕荒。

（《甌北集》卷二十三）

秦始皇修築長城，隋煬帝開鑿汴河，暴虐擾民，歷來多爲詩人否定與攻訐。趙翼卻在詩中將兩位歷史暴君的措舉給於高度評價，稱他們「功及萬世長」，顯見詩人史識不同於一般。

又趙翼〈丹陽道中〉：

> 疏鑿痕猶見，舟行似峽中。
>
> 岸高帆少力，潮逆櫓無功。
>
> 畚鍤當年集，舟航萬古通。
>
> 莫嗤隋煬帝，此舉禹王同。（《甌北集》卷四十）

這裏也是凸顯隋煬帝開鑿運河與聖王大禹治水之功是相同的，翻新前人創作，出人意表。

〔註137〕 司馬遷：《史記・魏其武安侯列傳》，北京・中華書局，1997 年 11
月，總頁 721。

清代賀貽孫《詩筏》曾說：「煉句煉字，詩家小乘，然出自名手，皆臻化境。蓋名手煉句如擲杖化龍，蜿蜒騰躍，一句之靈，能使全篇俱活。煉字如壁龍點睛，鱗甲飛動，一字之警，能使全句皆奇。若煉一句只是一句，煉一字只是一字，非詩人也」〔註138〕。從三家詩人詠史作品中的修辭手法來看，他們都屬名手之列，不僅是詩句上的活潑靈動，更可貴的是能讓讀者從活潑靈動的一字一句中，想見他們創作時的用心與用情。

第三節　體式運用

乾隆三大家詠史詩體式運用，計有五古、七古、五律、七律、五絕、七絕、六絕、雜言等，為清眉目，茲列表如下：

體式 ＼ 詩人	古詩	律詩	絕句	總計
袁　枚	五言：30 七言：17 雜言：14	五言：13 七言：63	五言：9 六言：3 七言：121	270
蔣士銓	五言：35 七言：25 雜言：4	五言：18 七言：39	五言：0 七言：64	185
趙　翼	五言：54 七言：32 雜言：10	五言：15 七言：156	五言：0 六言：1 七言：43	311

由上表略知三家詠史，子才詠史七絕（121/270）、七律（63/270）所佔比重較大；心餘之古詩、律詩、七絕各佔約 1/3；至於甌北則七律為首（156/311）、五古次之（54/311）。以下針對各種體式特質，選取詩人代表作品分析，從而觀其堂奧：

〔註138〕參郭紹虞編選：《清詩話續編》，頁 141。

（一）五古、七古

關於五言古詩之起源，自六朝以來即有不同說法，如鍾嶸《詩品》云：

> 夏歌曰「鬱陶乎予心」，楚謠曰「名余曰正則」，雖詩體未全，然是五言之濫觴也。逮漢李陵，始著五言之目矣。

〔註139〕

言五言古詩起於西漢。劉勰《文心雕龍‧明詩》稱：

> 古詩佳麗，或稱枚叔，其孤竹一篇，則傅毅之詞，比類而推，兩漢之作乎？〔註140〕

亦以五古為兩漢之作。此二說，現代文學家均存疑，較為普遍接受的觀點為：五言詩從西漢時代的樂府詩開始萌芽，到東漢初期經由文人的創作而形成固定的體製，然後到東漢末年的建安時期逐漸盛行起來〔註141〕。

至於七言古詩之起源，前人咸以漢武帝〈柏梁臺聯句〉為濫觴，然顧炎武於《日知錄》中辨其訛，斷為後人偽作〔註142〕。現代學者則傾向於，七言古詩之雛型大約形成於西漢，如漢高祖〈大風歌〉、漢武帝〈秋風辭〉等，其作受楚辭影響，句中帶有「兮」字，除去兮字，即為七字句，如〈大風歌〉：「威加海內兮歸故鄉，安得猛士兮守四方」。〈秋風辭〉：「草木黃落兮雁南歸……少壯幾時兮奈老何！」到東漢張衡的〈四愁詩〉，很多句子已無「兮」字，例如「路遠莫致倚逍遙，何為懷憂心煩勞？」則七言古詩之形式更近完備。至曹丕〈燕歌行〉一出，完整的七言古詩便正式在文學史上出現〔註143〕。明白

〔註139〕 見何文煥編訂：《歷代詩話》，台北‧藝文印書館，1974年4月，頁7。

〔註140〕 劉勰著、周振甫注：《文心雕龍》，台北‧里仁書局，1984年5月，頁84。

〔註141〕 邱燮友、周何、田博元編著：《國學導讀》（第四冊），2000年10月，頁184。

〔註142〕 參顧炎武：《日知錄》，台北‧文史哲出版社，1979年，卷21。

〔註143〕 邱燮友、周何、田博元編著：《國學導讀》（第四冊），2000年10月，

體源之後，先舉三大家五古詠史之篇，如袁枚〈周世宗慶陵〉云：

> 海內風塵極，英雄天子生。山河歸智勇，氣數限功名。日
> 角龍岡出，雲陽鳳輦行。有書皆御覽，無戰不親征。文物
> 歌周〈雅〉，明堂啟漢京。三關談笑得，五季濁流清。銅
> 像先銷佛，金河待洗兵。降旗江上豎，春酒草橋迎。華夏
> 威全攝，燕、雲意力爭。先難仁者事，柔遠聖人情。一旦
> 軒弓墜，千年禹甸傾。中原從此歇，內地幾人耕？朝覲謳
> 歌改，孤兒寡婦驚。錦囊書慘淡，玉鉞涕縱橫。萬里經綸
> 志，高天甲馬聲。河南好秋月，只傍慶陵明。(《小倉山房詩
> 集》卷八)

此為子才於乾隆十七年（1752）所作，時三十七歲。詳後周世宗（柴
榮）之陵位於鄭州管城縣境內，詩人於作品中彰顯周世宗之文治武
功，稱其為仁為聖，能使「五季濁流清」。首四句謂周世宗生為英
雄天子，稟賦大智大勇，曾開拓疆土，惜命運不濟，盛年早逝，限
制其功業。「日角」四句言周世宗出身邢州龍岡，具帝王之相，通
書史，善騎射，乃文武之才。「文物」四句將周世宗之統治比擬西
周與漢代，同時點出五代紛亂之局至周世宗而漸趨穩定，猶如濁流
澄清。「銅像」二句述說周世宗曾詔令將天下銅佛之像銷毀以鑄錢，
也曾思北征收復失地。「降旗」二句指周世宗親征契丹取三關時，
守將皆舉城投降，百姓則攜酒相迎。「華夏」四句總括周世宗之顯
赫功勳，尊崇其欲收復燕雲十六州之雄心。「一旦」四句描寫周世
宗親征契丹中途病故，九州失傾，環顧國內，無人可繼之情形。「朝
覲」二句隱指周世宗死後，政權轉移，落入趙匡胤之手。「錦囊」
二句意為周世宗納諫求賢，用人不疑，且對待下屬，至情至性。結
尾「萬里」四句呈顯詩人對周世宗之崇敬與追思。

清‧施補華《峴傭說詩》云：「五言古詩以簡質渾厚為正宗」。又
清‧劉大勤《師友傳續錄》說：「五言長篇宜富而贍，短篇宜清婉而

意有餘」。袁枚此詩概述周世宗一生主要功績，篇幅適中，含斂渾厚，包蘊無窮，意長神遠，不啻佳作！

又蔣士銓〈讀始皇本紀〉四首其一云：

> 秦帝富貴人，萬事不留餘。苟能得長生，神仙亦盡誅。玉皇且岌岌，應奪紅雲居。天界築長城，三島眷屬俱。風雨各怨涕，生天實愁予。十洲懼祖龍，守禦憑鮫魚。所以童男女，不得通音書。（《忠雅堂詩集》卷二十一）

詩篇創于乾隆三十八年（1773），心餘四十九歲，時居揚州。本首寫秦始皇之事，作者從設想其長生之後果對秦始皇之殘暴進行邏輯推衍，思維奇特，饒富風味。前八句說假若始皇得以長生，誅盡神仙，奪玉帝之居，築城天界，三神山（蓬萊、方丈、瀛洲）仙人之眷屬均將徵調服役。後六句述秦皇過於殘虐，故而其派遣之童男童女，未能取得與仙山之聯繫。

吳鼐〈西溪漁隱外集題詞〉說：「鉛山蔣清容太史（士銓），志節凜凜，不後古人。五七言詩，擺脫凡近，自然入格，離奇變幻，無所不有。」〔註144〕洵爲知言。

復如趙翼〈古詩二十首〉之七，詩云：

> 范蠡既霸越，一舸笠澤中。手挾西施去，同泛烟濛濛。人謂謀身智，吾謂謀國忠。惟恐浣紗人，又入越王宮。荒醶再釀亂，覆轍蹈甬東。所以絕禍水，脂粉一掃空。賢士既致君，更慮鮮克終。徒以遠害論，猶未測其衷。（《甌北集》卷一）

這是一首稱頌范蠡之作，詩人認爲范蠡挾西施，同泛五湖，非爲謀身，乃是擔心西施像媚惑吳王那般再入越宮，使越王迷戀而荒廢國事，實則盡忠也。「賢士」四句言賢士爲君盡忠，鮮少能夠有始有終，而范蠡卻能做到，如果只以全身遠禍評論之，即尚未體察范蠡之心！

〔註144〕參錢仲聯主編：《清詩紀事》（二），南京・鳳凰出版社，2004 年 4 月，總頁 1420。

　　張維屏《聽松廬詩話》云：「甌北五古中論古、論事、論理諸作，雖虛字太多，發論太盡，於古人渾厚含蓄，一唱三歎之旨，幾不復存。然胸中有識，腕底有力，眉開目爽，自成爲有韻之文。」〔註145〕觀上作，不得不佩服張氏品詩功力之深。

　　其次爲七古。如袁枚〈徐中山王墓〉詩云：

　　鍾山之陰亂峰起，勢如萬劍青天倚。對山華表如山高，大書『中山王葬此』。龍碑摩空字百行，銘勛敍戰明高皇。草熏日炙難辛讀，摩挲青石神飛揚。維王二十雲從龍，南徇吳會西崆峒。懸旗莫與子儀敵，張口不談馮異功。一朝威定虎狼都，拔劍廷臣殿上趨。博陸丹青居第一，汾陽甲第賜千區。從來鳥兔哀弓狗，誰把兵權釋杯酒！尉遲老計托青商，亞父危機摑玉斗。半夜吳王舊邸開，將軍大醉誰遣來？醒叩階前呼萬死，從此臣心照天子。北平軍老朔風殘，上將妖星刁斗寒。可憐恩賜黃銀帶，尚有人傳白馬肝。唐皇絳帛招難起，晉武顰眉淚不乾。祁連高冢橋山側，昭陵弓劍同鳴咽。一代風雲竟始終，千秋花鳥催寒食。野火光燒鐵券文，杜鵑紅染金創血。游客淒涼淚盈把，松鼠佽佽騰古瓦。欲拾殘槍問戰功，敲火牧童騎石馬。（《小倉山房詩集》卷十）

此首融寫景、敘事、抒情於一體，概括徐達之征戰生涯和晚年厚遇。起首四句交代徐達墓之地理位置與高聳石柱上刻其封號。「龍碑」二句寫明太祖朱元璋爲徐達建墓立碑。「草熏」二句敍述徐達戰功。「維王」以下八句描述徐達年二十餘即追隨明太祖帶兵巡行，其勛業卓著，卻不因功自傲。「從來」至「亞父」四句化用韓信受戮與趙匡胤「杯酒釋兵權」〔註146〕之典，發出感慨。大明建國，朱元璋爲強化

〔註145〕參錢仲聯主編：《清詩紀事》（二），南京・鳳凰出版社，2004 年 4 月，總頁 1462。

〔註146〕宋太祖爲集中權力，同時避免禁軍將領篡奪政權，遂通過酒宴，發表意見，暗示高階軍官交出兵權。參司馬光《涑水紀聞》與王鞏《聞見近錄》。

皇權而誅殺功臣，徐達並未因功罹禍。「半夜」至「從此」四句說明太祖贈徐達萬春園府第之事〔註 147〕。「北平」四句形容徐達深得明太祖之信任與恩賜。「唐皇」二句表示明太祖對徐達的關心與敬重，唐皇指唐明皇李隆基，晉武指晉武帝司馬炎，二人皆曾提倡節儉。即使朱元璋仿效二人提倡節儉，這樣的詔令對徐達仍會網開一面。「祈連」二句指徐達墓與後來明孝陵（朱元璋墓）相鄰。「一代風雲」以下八句呈現詩人悼念之情，想著當年叱吒風雲的中山王，已成過往，如今只得於寒食受遊客祭拜。

又如蔣士銓〈題表忠觀碑後〉：

> 不肯閉門作天子，願作開門節度使。西湖之水豈可填？有國百年吾足矣。妖賊紛紛盜赤符，公言赫赫傳青史。三世四王七十年，功名五代相終始。嗚呼！仙芝漢宏一亂民，黃巢嗜殺終滅身。可憐不識忠孝字，高駢董昌皆重臣。八州父老免塗炭，九死包容頒鐵券。由來信誓出殊恩，敢使兒孫罹國憲？雍熙納地倖免誅，南渡陰還土一隅。仁人再世且享國，佳兵好殺何其愚！勸忠異代推清獻，壞廟無虞還立觀。特筆誰如蘇子瞻？雄文壓倒羅昭諫。（《忠雅堂詩集》卷十五）

本詩為蔣士銓於四十二歲所作。宋蘇軾曾作〈表忠觀碑〉文略云：

> 故吳越國王錢氏墳廟，及其父祖妃夫人子孫之墳，在錢塘者二十有六，在臨安者十有一，皆蕪廢不治。父老過之，有流涕者。謹按故武肅王鏐，始以鄉兵，破走黃巢，名聞江淮，復以八都兵討劉漢宏，并越州以奉董昌，而自居於杭。及昌以越叛，則誅昌而并越，盡有浙東西之地。傳其子文穆王元瓘，至其孫忠獻王仁佐，遂破李景兵，取福州，而仁佐之弟忠懿王俶又大出兵攻景，以迎周世宗之師，其

〔註 147〕《明史·徐達傳》：「帝嘗從容言：『徐兄功大，未有寧居，可賜以舊邸。』舊邸者，太祖爲吳王所居也。達固辭。一日，帝與達之邸，強飲之醉，而蒙之被，昇臥正寢。達醒，驚趨下階，俯伏呼死罪。帝覘之，大悅。乃命有司即舊邸前治甲第，表其坊曰『大功』」。北京·中華書局，1997 年 11 月，總頁 974。

後卒以國入覲。三世四王，與五代相終始。〔註148〕

心餘詩起首所書吳越王錢鏐一生行誼，即如東坡之文所紀，中間舉王仙芝、劉漢宏、黃巢、董昌等不識忠孝，為亂、嗜殺、背叛，對應錢鏐治杭四十餘年，奉事中原朝廷，使八州父老免受戰亂之苦。詩末稱許宋·杜範《清獻集》、蘇軾，並以為羅隱（字昭諫）之文不及蘇作。

延君壽《老生常談》稱「蔣心餘詩，予所極心折者，第一卷有〈擬秋懷詩〉數首，不徒於少年時作大言炎炎，終竟能卓然有所樹立，詩亦堅栗深造，力掃浮言。……集中七古，當以〈題表忠觀碑後為第一。」〔註149〕除表示欣賞心餘之詩，亦給予其〈題表忠觀碑後〉極高的評價。

又趙翼〈漳州木棉菴懷古〉詩同為七古鉅作，詩云：

快事千秋一拉脅，我為天下殺此賊。木棉花底血流紅，血紅花紅共一色。憶昔平章正少年，夜遊燈火滿湖邊。門高戚里連宮掖，朝倚長城奠海埏。勳名蓋世誇援鄂，暗許金繒有成約。歸去翻矜卻敵功，福華一部書韜略。正當北國造基忙，留得南朝處堂樂。是時黃閣倚天開，葛嶺初晹改舊臺。五日都堂班絕席，百僚文案稟鈞裁。買田供饋邊軍費，增籩牢籠太學才。多寶閣成晨躡屐，半閒堂靜夜傳杯。威行玉帶重泉取，權劫金輿大祀同。以去要君天子拜，暫歸葬母太皇催。廿載湖山紛綺繡，不堪砲打襄陽透。圍城久絕蚍蜉援，相府方酣蟋蟀鬭。事急倉皇再出師，橫江戰敗難遮覆。潰兵旗亂喚誰麾，逃將舟迴呼不救。昔人曾恥言和議，謂是偷安無志氣。到此翻思秦會之，乞和未必非長計。早知諉責召鄰兵，悔不盟書輸歲幣。有詔師臣誤國謀，山陰小吏正懷雠。願充押伴炎方去，狹路相逢南劍州。捧詔來呼賈團練，巾車去蓋無呵殿。杭歌嘲客夾途多，閩

〔註148〕蘇軾著：《蘇東坡全集》，台北·世界書局，1996年2月，頁386。
〔註149〕郭紹虞編選、富壽蓀校點：《清詩話續編》，上海·上海古籍出版社，1999年6月，頁1842。

橄逐人傳帖徧。已問吳潛何故來，況堪葉李重相見。當年
意氣壓公卿，今日仰看丞尉面。黯黯江清不肯投，猶恃國
恩延一線。漳寺喬柯陰碧穹，老拳於此逞英雄。雖輸王著
揮椎早，已勝施全刺刃空。笑指木棉花樹下，破銅山賊有
奇功。可憐此樹無端辱，長使遊人訪遺躅。一樣投荒故相
來，累儂不作萊公竹。著花亦將呼醜枝，息陰或更比惡木。
風聲夜半似號冤，老樹精啼非鬼哭。（《甌北集》卷三十一）

此篇是甌北 61 歲所作，詩題中之木棉菴為廟名，位在今福建漳州市
南。詩之內容為概述南宋姦臣賈似道之一生，首四句就鄭虎臣拉殺賈
似道之事落筆〔註 150〕，之後追溯似道（曾任平章軍國重事）往昔各
種奢華、淫逸、權傾一時，甚而「以去要君天子拜」，至為跋扈，其
緣一為其姐為理宗貴妃，因椒房之親扶搖直上；一為「少落魄，為游
博，不事操行」〔註 151〕。終於兵敗、國破、身亡。當中「已問吳潛
何故來，況堪葉李重相見。當年意氣壓公卿，今日仰看丞尉面。」四
句，諷似道生前死後之景，霄壤之別。「黯黯」以下八句論述虎臣屢
諷似道自殺，不聽，曰：「太皇許我不死，有詔即死」之事〔註 152〕。
「可憐」四句謂木棉花樹因似道之死受無妄之辱，呼應詩題。末四句
言木棉花樹自身為受冤而號哭，全章借似道史事議論南宋君臣，寄慨
遙深，耐人尋味！

　　元朝楊載《詩法家數》云：「七言古詩，要鋪敘，要有開合，有
風度。要迢遞險怪，雄俊鏗鏘，忌庸俗軟腐，須是波瀾開合，如江海
之波，一波未平，一波復起。又如兵家之陣，方以為正，又復為奇，
方以為奇，忽復是正，出入變化不可紀極。」〔註 153〕強調七古要鋪

〔註 150〕　見脫脫撰：《宋史》卷 474 虎臣曰：「吾為天下殺似道，雖死何憾？」
　　　　　　拉殺之。北京・中華書局，1997 年 11 月，總頁 3506。
〔註 151〕　見脫脫撰：《宋史》卷 474，北京・中華書局，1997 年 11 月，總頁
　　　　　　3504。
〔註 152〕　同上註。
〔註 153〕　見何文煥編訂：《歷代詩話》，台北・藝文印書館，1974 年 4 月，頁
　　　　　　472。

述，有開合，須迢遞險怪，雄俊鏗鏘，如兵家之奇正變化，而吾人觀三家詠史長篇，融敘事、議論、抒情於一體，縱橫變化，氣勢矯健，充分展現其創作才能，時令後世詩話家給予不凡評語。

（二）五律、七律

有關五律之興起與發展，如吳紹澯〈蠡說〉云：

> 五言律詩，齊梁已建其端，要之，至唐而其體始備。善乎馮巳蒼之論曰：王楊四子勻勻敘去，自然富麗，自然起結，無構造之煩，至沈宋則宏麗爲阿房、建章。〔註154〕

又清・宋犖《漫堂說詩》載：

> 律詩盛於唐，而五言律爲尤盛。神龍以後，陳（子昂）、杜（審言）、沈（佺期）、宋（之問）開其先，李、杜、高、岑、王、孟諸家繼起，卓然成家；子美變化尤高，在牝牡驪黃之外，降而錢（起）、劉（禹錫）、韋（應物）、郎（士元），清辭妙句，令人一唱三歎，即晚唐刻畫景物之作，亦足怡閒情而發幽思。始信四十字爲唐人絕調，宋、元、明非無佳作，莫能出此範圍矣。〔註155〕

足知五律於齊梁已發其端，經唐代陳子昂、杜審言、沈佺期、宋之問等定其體式，迨及杜甫時尤盛。

至於七律，要如錢木菴《唐音審體》〈律詩七言四韻論〉所述：

> 七言律詩，始於初唐咸亨上元間。至開寶而作者日出，少陵崛起，集漢魏六朝之大成，而融爲今體，實千古律詩之極則。同時諸家所作，既不甚多，或對偶不能整齊，或平仄不能黏綴，上下百餘年，止少陵一人獨步而已。中唐律詩始盛，然元白號稱大家，皆以長篇擅勝，其於七言八句，竟似無意求工。錢劉諸公，以韻致目標，多作偏枯。……義山繼起，入少陵之室，而運以穠麗，盡態極妍，故昔人謂七言律詩莫工

〔註154〕吳紹澯纂訂：《聲調譜說》，〈蠡說〉，收錄於杜松柏主編：《清詩話訪佚初編》，台北・新文豐出版，1987年6月，頁121。

〔註155〕清・宋犖著：《漫堂說詩》，收錄於丁福保編：《清詩話》，台北・藝文印書館，1965年，頁2。

於晚唐，然自此作者愈多，詩道日壞。〔註156〕

文中指出七律始於唐高宗咸亨上元（670～676）年間，略晚於五律，亦以少陵（杜甫）爲獨步。

　　觀詠史五律，三大家作品數量相當，袁 13 首，蔣 18 首，趙 15 首。今徵引代表作品析論，首爲袁枚〈蘭亭〉：

　　　爲有〈蘭亭序〉，青山屬右軍。

　　　清流猶映帶，名士盡烟雲。

　　　嘆逝能無感，論書孰與群！

　　　偶然數行字，千古訟紛紛。（《小倉山房詩集》卷二十六）

這是詩人遊蘭亭時所作，時年 64 歲。起首四句意指隨著時光流逝，當年曾於蘭亭聚會之東晉名士均已煙消雲散，成爲歷史陳跡，而王羲之（曾官右軍將軍）卻因〈蘭亭集序〉之文與字帖傳世，使其名與青山並存。後四句言王羲之的書法冠絕群倫，今日世人所見之〈蘭亭帖〉是否爲其眞跡，眾說紛紜。（按學者研究唐太宗酷愛書法，從羲之七世孫僧智永弟子辯才處取得〈蘭亭帖〉眞跡，分拓數本，以賜皇子近臣，自此〈蘭亭帖〉廣爲流傳。太宗死時，以眞跡殉葬昭陵。）

　　次如蔣士銓〈范大夫祠〉二首：

　　　籌國謀眞遠，知幾去獨先。

　　　自看湖水月，不受介山烟。

　　　姓字埋猶變，身軀鑄豈堅？

　　　功臣是何物，藏骨必祁連？（其一）

　　　伏臘思遺澤，靈威走越巫。

　　　清風被湖渚，古廟立城隅。

　　　才大都無戀，功高不受誅。

　　　恐彰君父惡，豈但爲全軀？（其二）（《忠雅堂詩集》卷十五）

這兩首五律是心餘 42 歲時經嘉興所作。詩題范大夫祠，爲春秋越國大夫范蠡之祠，位於秀水縣，范蠡嘗居嘉興，今稱陶朱公里，祠南臨

〔註156〕收錄於丁福保編：《清詩話》，台北·藝文印書館，1965 年，頁 4。

范蠡湖（《大清一統志・嘉興府》）。第一首稱范蠡慮遠謀深，輔社稷，親黎民，興復國，旋功成身退，封會稽，遊五湖，亦勝介子推死綿山。之後，埋姓變名鴟夷子皮、陶朱公，止於濟陰定陶，他洞澈所謂「功臣」，若不知進退，最終必「高鳥盡，良弓藏；狡兔死，走狗烹」而埋骨荒野。第二首就祠著墨，讚其夏冬之祭，香火鼎盛，清風靈威，遺澤千載；又思其才大無所戀，功高身得全之睿智，結句言范大夫獨具隻眼，識君王只可共患難，不可同安樂之本質，亦啓人心智。

再次爲趙翼五律〈讀杜詩〉：

　　杜詩久循誦，今始識神功。

　　不創前未有，焉傳後無窮。

　　一生爲客恨，萬古出群雄。

　　吾老方津逮，何由羿彀中。（《甌北集》卷三十九）

此爲甌北 71 歲所作（嘉慶二年，1797）。篇中推崇杜詩之創新。首聯言詩人對杜詩經過長時間撫摩吟誦，今日方體悟其極詣。頷聯云若不創造前人所未有，如何能永久傳世？頸聯抒發杜甫一生飄泊，故而其作長久以來無出其右者，略同於宋・歐陽脩〈梅聖俞詩集序〉：「然則非詩之能窮人，殆窮者而後工也。」之意。尾聯詩人自謙老來方入寫詩門徑，然不知何因仍落杜詩包羅之中。

元・楊載《詩法家數》以爲律詩要法，在起、承、轉、合，包含：

　　破題：或對景興起，或比起，或引事起，或就題起，要突

　　　　　兀高遠，如狂風捲浪，勢欲滔天。

　　頷聯：或寫意，或書事，用事，引證此聯要接破題，要如

　　　　　驪龍之珠，抱而不脫。

　　頸聯：或寫意、寫景、書事、用事，引證與前聯之意相應、

　　　　　相避，要變化，如疾雷破山，觀者驚愕。

　　結句：或就題結，或開一步，或繳前聯之意，或用事，必

　　　　　放一句作散場，如剡溪之棹，自去自回，言有盡而

　　　　　意無窮。〔註157〕

〔註157〕見何文煥編訂：《歷代詩話》，台北・藝文印書館，1974 年 4 月，頁

細品三大家五律諸作，整練清麗，蘊意高遠，開合變化，首尾聯貫，洵爲不可多得之章。

　　詠史七律，三大家中以趙翼居冠，凡 156 首。趙翼曾於〈謝啓昆《樹經堂詠史詩》序〉中說：「詩莫難於七律，七律莫難於詠史。不深觀於各朝之時勢，及諸臣之品量，則衡量未審」〔註 158〕。趙翼自身文學、史學根柢深厚，作詩提倡「創新」，此或爲其大量創製詠史七律之原因之一。先看趙翼〈題黃道婆祠〉：

　　　　一技專長濟萬邦，故應祠廟赫旌幢。
　　　　高樓占天不占地，平水通海又通江。
　　　　未有蠶桑人挾纊，共勤機杼女鳴窗。
　　　　君看鴛胎湖邊月，夜夜寒燈別短釭。（《甌北集》卷五十三）

詩作於嘉慶十六年（1811，85 歲）。詩題下自注「松江初來教人織布者」。黃道婆祠，故址在今江蘇吳江縣。首聯說由於黃道婆的技術使全國各地受惠，故應建祠表彰。頷聯運用「高樓」、「平水」等意象，讚揚黃道婆的地位與作用。頸聯書不須植桑養蠶，人人均得溫暖，只要織布女子於窗下辛勤紡織。　尾聯描述明月照映鴛胎湖，夜寒人靜，織布女仍剔明油燈，辛勤織布。本詩通過鮮明意象高度評價黃道婆之歷史貢獻。

　　再觀袁枚〈一行禪師塔〉詩云：

　　　　仰天畫策救人死，手捉七星安竈底。
　　　　千年曆法一分差，身應皇唐聖人起。
　　　　一朝蛻骨歸山丘，五峰回環七塔幽。
　　　　絕無高僧能布籌，門前溪水還西流。

　　（《小倉山房詩集》卷二十八）

這是袁枚 67 歲的作品。「仰天」二句依鄭處誨《明皇雜錄》載，一行禪師年幼家貧，時得鄰居王姥周濟。開元中，玄宗禮遇一行，言

471。
〔註 158〕參杜維運：《趙翼傳‧附錄九》，台北‧時報出版，1983 年 4 月，頁325。

無不可。不久，王姥之子因犯殺人之罪，將問斬。王姥求救於一行。
時一行寓渾天寺，命工役於空房安置大甕，並帶布袋潛伏廢園，言
天黑將有七物進來，須盡捉獲。屆時果有群豬入內，悉獲進甕，封
上紅色梵文。翌日玄宗急召一行入宮，稱昨夜北斗七星消失，主何
吉凶，能否避禍？一行於是乘機勸諫玄宗以德行感上蒼免禍。玄宗
採其建議，大赦天下，王姥之子因此得釋。北斗七星也在七日中回
復天空〔註 159〕。「千年」句指一行主持制定《大衍曆》時間誤差極
小。「身應」句謂玄宗初次召見一行，問其所能，曰「唯善記覽」。
於是取宮人籍冊予一行周覽，合上籍冊後，一行背誦如流，如素所
習讀。玄宗不覺降御榻，爲之作禮，呼爲「聖人」。頸聯云一行圓寂
後，其骨葬於塔中。尾聯亦從《明皇雜錄》而來，是書載一行嘗至
天臺山國清寺，見一院古松數十步，門有流水。一行立門外，聞院
內僧於庭布算，向眾僧說：「今日當有弟子求吾算法，這時已該到門，
門前水將向西倒流。」一行回望流水，竟改東流爲西流，他急步進
門，稽首請法，高僧將其術盡授一行。此二句意謂，一行禪師死後，
再也不會有令溪水倒流之卓異天才。

復賞蔣士銓〈謁張睢陽廟〉三首之三云：

　　金吾謝表字淋漓，主辱當臣致命時。
　　餘事讀書能熟誦，傷心出陣尚裁詩。
　　生平博雅于嵩見，死後勳勞李翰知。
　　三十六人多少恨，一聲南八是男兒。（《忠雅堂詩集》卷二）

詩作於乾隆十五年（1750，26 歲），時居南昌。首二句指張巡曾作
〈謝金吾將軍表〉云：「……逆賊祿山，殺戮黎獻，膻腥闕庭。臣被
圍四十七日，凡一千八百餘戰。主辱臣死，當臣效命之時；惡稔罪
盈，是賊滅亡之日。」〔註 160〕詩人將表裏「主辱臣死，當臣效命之

〔註159〕鄭處誨《明皇雜錄》，收錄於《唐宋史料筆記叢刊》，北京・中華書
　　　　局，1994 年。
〔註160〕參計有功：《唐詩紀事》，上海・上海古籍出版社，2013 年 8 月，卷
　　　　25。

時」諸文捻爲「主辱當臣致命時」，顯張巡之忠，畫龍點睛。「餘事」句，意爲張巡嘗見幕僚于嵩讀《漢書》，問曰：「何爲久讀此？」嵩曰：「未熟也。」巡曰：「吾於書讀不過三遍，終身不忘也。」遂背誦于嵩所讀之篇目，盡卷不錯一字。于嵩又取架上諸書試以問巡，巡應口背誦無疑〔註 161〕。「傷心」一句謂張巡於苦戰危困時不廢吟詩，曾賦〈守睢陽作〉，中有「裹瘡猶出陣，飲血更登陴」（《全唐詩》卷 158）言其慘烈之狀。頸聯通過于嵩之眼與李翰之筆稱揚張巡，生前于嵩曾見張巡博雅，所讀之書，終身不忘；巡死後，人誣其降賊，李翰撰〈張巡傳〉及〈進張中丞傳表〉上肅宗，巡之冤方得白。尾聯中之「南八」指南霽雲，爲張巡部將，因於兄弟中排行第八，人呼「南八」。史載，巡等城破被俘後，敵軍以刃脅迫欲使投降，巡不屈。又降霽雲，未應。巡呼曰：「南八！男兒死爾，不可爲不義屈！」霽雲笑曰：「欲將有爲也，公知我者，敢不死！」亦不肯降。乃與姚誾、雷萬春等三十六人遇害〔註 162〕。全篇神完氣足，動人肺肝。

朱庭珍《筱園詩話》卷三云：「七律貴有奇句，然須奇而不詭於正，若奇而無理，殊傷雅音，所謂『奇過則凡』也」〔註 163〕。詳審三大家詠史七律諸篇，時有出人意外者，而其意尙在人意中，並未求奇太過，無理取鬧而墮入凡境，故而引人入勝。

（三）五絕、七絕

王夫之《薑齋詩話》曾云：「五言絕句，自五言古詩來。七言絕句，自歌行來。此二體本在律詩之前，律詩從此出，演令充暢耳」〔註 164〕。現代學者則認爲「絕句來自漢魏六朝的樂府小詩」〔註 165〕，

〔註 161〕 參韓愈〈張中丞傳後敘〉，馬其昶校注：《韓昌黎文集校注》，上海・上海古籍出版社，1998 年。
〔註 162〕 參《新唐書・張巡傳》，北京・中華書局，1997 年 11 月，總頁 1416。
〔註 163〕 郭紹虞編選、富壽蓀校點：《清詩話續編》，上海・上海古籍出版社，1999 年 6 月，頁 2377。
〔註 164〕 收錄於丁福保編：《清詩話》，台北・藝文印書館，1965 年，頁 9。
〔註 165〕 邱燮友、周何、田博元編著：《國學導讀》（第四冊），2000 年 10 月，

至於絕句的篇法，元・楊載《詩法家數》曾云：

> 絕句之法，要婉曲回環，刪蕪就簡，句絕而意不絕。多以
> 第三句爲主，而第四句發之。……大抵起承二句固難，然
> 不過平直敘述爲佳，從容承之爲是。至如宛轉變化工夫，
> 全在第三句，若于此轉變得好，則第四句如順流之舟矣。
> 〔註166〕

意爲絕句之作須婉曲回環，句絕意不絕，起句從容穩切，次句承之緊
密，關鍵全於三、四句，爲情意凝聚所在。

詠史五絕詩例，袁枚9首，蔣士銓、趙翼均無此作。茲引袁枚〈成
敗〉云：

> 成敗論千古，人間最不公。
>
> 符堅、竇建德，終竟是英雄！（《小倉山房詩集》卷三十四）

此詩作於乾隆五十七至五十八年（1792～1793），袁枚已是77、78歲
之高齡，在漫長的時空淬鍊中，詩人的智慧逐漸深化，從這首二十字
的五絕，可以看出端倪。首二句發議論，詩人以爲英雄豪傑之甄別原
不該以其最終命運爲準的；而是通過其生平事蹟與精神趨向加以品
評。「符堅」二句，舉例驗證，十六國時期前秦君主符堅（338～385）
雖在淝水一戰敗給東晉，其重用王猛爲相，委以軍政，言聽計從，治
國威德並施，所採舉措，均益於前秦經濟、文化之恢復與發展。〔註167〕
而隋末竇建德（573～621），爲人「重然許，喜俠節」，儘管讀書不多，
卻有出色的指揮才能，他與士兵同甘共苦，打仗時身先士卒，成爲河
北農民起義的領袖，並於樂壽（今河北獻縣西南）建立政權，自稱長
樂王。之後，變節效忠隋朝，唐高祖武德四年（621），李世民出兵攻
洛陽，竇建德率兵援助王世充，兵敗被俘，斬於長安〔註168〕。子才以

頁207。

〔註166〕見何文煥編訂：《歷代詩話》，台北・藝文印書館，1974年4月，頁
473。

〔註167〕參《晉書・符堅傳》，北京・中華書局，1997年11月，總頁737～
750。

〔註168〕參《舊唐書・竇建德傳》，北京・中華書局，1997年11月，總頁

為二人均曾建立一番功業，自應於歷史中占有一席之地，同時也反映他不以成敗論英雄的史觀。

又〈五百人墓〉：

> 五百英雄骨，相傳葬此鄉。
>
> 韓彭雖列土，高冢在何方？（《小倉山房詩集》卷二十八）

此詩寫於乾隆四十七年（1782），為子才 67 歲之作。「五百人墓」指跟隨田橫至海島後聞田橫已死而集體自殺的五百人之墓，墓在田橫島（今山東即墨縣東黃海中）。據《史記‧田儋列傳》載，田橫自剄，高帝（劉邦）厚葬，既葬，二客穿其冢旁孔，皆自剄，下從之。高帝聞之，迺大驚，以田橫之客皆賢。吾聞其餘尚五百人在海中，使使召之。至則聞田橫死，亦皆自殺。於是迺知田橫兄弟能得士也〔註169〕。首二句以英雄骨讚美五百人之義舉。三四句說韓信和彭越歸附劉邦，雖因建功而分封土地，但最後均死於非命，不若五百人誓不歸漢，仍有高冢得後人憑弔。張健《詩話與詩評》以為此詩「短短二十字，卻把田橫五百壯士的英偉卓特，藉橫空立論而大大彰顯，詩人特技，於此又見一斑」〔註170〕讓讀者在不同的時空場域，同樣領受其詩家絕藝。

再舉七絕之章以觀其閎奧。如袁枚〈錢塘江懷古〉：

> 江上錢王舊迹多，我來重唱〈百年歌〉。
>
> 勸王妙選三千弩，不射江潮射汴河。（《小倉山房詩集》卷一）

這是子才《小倉山房詩集》的第一首，寫於乾隆元年（1736，21歲），當為詩人過錢塘江感吳越王錢鏐事跡而賦之。當中〈百年歌〉為樂府曲名。唐末李克用曾命伶人奏此曲，陳其衰老之狀，聲調淒苦〔註171〕。此句言詩人重評歷史舊事。「勸王」句意錢鏐曾發民工

583。

〔註169〕參司馬遷：《史記‧田儋列傳》，北京‧中華書局，1997 年 11 月，總頁 670～671。

〔註170〕參張健：《詩話與詩評》，台北‧文津出版社，2006 年 6 月，頁 212。

〔註171〕參歐陽脩：《新五代史‧唐莊宗本紀》載：「初，克用破孟立方于邢州，

修錢塘江海塘，因屢爲潮水衝壞，于是命士兵對江潮放強弩以鎮之〔註172〕。「不射」句中「汴河」暗指朱溫，因其建國後梁立都汴京（今開封市）。當黃巢起義時，錢鏐任鎮海節度使，唐末詩人羅隱曾依附之，並建議興兵討朱溫，未受採納。詩人認爲在五代動亂時期，錢鏐能乘時崛起，保境安民，稱得上是有爲之主，然未依勢擴充領地，統一南北，美中不足，此亦反映子才少年意氣之一斑。

又〈韓偓〉云：

別殿離宮話寂寥，冬郎飄泊晚唐朝。

君恩不共春燈燼，殘燭深封一萬條。（《小倉山房詩集》卷三）

詩作於乾隆七年（1742，27歲）。首二句指韓偓不肯依附朱溫而遭貶謫，史載，朱全忠（溫）任中書，不容韓偓，欲召偓殺之，鄭元規說：「偓位侍郎學士承旨，公無遽。」全忠乃止，貶偓濮州司馬。帝執其手流涕曰：「我左右無人矣。」再貶榮懿尉，徙鄧州司馬〔註173〕。「君恩」二句說韓偓遭貶飄泊外地，仍不忘君恩，關心國是，夜書封事。韓偓爲晚唐著名詩人，子才此作流露關懷之情，亦使讀者同爲歎惋其偃蹇！

復如蔣士銓〈清風店吊紀信〉：

滎陽女子出門東，黃屋輕投烈焰中。

看到韓彭盡誅醢，始知一死泰山同。（《忠雅堂詩集》卷十一）

詩作於乾隆二十九年（1764，40歲），時經定州（今河北省定縣），清風店位州北三十里。「滎陽」二句形容紀信之死，《史記·項羽本紀》云：「漢將紀信說漢王曰：『事已急矣，請爲王誑楚爲王，王可

還軍上黨，置酒三垂崗，伶人奏〈百年歌〉，至于衰老之際，聲甚悲，坐上皆悽愴。」，北京·中華書局，1997年11月，總頁18。

〔註172〕《宋史·河渠七》載「淛江通大海，日受兩潮。梁開平中，錢武肅王（鏐）始築捍海塘，在候潮門外。潮水晝夜衝激，版築不就，因命彊弩數百以射潮頭，又致禱胥山祠。既而潮避錢塘，東擊西陵，遂造竹器，積巨石，植以大木。堤岸既固，民居乃奠。」，北京·中華書局，1997年11月，總頁640。

〔註173〕參《新唐書·韓偓傳》，北京·中華書局，1997年11月，總頁1378。

以閒出。』於是漢王夜出女子滎陽東門被甲二千人，楚兵四面擊之。紀信乘黃屋車，傅左纛，曰：『城中食盡，漢王降。』楚軍皆呼萬歲。漢王亦與數十騎從城門西出，走成皋。項王見紀信，問：『漢王安在？』信曰：『漢王已出矣。』項王燒殺紀信〔註174〕。「看到」二句以韓信、彭越對比紀信，言其死重於泰山。詩中「韓彭」指韓信和彭越，均曾爲劉邦建立勳業，韓信封楚王，未幾，降爲淮陰侯，終以叛亂罪遭殺害。彭越封梁王，亦以叛亂罪受誅。司馬遷〈報任安書〉云：「人固有一死，死有重於泰山，或輕於鴻毛，用之所趨異也。」〔註175〕；又《燕丹子》卷下載，荊軻對太子丹說：「今軻常侍君子之側，聞烈士之節，死有重於泰山，有輕於宏毛者，但問用之所在耳。」〔註176〕詩人以爲紀信，死得其時，死得其所，若無其犧牲，或許歷史將改寫，故用「始知一死泰山同」褒揚之。

　　再如趙翼〈古來詠明妃楊妃者多失其平戲作二首〉云：

　　　遠嫁呼韓豈素期，請行似怨不逢時。

　　　出宮始覺君恩重，臨去猶爲斬畫師。（其一）

　　　鼙鼓漁陽爲翠娥，美人若在肯休戈。

　　　馬嵬一死追兵緩，妾爲君王拒賊多。（其二）

　　　（《甌北集》卷二十）

二詩均寫於乾隆三十七年（1772，46歲）。明妃，即王昭君，名嬙。湖北秭歸人。晉避司馬昭之諱，遂改稱明君或明妃。漢元帝時選入宮中，竟寧元年（前33）匈奴呼韓邪單于入朝求親，自請出嫁。楊妃，即楊貴妃。第一首寫王昭君自請遠嫁緣於未獲元帝之了解（不逢時），待元帝了解時已成定局，元帝以「斬畫師」表示追悔之意。詩人除爲

〔註174〕參司馬遷《史記・項羽本紀》，北京・中華書局，1997年11月，總頁86。

〔註175〕班固：《漢書・司馬遷傳》，北京・中華書局，1997年11月，總頁696。

〔註176〕曹海東注譯、李振興校閱：《新譯燕丹子》，台北・三民書局，1995年12月。

明妃鳴不平亦點出身爲宮女的悲哀。第二首寫楊貴妃，不同於前人著
意描寫李、楊愛情或「女禍論」，詩人從另一角度切入，道出安祿山
叛變，固然與楊貴妃不無關係，但因她的死延緩叛軍追擊，拯救唐朝
覆亡，實有其功。語言詼諧，隱含諷喻，詩意新穎，耐人尋味。朱庭
珍《筱園詩話》卷三云：「詠古七絕尤難，以詞意既須新警，而篇終
復須深情遠韻，令人玩味不窮，方爲上乘」〔註177〕。三大家之詩學
觀均著眼「新」與「性情」，故而鑑賞其七絕，得悟精警遙深，理會
玩味不窮之音。

（四）六言詩

　　所謂「六言詩」是指每句六字的古體詩。晉・摯虞《文章流別
論》〔註178〕、梁・劉勰《文心雕龍・明詩》〔註179〕、明・楊愼《升
菴詩話》卷一〈六言詩始〉〔註180〕、明・徐師曾《文體明辨・六言
詩》〔註181〕和清・趙翼《陔餘叢考》卷二十三〈六言〉〔註182〕，
均對六言詩起源做過探討，觀其內容，要爲六言詩濫觴自《毛詩》
中「謂爾遷於王都」、「日予未有家室」等句，而漢樂府中，存六言
之單句亦多，然通篇六言者，殆始於谷永，惜不傳。今所見以漢末
孔融的六言詩爲最早，如逯欽立《先秦漢魏晉南北朝詩》載孔融〈六

〔註177〕 郭紹虞編選、富壽蓀校點：《清詩話續編》，上海・上海古籍出版社，
　　　　1999 年 6 月，頁 2379。
〔註178〕 摯虞《文章流別論》論詩云：「古之詩有三言、四言、五言、六言、
　　　　七言、九言。……六言者，『我姑酌彼金罍』（案《詩・周南・卷耳》）
　　　　之屬是也，樂府亦用之」。參嚴可均：《全上古三代秦漢三國六朝
　　　　文》，台北・世界書局，1982 年，冊 4，卷 77。
〔註179〕 《文心雕龍・明詩》云：「至於三六雜言，則出自篇什」。參劉勰著、
　　　　周振甫注：《文心雕龍注釋》，台北・里仁書局，1984 年 5 月，頁 85。
〔註180〕 楊愼：《升菴詩話》，見丁福保輯：《歷代詩話續編》（中），台北・
　　　　木鐸出版社，1988 年 7 月，頁 650。
〔註181〕 徐師曾：《文體明辨》，《四庫存目叢書》本，濟南・齊魯書社，1997
　　　　年。
〔註182〕 趙翼：《陔餘叢考》，見徐德明、吳平主編：《清代學術筆記叢刊》（第
　　　　二十二冊），北京・學苑出版社，2005 年 10 月，頁 247。

言詩〉三首云：

> 漢家中葉道微，董卓作亂乘衰。僭上虐下專威，萬官惶怖
> 莫違，百姓慘慘心悲。（其一）

> 郭李分爭爲非，遷都長安思歸。瞻望關東可哀，夢想曹公
> 歸來。（其二）

> 從洛到許巍巍，曹公憂國無私。減去廚膳甘肥，群僚率從
> 祁祁。雖得俸祿常飢，念我苦寒心悲。（其三）〔註183〕

第一首寫漢末董卓作亂，脅持獻帝遷都長安，僭上虐下，萬官惶怖，
百姓心悲。第二首敘董卓死後，郭汜、李傕等爲爭權奪利而交兵，詩
人思鄉，期冀曹操歸來平亂。第三首讚揚曹操迎獻帝自洛陽遷都至許
昌，憂國無私，詩中呈現對曹操之信任與期待。三首主題相互聯貫，
切言時事，表達愛憎，格調悲淒。

孔融之後，六言詩代不乏作，然不甚流行，盛唐王維時六言出
現絕句、律詩等作〔註184〕。觀乾隆三大家作此體者，有子才之作3
首，心餘無此作，甌北1首，均爲詠史六絕。袁枚〈車中雜憶古人，
作五、六、七言詩〉其八、九、十云：

> 聽得徐公言論，不須學問爲長。
> 他日都亭狼狽，方知未學霍光。徐羨之（其八）

> 斗柄鞠躬向北，桑枝被髮朝南。
> 殺得東平夫婦，息夫雖貴難堪。息夫躬（其九）

> 臨替時苗留犢，犯齋周澤彈妻。
> 只道好名忍痛，蘇公一撻先啼。蘇世長（其十）

> （《小倉山房詩集》卷八）

每首詩之末均附上人名，便於後人求索其意。其八詠徐羨之，關於
徐羨之之生平，《宋書》卷43、《南史》卷15、《資治通鑑》卷119

〔註183〕逯欽立輯校：《先秦漢魏晉南北朝詩》，台北·學海出版社，1991年
　　　　月2，頁197。
〔註184〕趙翼《陔餘叢考》卷二十三〈六言〉云：「至王摩詰等又以之創爲
　　　　絕句、小律，亦波峭可喜」。

～120 均曾記載〔註185〕。首二句，據史書鎔鑄而來，司馬光《資治通鑑》載：「徐羨之起自布衣，又無術學，直以志力局度，一旦居廊廟，朝野推服，咸謂有宰臣之望。沉密寡言，不以憂喜見色；頗工弈棋，觀戲，常若未解，當世倍以此推之。傅亮、蔡廓常言：『徐公曉萬事，安異同。』嘗與傅亮、謝晦宴聚，亮、晦才學辯博，羨之風度詳整，時然後言。鄭鮮之歎曰：『觀徐、傅言論，不復以學問為長。』」〔註186〕詩人發揮剪裁之能，將這段文字縮至十二言，使讀者眼睛為之一亮。後二句指徐羨之未學霍光盡責輔政，致使因廢君弒君罪名而入陶竈中自剄死〔註187〕，令人不勝欷歔！

其九詠息夫躬。聚焦在息夫躬受賈惠教祝盜方，以桑東南指枝為匕，畫北斗星其上，夜自被髮，立中庭，向北斗，持匕招指祝盜〔註188〕。「殺得」二句謂息夫躬曾上告東平王雲、其后謁及后舅伍宏日夜祠祭祝詛上，使之坐誅，而自己亦遭人上書密告與巫同祝詛，最終繫雒陽詔獄，仰天大謼，血從鼻耳出而死。

其十詠蘇世長。首二句化用「時苗留犢」〔註189〕與「周澤彈妻」〔註190〕典故描寫蘇世長為官清廉、激發不實等性格。「只道」二句，

〔註185〕見沈約撰：《宋書》，北京‧中華書局，1997 年 11 月，總頁 343～344。李延壽撰：《南史》，北京‧中華書局，1997 年 11 月，總頁 125～126。司馬光編著、胡三省音注：《資治通鑑》，北京‧中華書局，2005 年 9 月，頁 3732～3783。

〔註186〕司馬光編著、胡三省音注：《資治通鑑》，北京‧中華書局，2005 年 9 月，頁 3732～3783。

〔註187〕見沈約撰：《宋書》，北京‧中華書局，1997 年 11 月，總頁 344。

〔註188〕班固撰、顏師古注：《漢書‧息夫躬傳》，北京‧中華書局，1997 年 11 月，總頁 557～559。

〔註189〕「時苗留犢」語出唐‧李瀚《蒙求》。時苗為東漢人，曾任壽春令，為官清廉，上任時只以一母牛拉車而至，在位一年多，母牛產下小牛，他去職時，只帶走原來一車一牛，而將小牛留下。

〔註190〕「周澤彈妻」，按歐陽詢等撰《藝文類聚》卷 49 云：「應劭漢官曰：周澤為太常，齋有疾。其妻憐其年老被病，闚內問之。澤大怒，以為干齋。撽吏爭之不聽，遂收送詔獄，並自劾謝，論者譏其激發不實。又諺曰：居世不諧，為太常妻。一歲三百六十日，三百五十九

據《舊唐書》本傳記載，世長在陝州，部內多犯法，其莫能禁，乃責躬引咎，自撻於都街。伍伯嫉其詭，鞭之見血，世長不勝痛，大呼而走，觀者咸以為笑，議者方稱其詐。〔註191〕

　　這三首六絕，雖是詩人車中雜詠，細察其內涵，均足為後人之借鑑！

　　又趙翼〈六言〉云：

　　　孝先任嘲便腹，坡老爭讓出頭。

　　　光燄不能萬丈，聲名那得千秋。（《甌北集》卷五十）

這是《甌北集》中少數的六言體〔註192〕，也是筆者歸納甌北詠史詩中唯一的六絕。創作時間為嘉慶十三年（1808），詩人已是82歲的高齡。首二句引用邊韶、蘇軾故實。「孝先任嘲便腹」，據《後漢書・邊韶傳》載，邊韶字孝先，陳留浚儀人也。以文章知名，教授數百人。韶口辯，曾晝日假臥，弟子私嘲之曰：「邊孝先，腹便便。懶讀書，但欲眠。」韶潛聞之，應時對曰：「邊為姓，孝為字。腹便便，《五經》笥。但欲眠，思經事。寐與周公通夢，靜與孔子同意。師而可嘲，出何典記？」嘲者大慙〔註193〕。面對弟子的嘲笑，邊韶不僅不怒，反以敏捷才思應對。「坡老爭讓出頭」，《宋史・蘇軾傳》云：「方時文磔裂詭異之弊勝，主司歐陽脩思有以救之，得軾〈刑賞忠厚論〉，驚喜，欲擢冠多士，猶疑其客曾鞏所為，但置第二；復以〈春秋〉對義居第一，殿試中乙科。後以書見脩，脩語梅聖俞曰：『吾當避此人出一頭地。』聞者始譁不厭，久乃信服」〔註194〕。北宋文壇盟主歐陽脩思救文風之弊，軾才識兼茂，故而欲讓賢於東坡，使其出頭，而東坡也未讓其師失望。

　　　日齋，一日不齋醉如泥。」台北・新興書局，1960年。

〔註191〕《舊唐書・蘇世長傳》，北京・中華書局，1997年11月，總頁681。

〔註192〕據周明儀著：《趙甌北詩及其詩學研究》統計甌北詩六言律詩有2首，六言絕句有7首，合計9首。台北・花木蘭文化出版社，2008年3月，頁43。

〔註193〕范曄撰：《後漢書》，北京・中華書局，1997年11月，總頁680。

〔註194〕脫脫等撰：《宋史》，北京・中華書局，1997年11月，總頁2755。

第三、四句言「光燄不能萬丈，聲名那得千秋」。韓愈〈調張籍〉曾云：「李杜文章在，光燄萬丈長」。(《全唐詩》卷三四○) 李白、杜甫因其詩歌風格獨特而傳世不朽，邊韶、蘇軾亦緣於本身的才捷、學識贏得時人、後學的尊崇。詩人以為欲使聲名千秋永續，須有不同流俗之氣質與內涵。六言詩以格調蒼勁、渾樸為佳，觀袁、趙之作，已掌握此體精妙。

（五）雜言詩

雜言詩屬古體詩的一種，最初出於樂府，每句字數不等，長短句間雜，無一定標準，用韻較為自由。明‧徐師曾《文體明辨‧雜言詩》云：「按古今詩自四、五、六、七雜言之外，復有五七言相間者，有三、五、七言各兩句者，有一、三、五、七、九言各兩句者，有一字至七字、九字、十字者，比之雜言，又略有不同，故別列之於此篇」〔註195〕。乾隆三家雜言之作，各臻其妙，首如袁枚〈書倉頡廟〉云：

> 黃帝上天不識字，玉皇大笑人間俗；特遣倉公來造作，電光熒熒開四目。遠采龍魚篆，近取蝌蚪行。一畫生枝葉，六書加偏旁。可以記名姓、通九州，三才萬象相咨諏。天公賜粟萬萬石，厥功猶未酬，千鬼何事哭啾啾？上古無黎丘，疑是三王五帝之靈爽相悲愁。倉公不知故，賤子請致詞：「行公之道享公福；古今惟有尼山師，與公初意無相違。其餘竄經冒聖紛紛者，坑之不足蔽其辜；而及辟睨兩廡犧牲乎？摩騰借此來中華，侏儷梵偈盈百車。學仙誤仙書，白骨如撐麻。此外深文刀筆萬萬條，張湯、趙禹日喧譁。《官禮》亡新室，血流誣武王。元凶講《孝經》，妖僧造明堂。董侯強解事，《皇義》五十章。穿鍾大將軍，腕脫校書郎。蠹魚食盡三萬字，上天不如蜻蜓翔。腐儒識之無？公然搔首怨彼蒼。我自與公有瓜葛，亦復咿唔如蚊蝱；不能腰鐮田中、騎馬沙場。三升墨水非瓊漿，他日餓死分所當。故

〔註195〕徐師曾：《文體明辨》，《四庫存目叢書》本，濟南‧齊魯書社，1997年。

鬼哭未已，新鬼淚沾裳。功過不相掩，請公自思量。公如
肯補過，請公南面坐：周公右，孔子左，始皇在旁手把火。
刪除『六經』質諸聖，黜陟百家來問我。朝不必多書，野
不必多儒。拔兔一毛利天下，欽明文思追唐、虞。再拜尊
椒酒，臣言是與否？」倉公領之不開口，但見神鴉鬼馬雲
中各點首。(《小倉山房詩集》卷一)

這是一首別開生面的雜言詩，用字雖雜，卻含諸趣。此詩作於乾隆元
年至二年（1736～1737），詩人時當 21、22 歲。全篇凡 65 句，408
言，至少三言，至多十二言。起首「黃帝上天不識字」至「疑是三王
五帝之靈爽相悲愁」十五句，詩人設想黃帝乘龍上天，遇玉皇而笑人
間之俗，遂遣倉頡下凡造字，開啓文字效能（記名字、通九州），其
功驚天動地，「天雨粟，鬼夜哭」（《淮南子・本經》），落筆不凡。中
間「倉公不知故」至「臣言是與否」共四十八句，爲詩人以臣子身分
向倉頡報告造字之後所產生的利弊得失。其中「行公之道」至「而及
辟睨」六句，舉孔子以文字教化群倫，用意與倉頡本同，至如諸多竄
經冒聖者，坑殺仍死有餘辜，遑論其欲入廊廡受人祭祀。「騰摩」至
「白骨」四句，一書佛教經典傳入中土，一敘學仙者爲仙書所誤終至
白骨者，不知凡幾。「此外深文」至「公然搔首」十四句，列舉歷代
因文字流傳而造成禍害、謬誤，腐儒不識，復以訛傳訛，層出不窮。
如西漢酷吏趙禹與張湯「論定諸律令」、「用法益刻」〔註 196〕然並未
減少獄案。又《尙書・武成》載武王伐紂，與諸侯「會于牧野，有敵
于我師，前徒倒戈，攻于後以北，血流漂杵」〔註 197〕一段並不可信。
及劉宋元凶劭，弒父自立，歷代卻流傳他的講《孝經》碑，迨周弘正
遷國子博士，見之，即表刊除〔註 198〕，以釋後世之疑，諸如此類，

〔註 196〕 參《史記・酷吏列傳》，北京・中華書局，1997 年 11 月，總頁 793。
〔註 197〕 參阮元：《十三經注疏》（上），台北・大化書局，1982 年 10 月，總
頁 185。
〔註 198〕 李延壽：《南史・周弘正傳》載「(弘正) 稍遷國子博士。學中有宋
元凶講《孝經》碑，歷代不改，弘正始到官，即表刊除」。北京・
中華書局，1997 年 11 月，總頁 242。

皆爲其弊。「穿錘大將軍，腕脫校書郎」二句直指歷代授官不加揀擇，目不識丁者得爲大將軍、校書郎資質粗糙。「蠹魚」以下四句是對囫圇吞棗、不求甚解之腐儒，有所微辭。「我自與公」以下九句，在評論腐儒後，輪到詩人自發牢騷：身爲墨客文士，肩不能挑擔耕種；手不能執戈戰場，只好寄託「立言」一途，然仕進之路豈是易行，他日必當成爲餓殍，「倉公」您發明文字，眞令舊鬼、新鬼平添愁容！「公如肯補過」至「臣言是與否」十三句乃子才爲「倉公」研擬之補過方略：召集周公、孔子和曾經焚書的始皇，刪減經書內涵，百家定於一尊，朝野典籍、儒者取其菁華，將一切回歸唐堯、虞舜淳樸之世，讓您再次受世人景仰！

結尾「倉公頷之不開口，但見神鴉鬼馬雲中各點首」。在一番陳詞之後，未見倉公應答，惟見雲中神鴉鬼馬點首，略表贊同，亦算聊慰本懷。全詩由想像而敘述，而說理，而抒懷，縱橫才情，一氣呵成。

其次爲蔣士銓〈韓侯釣臺〉：

> 太公釣，致其身。子陵釣，全其身。韓侯釣，殺其身。
> 釣者死，釣臺存。魚潛不深蛟龍吞，三十八世姜家孫。
> 周武王，如其仁。（《忠雅堂詩集》卷十二）

詩作於乾隆二十九年（1764）十一月，心餘年40，時過淮陰。據《大清一統志・淮安府》載：「韓侯釣臺，在山陽縣北，與漂母祠爲鄰。此作由三言、七言組成。前六句，使用排比，敘商周姜尚垂釣遇文王，建立功業，成爲齊國始祖；東漢嚴光歸隱富春山，垂釣富春江，贏得高士美稱；西漢韓信垂釣淮陰，終爲呂后所殺。「釣者死，釣臺存」寓景物依舊，人事已非。「魚潛」以下四句，稱揚姜尚得遇明君，遺澤子孫。

再如趙翼〈張子房祠〉：

> 早師黃石公，晚從赤松子，斯人莫可見首尾。當其狙擊博
> 浪椎，篝火狐鳴尚未起。猝發固見節俠才，輕舉猶少深沉
> 理。胡爲後此變化神，蟬蛻鴻冥益奇詭。得非圮橋進履時，

書外別有密傳旨。不爲世用乃用世，豈但全身菹醢裏。捐
百鎰金一撮土，棄萬戶侯一敝屣。韓彭戮後吾無猜，此特
餘智出囊底。君看佐漢滅楚秦，借他人力雪己恥。一報韓
國亡，一報韓王死。劉季英雄人，亦且爲所使。何況四皓
雖神仙，君直股掌玩之耳。我來祠下欽遺風，僂指人才罕
其比。望古不見空躊躇，高雲在空月在水。(《甌北集》卷二)

這是詩人 23～26 歲（乾隆十四年至十七年，1749～1752）的作品。
此篇以五言、七言組成。起首三句，概括張良早年、晚年大事，以
爲其人神祕莫測。「當其」四句，說張良於博浪沙狙擊始皇，陳勝等
尙未揭竿而起，倉卒舉事固有俠才，卻嫌思慮未周。「胡爲」四句，
詩人以爲狙擊失敗後，張良得以脫胎換骨，是黃石公傳授兵法與度
世之道。「不爲」四句謂張良不受名利束縛，故能在楚漢相爭後，全
身而退。「韓彭戮後」至「君直股掌」十句，再次申明張良的智慧卓
絕，如佐漢滅秦、楚，均借力使力，一報秦滅韓國之仇，一報項羽
殺韓王之仇。又劉邦貴爲漢王，四皓之德近於神仙，仍在子房股掌
之中。「我來」四句以景作結，將緬懷張良之情，寄寓其中，餘味不
盡。

　　孔子云：「情欲信，辭欲巧」。詩是一種表現思想情感的語言藝
術，透過意象營構、修辭技巧和體式運用的條分縷析，讓吾人對於
乾隆三大家的生命情調更貼近一層，同時也對他們致力韻文創作的
精神，生動活潑、飽蘸史情詩筆的藝術結晶，有所領悟。

第六章　乾隆三大家詠史詩風格探析

　　前兩章論述三大家詠史詩思想內涵和藝術表現，這一章探討三大家詠史詩風格。眾所周知，「風格」是藝術家創作成熟的重要標誌，通過風格能甄別和掌握不同藝術家的氣質、稟賦，故而受古今中外藝術評論家與美學家之重視。

　　關於「風格」之源起，有其歷史脈絡，「風格」一詞最初特指人的作風、風度、品格等，如晉・葛洪《抱朴子・疾謬篇》云：「以傾倚屈申者爲妖妍標秀，以風格端嚴者爲田舍樸駭」〔註1〕。劉義慶《世說新語・德行篇》稱：「李元禮風格秀整，高自標持，欲以天下名教是非爲己任」〔註2〕。又《晉書・和嶠傳》言：「嶠少有風格，慕舅夏侯玄之爲人，厚自崇重。有盛名于世，朝野許其能整風俗，理人倫」〔註3〕。及《晉書・庾亮傳》曰：「亮美姿容，善談論，性好《莊》、《老》，風格峻整，動由禮節，閨門之內不肅而成，時人或以爲夏侯太初、陳長文之倫也」〔註4〕等文獻記載均是。

　　而早期提出文學作品之「風格」概念者爲曹丕，他在《典論・論

〔註1〕葛洪著，楊明照校箋：《抱朴子外篇校箋》，北京・中華書局，1991年。
〔註2〕劉義慶著，劉正浩等注譯：《新譯世說新語》，台北・三民書局，2004年3月，頁4。
〔註3〕房玄齡等撰：《晉書》，北京・中華書局，1997年11月，總頁334。
〔註4〕同註3，總頁493。

文》中提到：「王粲長於辭賦；徐幹時有齊氣，然粲之匹也。……應瑒和而不壯。劉楨壯而不密。孔融體氣高妙，有過人者，然不能持論，理不勝詞，以至乎雜以嘲戲，及其所善，楊、班儔也」〔註5〕。文中雖未使用「風格」之詞，實已揭示作家於文學方面所體現之樣貌，亦即「風格」。

　　到了梁・劉勰著《文心雕龍》，乃將「風格」應用於文學批評，《文心雕龍・議對》稱：「漢世善駁，則應劭爲首；晉代能議，則傅咸爲宗。然仲瑗博古，而銓貫有敘；長虞識治，而屬辭枝繁；及陸機斷議，亦有鋒穎，而腴辭弗翦，頗累文骨：亦各有美，風格存焉」〔註6〕。評述應劭、傅咸和陸機三人之作風，及作品中呈現的風格。

　　至於「風格」意涵之探究者眾，僅能試舉其要，如：歌德（J.W.Goethe，1749～1832）提出「風格是作家內心生活的準確標誌」〔註7〕。別林斯基（Belinskij，1811～1848）認爲風格是「在思想和形式密切融匯中按下自己的個性和精神獨特性的印記」〔註8〕。楊成鑒云：「藝術風格是文學作品的風貌格調；就是作品的風度中所體現的精神面貌。也就是文學作品藝術形象的不同特色，以及構成形象之不同手法的統一」〔註9〕。沈謙說：「所謂『風格』，就是文學作品中所流露的特殊風味與品格。也就是作家的個性與人格在內容與形式上的綜合表現，顯示出來的某種特色」〔註10〕。以及林淑貞《詩話論風格》一書申明風格之定義曰：「從創作者而言，應是作者才情所展現

〔註5〕蕭統編，李善注：《文選》（下），台北・五南圖書事業公司，1991年10月，頁1278。

〔註6〕劉勰著，周振甫注：《文心雕龍注釋》，台北・里仁書局，1984年5月，頁461～462。

〔註7〕引自沈謙著：《文學概論》，台北・五南圖書，2002年3月，頁97。

〔註8〕參古遠清、孫光萱合著：《詩歌修辭學》，台北・五南圖書事業公司，1997年6月，頁369。

〔註9〕楊成鑒著：《中國詩詞風格研究》，台北・洪葉文化事業公司，1995年12月，頁18。

〔註10〕沈謙著：《文學概論》，台北・五南圖書事業公司，2002年3月，頁93。

的生命之姿與作品文辭所表現的藝術之姿。從賞鑑者而言，指欣賞者主觀體悟到的詩歌風格特色」〔註11〕。凡此種種均屬闡論精闢，言簡意賅之見解。

縮合以上學者所述，約略可以看出風格與作品的藝術形式和思想內容均有密切關係，它是作家於題材選擇、主題提煉、創作方法運用等多方面表現出來的獨特美學觀點〔註12〕。

乾隆三大家詠史作品之風格有其獨特性與多樣化，以下就同題詠史與總體之作加以分析。

第一節　三家同題詠史的觀察

前此，對於三大家同題詠史的探論，知見者如：王建生〈袁枚趙翼蔣士銓三家同題詩比較研究〉〔註 13〕中的〈詠史同題詩比較〉，鮑衍海〈乾隆三大家詠王安石詩歌比較〉〔註14〕和拙作〈梅花人拜土俱香——試論乾隆三大家詠史詩中的史可法〉〔註15〕等，透過同題書寫的條分縷析，應能覺察三家詩人的匠心獨運。

袁枚、蔣士銓、趙翼同題詩作不少，在詠史方面，我們可以找到許多作品，這些作品當中，或三家同詠一題，或兩家同詠一題，別出心裁，各有特色，各具風格，此地以三家同詠一題為主。如詠西施，三人都有相關作品，袁枚〈西施〉二首之一：

　　吳王亡國為傾城，越女如花受重名。

〔註11〕林淑貞著：《詩話論風格》，台北・1999 年 7 月，頁 45。
〔註12〕參古遠清、孫光萱合著：《詩歌修辭學》，台北・五南圖書事業公司，1997 年 6 月，頁 369。
〔註13〕王建生：〈袁枚趙翼蔣士銓三家同題詩比較研究〉，台中《東海中文學報》，2007 年 7 月，第 19 期，頁 139～194。
〔註14〕鮑衍海：〈乾隆三大家詠王安石詩歌比較〉，瀋陽《瀋陽大學學報》，2008 年 12 月，第 20 卷第 6 期，頁 11～13。
〔註15〕參拙作：〈梅花人拜土俱香——試論乾隆三大家詠史詩中的史可法〉，桃園《萬能科技大學學報》，2008 年 7 月，第 30 期，頁 13～21。

妾自承恩人報怨，捧心常覺不分明。（《小倉山房詩集》卷二）

蔣士銓〈響屧廊〉二首之二：

不重雄封重豔情，遺蹤猶自慕傾城。

憐伊幾緉平生屐，踏碎山河是此聲。（《忠雅堂詩集》卷二十二）

趙翼〈館娃宮〉：

湖光山色一憑欄，想見朝朝暮暮歡。

此地春常留屧響，有人夜正臥薪寒。

唾成珠玉香猶濕，舞破山河髻未殘。

恩受吳宮功在越，可憐啼笑兩俱難。（《甌北集》卷二十一）

袁枚詩寫西施的心理活動，說明她不願作句踐報復仇怨的工具。蔣士銓以吳王貪戀女色，寵幸西施，恩及雙腳，以致山河破碎，寓有殷鑑之意。趙翼詩以七律表現，首聯從館娃宮（在江蘇吳縣西南靈巖山）湖光山色落筆，追憶昔日宮中歡情。頷聯，承首聯而來，上句寫吳王夫差與西施於宮中作樂，下句寫越王句踐正臥薪嘗膽，一樂一苦，形成強烈對比。頸聯，言吳王耽於逸樂，遂致「舞破山河」。末聯，說西施身受吳王之恩寵，卻功在越國，其尷尬處境爲詩人所同情。三人作品體式，袁、蔣爲七絕，趙爲七律，議論凸顯差異，然皆能推陳出新，自是不凡。

詠漂母，袁枚〈漂母祠〉：

千金一飯尋常事，不肯模糊是此心。

我受人恩曾報否？荒祠一過一沾襟。（《小倉山房詩集》卷五）

蔣士銓〈漂母祠〉：

婦人之仁偶然耳，不遇韓侯何足齒？

鬼神默相飯王孫，齊王不死楚王死。

千金之報直一錢，老母廟食今猶傳。

丈夫簞豆形諸色，餓殍紛紛亦可憐。（《忠雅堂詩集》卷十二）

趙翼〈漂母祠〉：

淮陰生平一知己，相國鄫侯已矣。用之則必盡其才，防之則必致其死。何物老嫗偏深沉，能於未遇相賞深。吾哀王孫豈望報，此語早激英雄心。布衣仗劍試軍職，寧但重瞳

不相識。將壇未築官連敖，劉季亦無此眼力。何況區區亭
長妻，固宜蓐食私鹽齋。客來鞠釜似邱嫂，飯後打鐘如闡
黎。獨悲淮陰奇才古無偶，始終不脫婦女手。時來漂母憐
釣魚，運去娥姁解烹狗。（《甌北集》卷三）

袁枚之詩，作於乾隆十一至十三年（1746～1748），時 31～33 歲。
詩人以爲千金償還一飯之恩，對於事業有成者，乃屬尋常之事，重
點在於那份「報恩」之心。由於韓信的不忘恩，遂讓漂母享祀千載。
蔣士銓詩寫於乾隆二十九年（1764），年 40。起首採議論著筆，敘
漂母飯信，出於仁心偶然，本不望報。中間二聯謂鬼神默相護佑，
韓信免於饑寒而亡，使之興劉滅楚，建功立業。信以千金還報實不
足道，足道者在漂母因此得廟食流傳。結尾繫聯當世，丈夫困頓，
一飯無人，生發無限感慨。趙翼作品爲乾隆二十年（1775）入京補
官，路過江蘇淮陰所書。詩旨在彰顯漂母識見高於常人，能於韓信
窮困時伸以援手，並對韓信的悲慘結局寄予同情。首四句揭示蕭何
允爲韓信知己，「用之」二句即前人所謂「成也蕭何，敗也蕭何」意
涵。「何物」以下十二句，舉出歷史聞名的大人物，如項羽、劉邦等
均無賞識韓信的眼力，遑論區區亭長之妻，從而襯托漂母可貴之處
在「未遇相賞深」、「施恩不望報」。末尾四句評介韓信「奇才古無偶」，
卻難脫婦女掌握，微則漂母賜食，顯則呂雉（字娥姁）誘殺，令人
不勝欷歔。三人均就漂母飯信之事切入，惟取義不同，體式不同，
而內容有別。

　　詠嚴光，袁枚之作有〈釣臺〉、〈書子陵祠堂〉、〈題嚴子陵像〉、
〈重登釣臺〉、〈再題子陵廟〉（3 首）等共 7 首。蔣士銓詩爲〈過嚴
子陵釣臺〉（2 首）、〈嚴先生祠〉等 3 首。趙翼〈古詩二十首〉之十
三（嚴光）、〈釣臺〉、〈嚴灘〉等共 3 首。

　　三人中以袁作最多，可以想見嚴光在袁枚心中的地位。袁作中
〈釣臺〉、〈書子陵祠堂〉二首均爲五古體式，亦皆是青年作品（21
～22 歲），詩中傳達隱居亦可報國之思想，不同於一般。而〈題嚴

子陵像〉（七律）為三十餘歲擔任江寧縣令時所寫，此詩呈現嚴光與劉秀間超越貧富貴賤之情誼，同時流露袁枚逐漸傾向適志恬淡，寧靜致遠的心境。至於〈重登釣臺〉（七律）、〈再題子陵廟〉（3 首，七絕）等為子才六十七歲時重遊富春江嚴子陵釣臺所寫，詩人將嚴陵視為故人，藉其風節肯定自己當初急流勇退之抉擇。

蔣士銓〈過嚴子陵釣臺〉（2 首，七律）作於 23 歲，舟過桐廬（今浙江省桐廬縣），遊富春山，思古人，意真情切。〈嚴先生祠〉（五律）則作於乾隆三十六年（1771），心餘 47 歲，時返南京，舟過江浙一帶，謁嚴光祠，稱嚴光如巢父、許由，不願出仕，保身隱居。

趙翼〈古詩二十首〉之十三（五古）為弱冠之作（乾隆十一年，20 歲），時館於城中史翼宸明經家。內容以東漢嚴光和唐代李泌的行藏作比觀。滿腹經綸又懷濟世思維的甌北以為李泌隱現均順勢而為，且高居相位，力能回天，優於嚴光獨善其身。而〈釣臺〉（七古）一詩作於乾隆三十一年（1766，40 歲），屆不惑之齡的甌北，探究嚴光不願出仕，緣於自己「艱難未曾與佐命」，若「不同其憂」，只「同其樂」，難免「立人之朝顏有泚」。通過一番敘述，獲得結論，並非嚴光本身品格高尚，乃是「世人所見自卑耳」。又〈嚴灘〉（五古）一篇寫於乾隆五十三年（1788），詩人 62 歲。這一年林爽文起義被鎮壓後，李侍堯欲舉薦甌北起復官職，為甌北婉言謝絕。後詩人再過桐廬，望嚴陵灘，心境不同以往，詩裏「非特酬知交，兼藉國恩報」，「出不為求名，歸不失高蹈」，除稱許嚴光，亦含「借古自況」之意，憶己身雖曾參入軍幕，然終能婉拒舉薦，遠離仕宦，不失名士之風。

詠王安石，袁枚〈讀《王荊公傳》〉云：
青苗幾葉起風塵，孤負皋、夔自待身。
底事經神有緣法，《周官》偏誤姓王人？
（《小倉山房詩集》卷十三）

蔣士銓〈讀荊公集〉二首之一云：

> 事業施行與志違，當時得失各何歸？
>
> 更張治國求強富，錯誤隨人著刺譏。
>
> 立法至今難盡改，存心復古豈全非？
>
> 終身刻苦無知己，文字誰參意旨微。（《忠雅堂詩集》卷十三）

及趙翼〈詠史〉六首之五：

> 荊公變祖法，志豈在榮利。蓋本豪傑流，欲創富強治。
>
> 高可追申商，蘇綽乃其次。及思法必行，勢須使指臂。
>
> 羣小遂競進，流毒不可制。推原其本懷，固與權奸異。
>
> 始知功名心，亦足禍人世。（《甌北集》卷三十）

袁枚用七絕體式寫荊公，透過《宋史》所載荊公本傳，進行評論。詩人以為荊公變法未成，平添波瀾，辜負自許社稷之臣；並將荊公與王莽相比附，否定其功業。心餘採七律從動機和效果兩層面肯定變法之必要與影響，同時對荊公遭遇與施為抒發個人觀感。至於甌北，選取五古評價荊公及其變法，詩人肯定荊公，稱其「豪傑流」，及其「欲創富強治」的本意，並對從中漁利之羣小予以抨擊。

　　大陸學者鮑衍海曾就上引三首詩加以評析，並作出結語，認為三家詠荊公之作，「應以趙翼的一首為最優，作為詠史詩，詩人把握歷史理性，作出實事求是的判斷，同時又貫注了飽滿的人文情感，表現出作為一個文學家兼歷史學家對王安石人格境界的景仰。相較而言，蔣士銓的〈讀《荊公集》〉略差一籌，理解把握無趙翼之精深，而所詠範圍稍廣，從公與私兩個方面概括歷史人物的得失，雖識見不深，卻無偏頗之見。袁枚的一首最差，沒有新見解，膚淺之至，完全是由《宋史》一派延續下來的陳腐之見。作為七絕，藝術上無問題，但內容的淺薄終究損害的詩的價值，算是詩人的敗筆吧」〔註16〕其文縷析細膩，立論允當，自顯其學術價值。

　　詠岳飛，袁枚〈岳武穆墓〉：

〔註16〕參鮑衍海：〈乾隆三大家詠王安石詩歌比較〉，瀋陽《瀋陽大學學報》，
　　2008年12月，第20卷第6期，頁13。

岳王墳上鳥聲悲，半是黃鸝半子規。

鐵像至今長跪月，金牌當日早班師。

清宮客少王思禮，前進兵輸來護兒。

公本純臣無底恨，可憐慈聖茹齋時。(《小倉山房詩集》卷十七)

蔣士銓〈岳鄂王墓〉二首之一云：

白日滿湖光，忠貞骨並香。

靈威馳玉壘，宰木指錢塘。

二帝陵何有？羣奸怨已忘。

徒令鑄錯鐵，遺臭兩階旁。(《忠雅堂詩集》卷十五)

趙翼〈岳忠武墓〉云：

背嵬軍來敵鋒避，撼岳難，撼山易。樞密使罷賊疏彈，縛
虎易，縱虎難。宰木蒼蒼向南拱，此是改葬祁連塚。祠前
已植分屍檜（明同知馬偉所植），更鑄烏金長跪辣。(都指
揮李隆所鑄)卻憶圜扉橫實時，格天閣秘無人窺。橐饘安
有肉笑屬，拉脇遽定柑劃皮。鐵椎郎君戮都市，銀瓶弱女
投井湄。全家簿錄赴嶺表，僅有獄卒潛瘞屍。(隗順)百戰
不死死牢戶，從古冤禍無此奇。邪正由來冰炭異，奸臣逞
毒何足計。獨怪思陵非甚暗，曾寫精忠鑒素志。是時權相
日尚淺，未至鞬刀嚴戒備。言官誣劾韓良臣，猶能力持格
羣議。胡獨於公任羅織，自壞長城檀道濟。千載人思贖百
身，當年獄竟成三字。乃知風旨本朝廷，為梗和戎亟拔釘。
可惜垂成功八九，少緩須臾兀尢走。生平誓踏賀蘭山，未
飲黃龍一杯酒。空令數天抱冤憤，恢復初心豈願有。不見
雨溪寨降神，還寫中原字如斗。知不以死懟君父，只痛前
勞棄敝帚。豐碑突兀西湖濱，孤忠雖雪志未伸。有時風號
怒浪起，猶似熱血蟠輪囷。(《甌北集》卷十三)

袁枚之章屬七律，為詩人過岳墳聞黃鸝、子規悲啼，從而對岳飛一生
精忠報國，卻遭小人誣陷流露感歎之情。詩中點出群小鐵像跪於墳
前，彰顯岳飛之忠；同時對岳飛辭世後，宋廷再無像王思禮、來護兒
那樣英勇的將領感到惋惜。心餘之詩為五律，以岳王忠貞骨香對照群
奸遺臭階旁，匠心獨運。甌北之篇為雜言古詩，讚賞岳飛治軍嚴明，

遂令敵兵驚呼「撼山易，撼岳家軍難」。詩人對於岳飛獄中內幕，感到懷疑，並爲其鐵騎遭害、愛女投井、全家受戮深表同情，故而詠出「百戰不死死牢戶，從古冤禍無此奇」。此外，認爲宋高宗並非昏庸，曾親筆書「精忠岳飛」四字贈岳飛，繡成戰旗，命其用兵行師作爲大纛。又言官誣劾韓世忠（字良臣），他也能力排眾議，主持公道。惟獨任由秦檜羅織岳飛罪名一事，未得其解，幾經思量，詩人終於明白，岳飛反對和談，違逆高宗心意，被視爲眼中釘，亟欲拔除。「可惜」以下十句，對岳飛功敗垂成，壯志未酬，同感歎惋；爲其功業不被重視，棄之如敝帚，亦深表痛心。結尾「豐碑」四句，形容西湖旁豐碑林立，記錄岳飛一生忠武事跡，其冤雖已昭雪，然其志未伸，徒留無限感傷！

　　詠「五人墓」，袁枚〈五人墓〉：

> 冤雲四垂風荅荅，銀鐺鐵鎖閶門響。閶門側目耳向天，天語不聞聞東廠。東廠逮者周先生，人不識面聞其名。九重天子詔安在？阿儂此處難橫行。李陽老拳一揮臂，萬手如星撒平地。破柱難探逆豎頭，披枝且奪元凶氣。萬人散盡五人存，顏、馬、周、楊市井民。戴頭笑見高皇帝，干卿何事徒紛紛！從此緹騎不敢狂，九千歲事旋消亡。收回匕首知何限？抵得彈章更幾行。君不見漢孫斌，奮拳格殺單超吏，竟救興先徒朔方？又不見唐五王，上陽宮裏相扶將，不與同福同其殃？當時高冠若箕數十輩，子姓跪起如奴忙。豈無麒麟三丈護華表，早已瀦沃蹲牛羊，何人肯奠酒與漿？五墳累累春淒淒，三月草長蝴蝶飛。可惜梁鴻生太早，只知穿冢傍要離。（《小倉山房詩集》卷十二）

蔣士銓〈五人墓〉：

> 斷首猶能作鬼雄，精靈白日走悲風。
> 要離碧血專諸骨，義士相望恨略同。（《忠雅堂詩集》卷二）

趙翼〈五人墓〉：

> 駕帖來，逮吏部。吳民號，旂尉怒。大聲呼囚趣對簿，誰

何健者揮老拳，狐鼠紛紛竄無路。博浪一椎全秦動，北軍
盡袒諸呂懼。豈惟激變事可駭，緹騎從此不出捕。君看德
陵晏駕時，奸燄薰天勢已固。翁相媼相雌雄合，十狗五彪
牙爪具。點將錄已打網盡，頌璫祠皆向火附。詎有蕃武收
黃門，并無訓注謀甘露。縱撰九錫盜神器，中外臣僚孰枝
梧。正慮草澤有君等，或起義旗挽天步。奸謀坐是不敢發，
信邸從容來踐阼。乃知此舉功實偉，又延十七載國祚。我
來懷古過墓旁，彷彿生氣尚盤互。相傳地即普惠基，幻出
神奇從臭腐。媚奄翻奉擊奄人，蟬綏蟹筐理難悟。襟川帶
水一佳城，卜吉者誰毛一鷺。（墓基即普惠祠毛一鷺所建以頌璫
者也）（《甌北集》卷十三）

五人墓爲明天啓間五位義民：顏佩韋、楊念如、馬傑、沈揚和周文元
合葬之地。明清文人義士多憑弔歌詠之。袁枚詩採雜言古詩刻畫當年
閹黨遣旅尉欲捕周順昌之場景，一時群起激憤，生動逼眞。之後，閹
黨爪牙一人遭斃，顏佩韋等五位義士被俘，俱斬首。五人雖亡，緹騎
從此不敢張狂。詩人復徵引東漢孫斌殺單超吏卒救第五種（字興先）
義舉，與唐五王（漢陽王張柬之、博陵王崔玄暐、扶陽王桓彥範、南
陽王袁恕己、平陽王敬暉）華表荒蕪，通過一揚一抑，表達對五人墓
之敬重。

　　心餘使用七絕，就五義士之死發抒內心感受。首二句，以「鬼
雄」讚揚五義士志節，表達詩人崇敬之情。三四句將要離、專諸與
五義士聯結，借古俠士不爲世人所忘，襯托五義士之風感人至深。

　　甌北與子才相同，運用雜言古詩呈現五義士之英勇慷慨。首四
句皆爲三言，節奏緊湊，用字精煉。接著描述緹騎與毛一鷺逃竄的
窘態。「博浪一椎」，本爲張良遣力士椎擊秦始皇於博浪沙，此借指
眾人對緹騎的打擊。「北軍盡袒」，據《史記‧呂太后本紀》載，呂
后死後，太尉周勃行令軍中曰：「爲呂氏右襢（通袒），爲劉氏左襢」
軍中皆左襢〔註17〕。此亦借指群眾擁護東林黨反魏黨。「諸呂」指魏

〔註17〕參司馬遷著：《史記‧呂太后本紀》，北京‧中華書局，1997 年 11 月，

忠賢及其黨羽。「豈惟」二句言激變令人駭異，緹騎從此不敢捕人。
「君看」以下十句，寫明熹宗（葬於德陵）死時，魏黨氣燄薰天，
東林黨諸多人士慘遭殺害。再無像東漢陳蕃、竇武與唐代李訓、鄭
注那樣的大臣謀誅宦官。所幸有顏佩韋等民間義士出現，閹黨奸謀
不敢施行，崇禎帝朱由檢（熹宗之弟，封信王）從容即位，讓明朝
國祚又延十七年，其功厥偉。「我來」以下八句，意指詩人所見之五
人墓地，相傳即毛一鷺所造魏忠賢生祠（普惠祠）舊址，當初建普
惠祠本是向未閹討好，豈料如今供奉反魏之士，詩人以為這不相關
的兩件事令人難以領悟！

　　詠史可法，袁作 4 首，蔣作 7 首，趙作 2 首〔註18〕。袁枚〈題
史閣部遺像〉一題四首，俱屬五律，借史公畫像拓展主題，景仰緬懷
之情，溢於言表。心餘〈梅花嶺弔史閣部〉（七律）、〈得史閣部遺像
並家書眞迹〉三首（五律），〈題史道鄰閣部遺像〉（七古），〈恭和御
題史忠正可法遺像詩韻〉（七律），〈梅花嶺謁史忠正祠墓〉（五律）等
作品，表彰史公忠烈，激楚鏗鏘，唯「恭和御題」一詩略帶貶意。甌
北之作皆為七律，從史家之眼出發評斷史公，凸顯一己風格。

　　崔旭《念堂詩話》云：「乾隆中袁、蔣、趙稱為鼎足，此說不知
起於何人。……余嘗謂袁之情多，蔣之識正，趙之氣盛。」〔註19〕；
王建生《蔣心餘研究》（下）以為：「大體說，三家皆以古風第一。子
才意到筆注，筆所未到意無窮，雜以『神仙龍虎』嬉笑，忽起忽滅；
甌北結構變化、大筆淋漓，出于自然；心餘能取人之長、之精，棄其
所短，氣勢萬鈞，扶持名教，詩中往往兼含儒家忠孝思想。」〔註20〕

　　　總頁 108。
〔註18〕參拙作：〈梅花人拜土俱香——試論乾隆三大家詠史詩中的史可
　　　法〉，桃園《萬能科技大學學報》，2008 年 7 月，第 30 期，頁 13～
　　　21。
〔註19〕引自錢仲聯主編：《清詩紀事》，南京·鳳凰出版社，2004 年 4 月。
　　　總頁 1277。
〔註20〕參王建生著：《蔣心餘研究》（下），台北·台灣學生書局，1996 年
　　　10 月，頁 1265。

胥屬研究三大家詩風鞭辟入裡之論！

綜觀三家同題詠史，要如沈謙所說：「藝術之可貴，在其獨創性，同一題材，表達方式不同，其效果風味大相逕庭。文學作品顯現作者之個性，其神貌自有其獨特風格。」〔註21〕誠哉斯言！

第二節　各家總體詠史的呈現

詩品出於人品，賀貽孫《詩筏》曰：「蓋詩品也，而人品係之」〔註22〕。宗白華亦認為：「每一個作家對世界另有一種看法，同時有表現他的世界的一種特殊方式。這種不移之表現方式，即為該作家之風格」〔註23〕。不同的作家創作不同的作品，自能展現迥異的風貌與格調，三大家詩歌作品內容廣闊，風格多樣，古今學者均曾論述，以下僅就各家詠史篇章呈現之風格，綜合歸納探討，以見其獨特性。

一、袁　枚

袁枚《隨園詩話補遺》卷三曾說：「雙眼自將秋水洗，一生不受古人欺」〔註24〕。在彰顯疑古精神之餘，也呈現敢於有別流俗的氣魄。其論詩重視作品中必須有我，此「我」之體現，不僅在於詩歌之內容涵蘊，亦在於詩歌形式與前人之異，如〈寄奇方伯〉云：「賦詩作文，都是自寫胸襟，人心不同，各如其面，故好醜雖殊，而不同則一也」〔註25〕。又〈讀書二首〉之二說：「面異斯為人，心異斯

〔註21〕見沈謙著：《文學概論》，台北·五南圖書事業公司，2002年3月，頁93。
〔註22〕見郭紹虞編選、富壽蓀校點：《清詩話續編》，上海·上海古籍出版社，1999年6月，頁170。
〔註23〕宗白華著：《宗白華全集》（第一冊），合肥·安徽教育出版社，1994年12月，頁568。
〔註24〕袁枚著、王英志校點：《袁枚詩話》，見王英志編：《袁枚全集》（第三冊），南京·江蘇古籍出版社，1993年9月，頁617。
〔註25〕袁枚著、王英中校點：《小倉山房尺牘》卷七，見王英志編：《袁枚全集》（第五冊），南京·江蘇古籍出版社，1993年9月，頁148～149。

爲文。橫空一赤幟，始足張吾軍」(《小倉山房詩集》卷六)。正是此種思維引領其作，獨抒性情，別出心裁，一空依傍，自成門戶，表現出鮮明特立的風貌格調。前人探討袁枚詩作風格特徵之見解、文章極爲豐厚，如延君壽《老生常談》以「新穎」品子才之詩〔註26〕，尙鎔《三家詩話》以「巧麗」總論子才創作〔註27〕，王英志《袁枚評傳》述評子才詩歌藝術特徵表現於：(一)選材的平凡、瑣細。(二)詩歌意象的靈動、新奇、纖巧。(三)情調的風趣、詼諧。(四)白描手法與口語化〔註28〕。至如周舸岷《袁枚詩選‧前言》則以爲袁枚之詩「風格上古體詩多事鋪陳，規模宏大，氣勢壯闊，近體詩著意點染，小巧玲瓏，含蓄雋永」〔註29〕。凡此均爲研究袁枚詩風之的論。筆者檢索袁枚詠史作品二百七十首，並參酌古今學者相關論著，梳理袁枚詠史詩所呈現之風格，約可歸納爲以下幾類：

（一）雄勁豪壯

袁枚雄勁豪壯之作多於古詩中呈現，一則由於古詩「要鋪敘，要有開合，有風度」(元‧楊載《詩法家數》)，二則袁枚「才情恣肆，一瀉千里」(康發祥《伯山詩話》)，兩相結合，遂成就此一風格，如〈周孝侯斬蛟臺〉詩云：

> 父老談惡蛟，將軍磨寶刀。刀光入水人不見，格鬥三日風
> 蕭蕭。手提蛟頭拔浪起，蛟血淋漓江滿體。兩患雖除一患
> 存，擲刀從此讀書矣。初師陸士龍，再討齊萬年。一時文
> 武才，非公誰兼全？孤軍陷入窮邊慘，杖節掀髯死無憾。

〔註26〕延君壽《老生常談》：「海內近人詩，余所及讀者不下百數十種，袁子才新穎，蔣心餘雄健，趙甌北豪放，黃仲則俊逸，當以四家爲冠，餘則各有好處。見郭紹虞編選、富壽蓀校點：《清詩話續編》，上海‧上海古籍出版社，1999 年 6 月，頁 1802。

〔註27〕見郭紹虞編選、富壽蓀校點：《清詩話續編》，上海‧上海古籍出版社，1999 年 6 月，頁 1921。

〔註28〕參王英志著：《袁枚評傳》，南京‧南京大學出版社，2002 年 5 月，頁 508～522。

〔註29〕參周舸岷選注：《袁枚詩選‧前言》，杭州‧浙江古籍出版社，1989 年 10 月，頁 20。

可惜朱雲請劍遲，佞臣不與蛟同斬。鄉人高築土一丘，至今盛夏涼如秋。五百毒龍過此愁，猶恐將軍在上頭。(《小倉山房詩集》卷二十八)

此詩詠讚周處（約 236～297，諡號曰孝，世稱周孝侯）除害和以身殉國之事跡。周處除三害故事，流傳久矣。三害指虎、蛟、周處。本首詩之前八句主要敘述周處斬蛟一事，據《晉書‧周處傳》載，「(周處)因投水搏蛟，蛟或沉或浮，行數十里，而處與之俱，經三日三夜，人謂死，皆相慶賀」。詩人由將軍磨刀落筆，捕捉周處斬蛟之生動畫面，如刀光入水、格鬥三日、風聲蕭蕭至蛟血淋漓，使讀者如見其影，如聞其聲，可謂匠心獨運。「擲刀從此讀書矣」一句爲連接後半之關鍵，周處射虎、斬蛟後，己身亦發憤改過，勵志好學。「初師」至「佞臣」八句寫周處從師陸雲（字士龍），討伐齊萬年，遭朝臣忌賢，孤軍殉國等經過。《晉書‧周處傳》云：「及氐人齊萬年反，朝臣惡處強直，皆曰：『處，吳之名將子也，忠烈果毅。』乃使隸夏侯駿西征」。周處受梁王司馬肜及朝臣忌恨，以五千士兵與氐人七萬軍對抗，力戰而沒。此段慘烈史實，詩人以「杖節掀髯死無憾」涵融，筆力千鈞。末尾「鄉人」四句，詩人結合寫實和象徵手法，形塑周處威儀，謂鄉民緬懷周處，築斬蛟台於斯，若得魂魄護佑，時爲盛夏卻涼爽如秋，五百毒龍懼其英風，過此輒愁。

學者張健以爲「此詩敘事抒情揉而爲一，渾成雄勁」〔註 30〕。給予高度評價，也點出袁枚詠史中的雄勁風格。

又如〈施將軍廟〉云：

一德格天閣正新，一刀殺賊乃有人。敷天冤憤仗誰雪？殿前小校施將軍。將軍煉心如煉鐵，可惜荊軻疏劍術。事雖不了神鬼驚，懸頭市上香三日。當時元奸黨滿朝，縛虎如羊氣太驕。忽然刀光狹路照，太師頸上風蕭蕭。嗚呼！三字獄，兩宮駕，總在將軍此刀下！後代聞英風，尚且有興

〔註 30〕張健著：《詩話與詩評》，台北‧文津出版社，2006 年 6 月，頁 219。

者，君不見腦碎銅椎阿合馬！（《小倉山房詩集》卷二十六）

這是子才於乾隆四十四年、四十五年（1779～1780）間所作。詩人以滿腔熱忱歌頌施全行刺秦檜的決心和勇氣。篇中特別指出施將軍行刺奸佞雖未成功，然精神不死，仍起鼓舞作用，如「君不見腦碎銅椎阿合馬」〔註31〕即屬具體例證。王英志《袁枚詩選》稱此作「具體描寫施全刺殺秦檜不克而死的大智大勇，慷慨激昂，遒勁有力，顯示出詩人筆力縱橫的特色。」〔註32〕；而青年學者郭佳燕《袁枚詩論之實踐研究》一文亦徵引此作，其曰「全詩以戲劇化的起伏變化，塑造出英風偉烈的施全形象，敘事生動精彩，情感豐富而動人心目，可說是袁枚詠史詩中豪壯風格的代表作。」〔註33〕均肯定子才詠史作品筆力縱橫，雄勁豪壯的特質。

（二）悲涼慷慨

袁枚生性樂觀曠達，不喜拘束，然面對歷史人物艱困處境，慘刻身世亦難掩悲慨之情，如〈伍員墓〉云：

一片巍峨土未平，鴟夷浮處有佳城。
遠山雲外學華表，潮水隴前多怒聲。
慷慨報仇衰世事，淒涼托子暮年情。
只今廟貌丹青在，兩眼猶如盼越兵。

（《小倉山房詩集》卷二十六）

此詩為子才 64、65 歲（乾隆四十四年～四十五年 1779～1780）的作品，內容寫春秋吳國伍子胥史事。首聯、頷聯就眼前景物落筆，引人遐思。頸聯敘述伍子胥生平大事，一為投靠吳王闔閭，率兵攻楚郢都，掘楚平王墓，鞭屍三百，為父伍奢報仇；一為受讒，吳王

〔註31〕《元史‧姦臣傳》載，阿合馬為元世祖時權臣，擅權貪橫，益都千戶王著，詐稱皇太子還都作佛事，伺機用銅椎擊碎其腦。北京‧中華書局，1997 年 11 月，頁 1169。

〔註32〕王英志選注：《袁枚詩選》，北京‧人民文學出版社，2009 年 1 月，頁 138。

〔註33〕郭佳燕撰：《袁枚詩論之實踐研究》，台北‧國立台灣師範大學國文系教學碩士班碩士論文，2011 年 6 月，頁 105。

夫差賜劍令其自裁，臨死留言，挖其雙目，嵌於城上，目覩越兵入
吳。尾聯形容子胥心懷怨怒，祠廟塑像雙目圓睜，猶如期盼越兵攻
城。吳言生、高磊《袁枚集》解評此作云「他（指袁枚）感慨伍子
胥早年的處境艱困，以及暮年的淒涼悲慘，並對伍子胥的先見之明
進行了讚許。這種角度既使詩歌有著超逸四表的豪盪之氣，同時也
充滿著詩人對其身世的傷感。」〔註34〕具體陳述詩人創作意涵，深
中肯綮。

    又〈題史閣部遺像〉四首，詩云：

      每過梅花嶺，思公淚欲零。
      高山空仰止，到眼忽丹青。
      勝國衣冠古，孤臣鬢髮星。
      宛然文信國，獨立小朝廷。（其一）

      已斷長淮臂，難揮落日戈。
      風雲方慘淡，天子正笙歌。
      四鎮調停苦，三軍涕淚多。
      至今圖畫上，如盼舊山河。（其二）

      且喜家書在，銀鉤字數行。
      淒涼招命婦，宛轉托高堂。
      墨淡知和血，篇終說斷腸。
      當時濡筆際，光景莫思量。（其三）

      太師留畫像，交付得歐公。
      展卷人如在，焚香禮未終。
      江雲千里外，心史百年中。
      怕向空堂捲，霜天起朔風。（其四）（《小倉山房詩集》卷二十）

這組詠史作品爲子才於乾隆三十一年（1766，51 歲）至三十二年
（1767，52 歲）間所創。題中「史閣部」即史可法，曾官弘光朝東
閣大學士，故稱史閣部。詩題下自序云：「像爲蔣心餘太史所藏，並

〔註34〕吳言生、高磊解評：《袁枚集》，太原・三晉出版社，2008 年 10 月，
    頁 163。

其臨危家書，都爲一卷。書中勸夫人同死，托某某慰安太夫人。末云：
『書至此，肝腸寸斷』。」知史公遺像與家書，由心餘（蔣士銓）收
藏，家書中勸妻一同殉國，及安慰母親。子才感於史公死守揚州，臨
危不屈的志節，故有此作。王英志以爲第一首寫瞻仰史可法遺像時的
敬仰與悲慨之情，淒涼悲壯，有杜詩風調〔註35〕。第二首敘述史公於
危難中仍艱苦奮戰。第三首描繪史公臨危提筆作家書，勸夫人同死，
與托人安慰母親之複雜心境。第四首道出史公遺像目前收藏之處與收
藏者虔誠心意。張健曾評此作言「此詩具述史可法臨危受命守城，不
屈不撓，上比文天祥，但隻手難以回天。……詩由賦始，而以比興終。
以史氏爲題材之詠史詩，此作可稱壓卷。」〔註36〕詩人通過先述後詠，
表達對史可法由衷的感佩，筆法靈動，餘味不盡。

（三）含蓄婉約

　　含蓄是一種意在言外，美趣含在形象和意境中的藝術風格〔註37〕。
它具有婉曲、蘊藉之藝術美感，爲歷代詩家所矚目的美學形態，袁枚
詠史也不例外。如〈赤壁〉：

　　一面東風百萬軍，當年此處定三分。
　　漢家火德終燒賊，池上蛟龍竟得雲。
　　江水自流秋渺渺，漁燈猶照荻紛紛。
　　我來不共吹簫客，烏鵲寒聲靜夜聞。（《小倉山房詩集》卷一）

涂普生以爲「開頭四句，便把赤壁之戰的壯闊場面，形象地描寫了出
來；把兩軍態勢、戰爭意義、戰爭結局都交代得一清二楚」〔註38〕；
郭佳燕則說「尾聯以寫景寄情作結，措詞含蓄蘊藉，婉曲地寄託作者

〔註35〕王英志選注：《袁枚詩選》，北京・人民文學出版社，2009 年 1 月，
　　　　頁 120。
〔註36〕張健著：《詩話與詩評》，台北・文津出版社，2006 年 6 月，頁 223
　　　　～224。
〔註37〕楊成鑒著：《中國詩詞風格研究》，台北・洪葉文化事業公司，1995
　　　　年 12 月，頁 182。
〔註38〕涂普生撰：〈一首形象化的抒情律詩──淺談袁枚的〈赤壁〉〉，《黃
　　　　岡師專學報》，1981 年，第 2 期，頁 58。

的期待，期盼懷才不遇的自己能像劉備一樣可以有朝一日扭轉局勢，大鵬展翅」〔註39〕。要之，詩人運用七律體式刻畫赤壁之戰，句末結合己身境遇，將敘事、抒情、寫景融爲一體，手法奧眇。

除了含蓄風格，子才詠史亦不乏婉約。楊成鑒以爲「婉約」需要「作者較高的藝術素質，深邃而平靜的性格，一定的政治涵養，冷靜的頭腦，深刻細緻的觀察能力，溶合表現在作品中，使它具有深湛、纏綿的感情，流暢而清麗的語言，深遠的意境，含蓄、委婉的表現手法，婉麗幽深的藝術形象，藉以表現作者的思想感情」〔註40〕，如〈杜牧墓〉云：

> 蕭郎白馬遠從軍，落日樊川吊紫雲。
> 客裏鶯花逢杜曲，唐朝春恨屬司勳。
> 高談澤潞兵三萬，論定揚州月二分。
> 手折芙蓉來酌酒，有人風骨類夫君。(《小倉山房詩集》卷八)

張健以爲此詩是子才「吟得痛快而不失婉約之致」的作品。詩題〈杜牧墓〉，內容卻著重品評杜牧其人。杜牧性情有豪邁與溫婉等面向。首聯「白馬遠從軍」凸顯其豪邁，頷聯「鶯花逢杜曲」描摹其溫婉。頸聯豪邁、溫婉並陳，先敘小杜善論兵法，後說牧之以揚州風月著稱於世。尾聯寫詩人折芙蓉花酌酒，同時言己身風骨與小杜相類。杜牧素懷經邦濟世之志和憂國傷時之心，因未能施展抱負，抑鬱難遣，故曾風流曠放名於一時。其於兵法多所鑽研，主削平藩鎮，增強兵力，鞏固邊防，深爲論者稱賞。詩文成就顯著，爲晚唐名家〔註41〕。從詩人對杜牧生平事跡的熟稔與風骨之比況，不難探得子才偏愛小杜的心曲。

〔註39〕 郭佳燕撰：《袁枚詩論之實踐研究》，台北・國立台灣師範大學國文系教學碩士班碩士論文，2011 年 6 月，頁 113。

〔註40〕 楊成鑒著：《中國詩詞風格研究》，台北・洪葉文化事業公司，1995年 12 月，頁 78。

〔註41〕 參《新唐書・杜佑傳》附〈杜牧傳〉，北京・中華書局，1997 年 11月，總頁 1304～1305。

二、蔣士銓

在子才心目中，心餘是一位奇才，其詩「搖筆措意，橫出銳入，凡境爲之一空。如神獅怒蹲，百獸懾伏；如長劍倚天，星辰亂飛；鐵厚一寸，射而洞之；華嶽萬仞，驅而行之。目巧之室，自爲奧阼；袒而搏戰，前徒倒戈。人且羨、且妬、且駭、且卻走、且訾謷，無不有也。」〔註42〕這段序言彰顯心餘詩歌自由奔肆，境界變化，非常人所能企及。而在甌北的認知裏，心餘是「逸才乃曠代，豪氣更蓋世」〔註43〕的文學家。由於心餘的詩歌寫作，存在不同時期的體悟與領會，故而風格上的形成，亦呈現多樣化。今從詠史篇章裏，探述其常見的風貌格調。

（一）雄奇壯偉

心餘創作詩歌，曾經過不同階段的發展與變化，如〈學詩記〉所云：「予十五齡學詩，讀李義山，愛之，積之成四百首而病矣，十九付之一炬；改讀少陵、昌黎，四十始兼取蘇、黃而學之；五十棄去，惟直抒所見，不依傍古人，而爲我之詩矣。」〔註44〕，除去十九歲前「付之一炬」諸作，心餘學詩歷程略可析爲以少陵、昌黎爲宗，兼取蘇、黃，脫去依傍而直抒性情等時期。其詩以少陵、昌黎爲宗，主要指青年時代讀書、壯遊和求仕階段。於此期間，學習詩歌以杜甫、韓愈爲首，不拘一格，博收廣取，豐富內涵。詩歌語言以雄健質樸爲要，風格飛揚豪宕，意境超妙渾厚，儼然自成一家。徵之詠史篇章，如〈止水亭吊江文忠公萬里〉，詩云：

> 皇帝屈膝老臣恥，自古君臣無此禮，似道不去臣去矣，襄
> 樊鐵鎖一朝燬。築亭鑿沼芝山趾，知州就戮通判降。故相
> 身投亭下死，此是江南趙家水。國存與存亡與亡，但恨未
> 殉崖山航。朝廷不知汪立信，何必復有文天祥？當年斂屍

〔註42〕參袁枚著：《小倉山房文集》卷二十八〈蔣心餘藏園詩序〉。
〔註43〕參《甌北集》卷十七〈次韻答心餘見寄〉。
〔註44〕參《忠雅堂文集》卷二。蔣士銓著、邵海清校、李夢生箋：《忠雅堂集校箋》（四），上海・上海古籍出版社，1993年，頁2060。

葬何處？馬鬣無人表公墓。江州亦存八角石，此地豐碑被
誰誤？在天列祖誠可憐，英靈散落蘭亭山。紹興陵寢六函
瘞，公魂哭煞冬青間。海水如山聚忠魄，前有秀夫後世傑。
丹心火熱不可濡，決眦漳州誅國賊。嗚呼！木綿庵內刀加
首，半閒蟋蟀鳴空牖。湖山唾罵憑後人，豈若止水孤亭大
如斗！（《忠雅堂詩集》卷一）

此詩完成於乾隆十一年（1746），心餘22歲。內容歌詠南宋江萬里，
前八句概述權臣賈似道以去要君，度宗初即位，涕泣拜留之，江萬里
以身披帝云：「自古無此君臣禮，陛下不可拜，似道不可復言去。」
〔註45〕，以及元兵南下，破饒州，江萬里投止水亭而死等史事。「國
存」四句，指江萬里立下與國共存亡之決心，同時期尚有汪立信與文
天祥等忠臣爲社稷奔波，然朝廷卻全然不知。「當年」四句言當時兵
荒馬亂，從者草草收斂江萬里遺體，未及標識其墓碑確切位址。「在
天」四句指至元十五年（1278），元朝統帥楊璉眞伽率眾盡發紹興會
稽山南宋諸帝陵，棄其遺骸於草莽中，人莫敢收。林景熙、唐珏等佯
爲採藥，偕行陵上，以草囊拾之，盛以木函，托言佛經，葬於山陰之
蘭亭山下，植冬青樹以誌之（參陶宗儀《南村輟耕錄》卷四）。時江
萬里已亡（1198～1275），故云「公魂哭煞冬青間」。「海水」四句形
容江萬里、陸秀夫與張世傑雖死於水，其忠魄凝聚如山，嶔崎壯偉；
其丹心碧血，亦感染諸臣，遂有武舉人鄭虎臣拉殺國賊賈似道於漳州
木綿庵。「嗚呼」以下四句，詩人以止水亭（江萬里所築並題其名）
對比湖山（賈似道豪華堂室），一爲永世悼念，一則憑人唾罵。全篇
錯落有致，造語雄奇，氣象恢宏，情眞意切，清中期著名文學家李宗
瀚評此詩爲「春秋之筆」，諒非過譽！

又〈烏江項王廟〉二首之一，詩云：

暗嗚獨滅虎狼秦，絕世英雄自有眞。
俎上肯貽天下笑？座中惟覺沛公親。
等閒割地分強敵，慷慨將頭贈故人。

〔註45〕脫脫：《宋史》，北京．中華書局，1997年11月，頁3188～3189

　　如此殺身猶灑落，憐他功狗與功臣。(《忠雅堂詩集》卷三)

作於乾隆十七年（1752），詩人 28 歲，這年心餘北上赴禮部恩科會試，當於北上途中完成此詩。詩題中之烏江，為水名，位於安徽省和縣東北，今名烏江浦。楚漢相爭，項羽戰敗，於此自刎，後人建廟祀之。首聯肯定項羽滅秦功績，同時讚揚其英雄氣概與真性情。頷聯出句言項王雖有置太公（劉邦之父）俎上之事，然終不願以此貽笑天下。對句「座中」意謂鴻門宴上，項王未殺沛公，反待之如親，凸顯其耿直個性。頸聯喻項王行事磊落，將地分與強敵劉邦，頭贈故人呂馬童。尾聯據《史記・蕭相國世家》載，劉邦曾語諸將曰：「夫獵，追殺獸兔者狗也，而發蹤指示獸處者人也。今諸君徒能得走獸耳，功狗也。至如蕭何，發蹤指示，功人也。且諸君獨以身隨我，多者兩三人。今蕭何舉宗數十人皆隨我，功不可忘也。」〔註46〕，詩人以蔑視劉邦將相襯托項王雖死猶不損豪傑本色。整首詩章法井然，對比強烈，讓讀者感受項王意氣超邁，栩栩如生，王文濡稱此篇「豪氣千丈，足副項王身分，一結尤妙」再顯作者、評者心意相通之證！

（二）悲慨沉鬱

　　兩次會試黜落，兩度仕途辭官，曾使才華橫溢，志向高遠的心餘跌入生活低谷，然苦痛與真情，恰似詩人的鼎爐與炭薪，時而冶鑄悲慨沉鬱的詩篇，如〈讀昌黎詩〉云：

　　岩岩氣象雜悲歌，浩氣難平未肯磨。

　　自古風騷皆鬱勃，人生不得意時多。(《忠雅堂詩集》卷十三)

詩寫於乾隆三十年（1765），心餘 41 歲，居金陵，此時詩人已辭官一年餘。這首七絕將作者研讀韓詩的感受，直截呈露，酣暢淋漓，感慨深致。前二句喻昌黎詩奇崛險怪雜揉悲歌，詩裡透顯正大剛直之氣難以消磨。後兩句結合韓愈的生不逢時與自身境遇，說道人生

〔註46〕參司馬遷著：《史記・蕭相國世家》，北京・中華書局，1997 年 11 月，總頁 511。

總是不得意而著書，自古代《詩經》、《楚辭》伊始，即反映這股鬱勃的不平之氣。

又如〈南池杜少陵祠堂〉二首之二云：

先生不僅是詩人，薄宦沉淪稷契身。

獨向亂離憂社稷，直將歌哭老風塵。

諸侯賓客猶相忌，信史文章自有真。

一飯何曾忘君父，可憐儒士作忠臣。（《忠雅堂詩集》卷二）

詩作於乾隆十三年（1748），篇中讚揚杜甫不僅為詩人，而且是憂國憂民的忠臣。首聯「稷契」指后稷（舜之農官，周之始祖）和契（舜之臣，商之始祖），二人均屬賢臣典型，杜甫於作品中曾自比古代稷契，如〈自京赴奉先縣詠懷五百字〉：「杜陵有布衣，老大意轉拙。許身一何愚，竊比稷與契。」（《全唐詩》卷 216）。頷聯喻杜甫幾經戰亂，見百姓流離顛沛，心懷憂思，以詩歌表達，據《新唐書‧杜甫傳》載「（甫）數嘗寇亂，挺節無所汙，為歌詩，傷時橈弱，情不忘君，人憐其忠云」〔註47〕。頸聯出句「諸侯」為管轄一方之節度使，此喻嚴武。而「猶相忌」，應指《新唐書‧杜甫傳》所載嚴武欲殺杜甫一事。據本傳描述，杜甫流落劍南，嚴武為劍南東、西川節度使，杜、嚴兩人乃世舊，於是表薦杜甫任檢校工部員外郎。甫於嚴武幕府舉止疏狂，常不戴冠巾謁見嚴武，又嘗醉酒登其牀，瞪視曰：「嚴挺之乃有此兒！」，嚴武脾性暴猛，「外若不為忤，中銜（忌恨）之」，一日欲殺杜甫，因嚴母勸止乃罷〔註48〕。對句「信史文章自有真」，適如《新唐書‧杜甫傳贊》所云「甫又善陳時事，律切精深，至千言不少衰，世號『詩史』」〔註49〕。尾聯凸顯杜甫「每飯不忘君」之忱。全首推崇杜甫憂君愛國精神並對他悲涼身世表示同情，其格調沉鬱頓挫，怨而不怒，近於杜甫詩風。

〔註47〕歐陽脩等撰：《新唐書‧杜甫傳》，北京‧中華書局，1997 年 11 月，頁 1466。

〔註48〕同上註。

〔註49〕同上註。

（三）委婉遙深

蔣士銓生活於清代「康雍乾盛世」之中後期，朝廷爲利於管束人民思想，曾大興文字之獄，使得當代文人忌談時弊，甚而噤若寒蟬。在如此嚴峻的環境中，集儒家思想、剛正性格、悲憫胸懷於一身的心餘，眼見官場黑暗，統治階層淫逸奢華，對百姓橫徵暴斂，凌虐欺壓，雖不敢公開批判，嚴厲譴責，卻也不全然漠視，無動於衷。他常借詠史、詠物含蓄提點，或以樂府體式婉轉呈現，這類作品，佔有一定數量，形成委婉遙深的風格，如〈讀始皇本紀〉四首之三，詩云：

> 生游阿房宮，死游驪山墓。行樂到魂魄，膏鐙照泉路。既欲求神仙，如何穿冢穴？可知徐市言，疑信原未決。二世極嗜慾，而曰報先帝。承家苟如斯，難矣千萬世。（《忠雅堂詩集》卷二十一）

此首爲心餘四十九歲（乾隆三十八年，1773）居揚州作。首四句敘述從生至死，始皇家族極盡人間享樂。「既欲」二句以爲始皇既想成仙不死，又爲己修墓，著實矛盾。「可知」二句揭示始皇對徐市長生不死之說，仍停於疑信參半之階層。「二世」二句言秦二世胡亥極慾窮奢，即位後，續建阿房宮，右丞相去疾、左丞相李斯、將軍馮劫等勸諫胡亥停止營造工程，胡亥斥責眾人「是上毋以報先帝，次不爲朕盡忠力」〔註50〕，遂將李斯等殺害。結尾「承家」二句喻胡亥如此繼承帝位，難使王朝千載萬世。據《史記・秦始皇本紀》引賈誼〈過秦論〉云：「今秦二世立，天下莫不引領而觀其政。夫寒者利裋褐而飢者甘糟糠，天下之嗷嗷，新主之資也。此言勞民之易爲仁也。」認爲胡亥果行仁政，薄征斂，體民心，則長治久安。然胡亥「不行此術，而重之以無道，壞宗廟與民，更始作阿房宮，繁刑嚴誅，吏治刻深，賞罰不當，賦斂無度，天下多事，吏弗能紀，百姓窮困而主弗收恤。」〔註51〕故而造成秦王朝之迅速滅亡。全篇就史

〔註50〕參《史記・秦始皇本紀》，北京・中華書局，1997年11月，總頁73。
〔註51〕同上註，總頁76。

事點染，不專主議論，雖含諷喻，然手法隱微，意旨遙深。

　　再看〈響屧廊〉二首之一，詩云：

　　寵到雙趺事亦新，笑他褒妲尚猶人。

　　潘家蓮瓣楊家襪，總與西施步後塵。(《忠雅堂詩集》卷二十二)

此首作於乾隆三十九（1774），內容寫春秋吳王夫差在蘇州靈巖山為西施造館娃宮響屧廊之事，揭露統治者荒淫誤國，醉生夢死。詩題之「響屧廊」為館娃宮中一條長廊，此廊回環曲折，雕樑畫棟，以珍貴木料鋪地，廊下空虛，讓西施穿屧漫步其上，錚錚作響。首二句意為吳王如此寵幸西施，恩及雙腳，比古代周幽王寵褒姒、商紂王寵妲己，實有過之而無不及。第三句之「潘家蓮瓣」指南齊東昏侯蕭寶卷寵愛潘妃，於宮中鑿金為蓮華以帖地，令潘妃行其上，曰「此步步生蓮華也」〔註52〕；而「楊家襪」為唐玄宗寵妃楊玉環的襪子。楊貴妃處死於馬嵬坡後，文士李謨讚美其遺襪「光豔猶存，異香未散」、「願出重價買去」（參洪昇《長生殿・看襪》）。結句「總與西施步後塵」，詩人以為東昏侯寵潘妃，唐玄宗寵楊妃，均步吳王西施之後塵。

　　心餘另一首〈響屧廊〉云：「不重雄封重豔情，遺蹤猶自慕傾城。憐伊幾緉平生屧，踏碎山河是此聲。」（《忠雅堂詩集》卷二十二）述吳王夫差不重封疆治國的大業，而迷戀絕世美女西施，寵幸她竟恩及雙腳，終致山河破碎，社稷覆亡。清朱庭珍《筱園詩話》評其「用意沉著，又七絕中之飛將也」〔註53〕。稱美詩藝之外，對於其用心亦感同身受。

　　上述詩例借歌詠史實對統治階層進行委婉評判，具有相當程度之警誡意涵。

三、趙　翼

　　袁枚《甌北集序》曾言：「耘菘之於詩，目之所寓即書矣，心之

〔註52〕參李延壽撰：《南史》，北京・中華書局，1997年11月，總頁55。

〔註53〕朱庭珍《筱園詩話》卷四，郭紹虞：《清詩話續編》下，上海・上海古籍出版社，1999年6月，頁2411。

所之即錄矣，筆舌之所到即奮矣，稗史、方言、龜經、鼠序之所載即闌入矣。……而忽正忽奇，忽莊忽俳，忽沉鷙忽縱逸，忽叩虛而逞臆，忽數典而鬥靡」〔註54〕。已見甌北詩風繁複多變，今之學者爬羅梳理其《詩集》、《詩話》，又有新得，如李學穎、曹光甫於《甌北集・前言》中曾歸納趙翼詩風具備：風趣諧俗、博洽典贍、精深警闢、雄麗豪健等四個特質〔註55〕。又華夫《趙翼詩編年全集・卷首語》亦將甌北詩之藝術特色概括爲五個層面，即流暢樸實，自然淳美；深沉持重，嚴謹工整；清奇壯美，雄渾豪放；擅發史乘，工於用典；以詩代論，生動警闢〔註56〕。

此外，趙興勤《趙翼評傳》第十六章〈甌北詩歌的藝術風格〉〔註57〕，劉世南《清詩流派史》第十三章〈性靈詩派・趙翼及其詩〉〔註58〕，趙興勤〈清峭奇崛跌宕多致——趙翼詩風初探〉〔註59〕，王殿明《趙翼詩歌研究》〔註60〕，李豔梅《趙翼詩歌分類研究——詠史懷古詩研究》〔註61〕，周玉紅〈雄麗奇恣獨抒性靈——清代詩人趙翼詩風淺析〉〔註62〕，劉世南《清詩流派史》等文章亦曾對趙翼詩歌風格進行探述。今從學者研究中統縮與詠史作品相關之風格

〔註54〕李學穎、曹光甫校點：《甌北集》，上海・上海古籍出版社，1997年4月，頁1439～1440。

〔註55〕李學穎、曹光甫校點：《甌北集》，上海・上海古籍出版社，1997年4月，頁17～19。

〔註56〕華夫主編：《趙翼詩編年全集》（全四冊），天津・天津古籍出版社，1996年11月。

〔註57〕趙興勤著：《趙翼評傳》，南京・南京大學出版社，2002年5月。

〔註58〕劉世南著：《清詩流派史》，台北・文津出版社，1995年11月。

〔註59〕趙興勤：〈清峭奇崛跌宕多致——趙翼詩風初探〉，《古典文學知識》，2007年，第6期。

〔註60〕王殿明著：《趙翼詩歌研究》，蘭州・西北師範大學碩士學位論文，2005年5月。

〔註61〕李豔梅著：《趙翼詩歌分類研究——詠史懷古詩研究》，西安・陝西師範大學碩士學位論文，2007年4月。

〔註62〕周玉紅：〈雄麗奇恣獨抒性靈——清代詩人趙翼詩風淺析〉，《作家雜誌（古典文學新探）》，2011年，第1期。

特質。

（一）風趣諧俗

　　楊成鑒云：「風格幽默的作品，往往在藝術形象自身中構成不調和的矛盾，隱約地顯示成笑料，成爲風趣的藝術形象，耐人尋味。在輕鬆愉快的笑聲中，給人以眞理的啓示。這些就是幽默品風格的藝術特色」〔註63〕。又「幽默在古代叫做詼諧，近代叫作風趣。幽默是現代才普遍使用的詞語」〔註64〕。甌北詠史中幽默詼諧，饒富風趣之篇，來自其積極的人生態度與樂觀曠達的情懷，如〈修史漫興〉云：

　　　　史局虛慚費月餐，古今歷歷作閒觀。
　　　　千秋於我宜何置，寸管論人固不難。
　　　　高燄輝煣紅燭炬，古香浮硯翠螺丸。
　　　　只輸小宋風流處，少個濃粧伴夜闌。（《甌北集》卷九）

此詩作於乾隆二十六年（1761），甌北 35 歲。是年，恩科會試中試，主考官以第一進呈。乾隆以江浙多狀元爲由，將第三名陝西人王杰擢爲第一，甌北以一甲第三名及第。入爲翰林院編修，尋充方略館纂修官，修《平定準噶爾方略》〔註65〕。這首詩的內容主要敘述詩人入翰林院纂修《平定準噶爾方略》、《歷代通鑑輯覽》等史書之心境，修史本應持嚴謹態度，而詩人卻能在肅穆中，觀查周遭氛圍，呈顯幽默的一面。杜維運《趙翼傳》評此詩說：「在夜闌人靜時，燭火輝煌，墨硯飄香，握筆衡論人物，閒觀千古，獨缺少濃粧相伴，甌北的幽默感，很引人入勝」〔註66〕。此一詮解不僅開拓吾人視域，修正刻板印象，並透顯史家異代相知之情。又如〈嚴灘〉云：

　　　　去年過嚴灘，子陵向我笑。久作林下人，胡出逐旌纛。得

〔註63〕楊成鑒著：《中國詩詞風格研究》，台北・洪葉文化事業公司，1995年 12 月，頁 195。

〔註64〕同上註，頁 196。

〔註65〕見趙興勤著：《趙翼評傳》，南京・南京大學出版社，2002 年 5 月，頁 420～421。

〔註66〕見杜維運著：《趙翼傳》，台北・時報出版，1983 年 4 月，頁 55。

　　非白頭嫗，塗粉思再醮。今來過嚴灘，我向子陵誚。披裘
　　跡近衒，加腹氣非傲。特特故人思，巧立高士操。緊余慕
　　武夷，隨人入閩嶠。適當有軍事，借箸聊一効。非特酬知
　　交，兼藉國恩報。事定仍拂衣，一路快登眺。出不爲求名，
　　歸不失高蹈。比君弔詭處，稍覺襟懷浩。湖天有一曲，去
　　披綠簑釣。（《甌北集》卷三十二）

這是趙翼 62 歲（乾隆五十三年，1788）的作品。這年春正月，林爽
文起義爲清兵鎮壓，二月，甌北以軍事已畢，向李侍堯請辭，三月
十一日啓程，往遊武夷，遍歷浙東山水名勝〔註67〕。當甌北經過桐
廬，見嚴陵灘，思及嚴光，遂有此詠。詩人通過追憶，自述其志，
頡頏古人，隱現自如，饒富趣味。大陸學者李豔梅以爲此作「不僅
僅在稱讚嚴子陵，也有借古自讚的意味，自己雖曾參入軍幕，但最
終拒絕舉薦，不再踏入仕途，也不失名士風範」〔註68〕。識見可謂
卓然。杜維運《趙翼傳》曾徵引這首作品說：「甌北是一個書生及其
詼諧過人處，皆在此詩中流露無遺了」〔註69〕。直擊甌北書生本色，
印證「詩品出於人品」。

　　再如〈袁州城外石橋最雄麗相傳爲嚴世藩所作〉二首之一：

　　長虹百丈倚嚴城，杰構當年尚寶卿。
　　豪富豈難功及物，權奸亦愛死留名。
　　磨光石版輪蹄迹，流惡江濤日夜聲。
　　却笑世間康濟事，也須勢利始能成。（《甌北集》卷十三）

嚴世藩爲明朝權臣嚴嵩之子，橫行不法，因其有財有勢，故能造雄麗
石橋渡人。詩人對於此事，既不褒揚，也不斥責，而是採風趣口脗，
形容嚴世藩籌建石橋，實是爲名所驅（「權奸亦愛死留名」），同時點
出，欲濟世利物，須備相當程度之政治地位（勢）與物資條件（利），

〔註67〕見趙興勤著：《趙翼評傳》，南京・南京大學出版社，2002 年 5 月，
　　　　頁 426。
〔註68〕李豔梅：《趙翼詩歌分類研究──詠史懷古詩研究》，西安・陝西師
　　　　範大學碩士學位論文，2007 年 4 月，頁 21。
〔註69〕見杜維運著：《趙翼傳》，台北・時報出版，1983 年 4 月，頁 187。

方可達成。簡短數語，使詩意曲折，萌生情趣。

（二）雄麗沉鬱

與甌北同時期的袁枚曾稱讚趙翼詩歌「雄麗沉鬱」，「氣力沉雄，聲情激越，雲崧詠古詩，實是千古絕作。」（《甌北詩鈔》「七言律」評語）。蔣士銓的〈趙雲松觀察詩序〉也說甌北詩「自出都後且益工，蓋天才踔屬，其所固然，而又得江山戎馬之助，以發抒其奇。當夫乘軺問俗，停鞭覽古，興酣落筆，百怪奔集，故雄麗奇恣，不可逼視」〔註70〕。他們都看見甌北詠古（史）、覽古題材中氣力沉雄、雄麗奇恣的一面，至如延君壽《老生常談》則評趙翼云：「趙甌北七律，登臨懷古之作，激昂慷慨，沉鬱蒼涼，能手也。」〔註71〕說明甌北詠史、懷古諸詩經常是激越與沉鬱並陳，如《淝水》二首：

> 淝河百丈水湯湯，千古南朝詫戰場。
> 空國而來驕必敗，背城能戰弱爲強。
> 枋頭宣武慚勳伐，江左夷吾尚廟堂。
> 贏得淮山閒草木，也同旌旆氣飛揚。（其一）
>
> 偏安累代保江濆，豈意亡秦出異勳。
> 兵少幾同三戶弱，功多并許八公分。
> 時來裙屐皆英氣，事往兵戈但舊聞。
> 何處遙天聽鶴唳。鷓鴣聲裏曉耕雲。（其二）
>
> （《甌北集》卷三十四）

詩寫於乾隆五十六年（1791），二首均爲歌詠謝安於淝水之戰中的巨大貢獻。第一首透過前秦苻堅之大敗、桓溫北伐失利和宋孝武帝劉駿征討無功，襯托謝安運籌帷幄、克敵制勝，收復北方之勳業。首聯刻畫淝水流勢湍急，浩浩湯湯，人們對於東晉宰相謝安以北府兵八萬迎戰前秦苻堅九十萬眾，並將之擊潰，深感詫異，筆落千鈞，氣象雄渾。頷聯取敵軍「驕者必敗」對應北府兵背城能戰，轉弱爲

〔註70〕參《忠雅堂集校箋》（四），頁 2006。
〔註71〕見郭紹虞編選、富壽蓀校點：《清詩話續編》（下），上海‧上海古籍出版社，1999 年 6 月，頁 1840。

強。頸聯之「枋頭宣武」代指桓溫、劉駿，二人北伐均未成，故云「慚勳伐」；而坐鎮廟堂的謝安則成就「以少勝多」之壯舉。末聯形容苻堅前哨爲晉軍擊潰，他登上壽陽城，望淮南八公山上草木，以爲全是晉軍〔註72〕。第二首，詩人闡述淝水之戰的意義，同時對謝安指揮若定，從容破敵的風度作深層描繪。首聯敘東晉自元帝建武元年（317）至孝武帝太元八年（383），歷九位皇帝，六十六年間，均偏安一隅。豈料謝安大敗前秦苻堅，創不凡功勛。頷聯意謂東晉兵少力弱卻能戰勝強敵，諸多功績應分一些給八公山上之草木。頸聯指謝安於當時擊退強敵，衣袖與木屐均顯示英氣。尾聯詮釋苻堅軍潰敗，急於逃竄，聞風聲鶴唳，皆以爲晉兵〔註73〕。二篇均屬聲情激越，氣力沉雄之作。

　　又如〈赤壁〉詩：

> 依然形勝扼荊襄，赤壁山前故壘長。
> 烏鵲南飛無魏地，大江東去有周郎。
> 千秋人物三分國，一片山河古戰場。
> 今日經過已陳迹，月明漁父唱滄浪。（《甌北集》卷二十）

此爲詩人途經赤壁所賦，通過歷史與現實對照，時間與空間交錯抒發今昔之感與歸隱之志。首聯就眼前景象，營構遼闊詩境，「依然」、「故壘」等用語透顯一種歷史滄桑感。頷聯巧用曹操與蘇軾名句，將思緒引向悠邈的過往。頸聯以時間與空間自然成對，意爲山河歷經百戰依然存在，而英雄人物已成千秋往事。末聯「月明漁父唱滄浪」一句，意境深沉悠遠與歸隱願望若相契合，全篇氣魄宏偉，情感激蕩。

〔註72〕《資治通鑑·晉紀二十七》云「秦王堅與陽平公融登壽陽城望之，見晉兵部陣嚴整，又望八公山上草木皆以爲晉兵」。司馬光編著：《資治通鑑》（7），北京·中華書局，2005年9月，頁3311。

〔註73〕《資治通鑑·晉紀二十七》載，淝水之戰，「秦兵大敗，自相蹈藉而死，蔽野塞川。其走者聞風聲鶴唳，皆以爲晉兵且至，晝夜不敢息，草行露宿，重以飢凍，死者什七、八」。司馬光編著：《資治通鑑》（7），北京·中華書局，2005年9月，頁3312。

（三）工於用典

用典爲古代詩歌常見的藝術表現方式，適切用典一方面能準確表達詩人之思想情感，另一方面則豐富詩作之文化內涵，並給與讀者深厚廣博的美感體驗。身爲史學家，甌北對典冊掌故極爲嫻熟，曾自詡「撐腸五千卷，縱目廿二史」（〈放歌〉，《甌北集》卷四十一）。其使事用典，瀾翻不窮，恰如袁枚所說「每於徵引處賣弄家貲，實亦由腹笥便便，故絡繹奔赴。」（《甌北詩鈔》七言古二〈大石佛歌〉評語）甌北是三大家中用典最多的一位，主要體現於七律和登臨懷古作品中，其七律「語無不典，事無不切，意無不達，對無不工」、「非袁、蔣所能及也」〔註74〕，如〈過文信國祠同舫菴作末章兼弔李文水〉四首之一云：

> 鬚眉正氣凜千秋，丞相祠堂久尚留。
> 南渡河山難復楚，北來俘虜豈朝周。
> 出師未捷悲移鼎，視死如歸笑射鈎。
> 何事黃冠樽俎語，平添野史污名流。（《甌北集》卷七）

本篇爲甌北於乾隆二十四年（1759）居北京憑弔文信國（即文天祥，曾封信國公）祠所作，旨在歌頌文天祥「鬚眉正氣凜千秋」之高尚氣節。詩中徵引諸多歷史典故，如「復楚」言春秋時，伍子胥率吳軍滅楚，申包胥借秦國兵力，復興楚國。「朝周」爲殷商紂王之叔箕子，因諫受囚，周武王滅商後，釋放箕子，箕子有朝拜周王之舉。「出師未捷」摘錄杜甫〈蜀相〉詩句「出師未捷身先死，長使英雄淚滿襟」。「射鈎」謂春秋時，管仲爲輔公子糾，曾用箭射殺小白（齊桓公），結果射中其衣帶鈎，小白即位不計射鈎之仇，拜管仲爲相。後即以「射鈎」指管仲，此處暗喻南宋部分官員變節降元。至於「黃冠」本爲道士所戴冠巾，此指道士。據《宋史・文天祥傳》載元世祖曾派王積翁勸降文天祥，天祥曰：「國亡，吾分一死矣。儻緣寬假，

〔註74〕見郭紹虞編選、富壽蓀校點：《清詩話續編》（下），上海・上海古籍出版社，1999年6月，頁1926。

得以黃冠歸故鄉，他日以方外備顧問，可也」〔註75〕。上述典故均
與文天祥當時處境相涉，詩人或正用（如出師捷，笑射鈎），或反用
（如難復楚，豈朝周），適切自然，無斧鑿之迹。

再觀〈題元遺山集〉一詩，更顯巧妙靈動，詩云：

> 身閱興亡浩劫空，兩朝文獻一衰翁。
>
> 無官未害餐周粟，有史深愁失楚弓。
>
> 行殿幽蘭悲夜火，故都喬木泣秋風。
>
> 國家不幸詩家幸，賦到滄桑句便工。（《甌北集》卷三十三）

此首約作於乾隆五十五年（1790），爲詩人閱覽《元遺山集》後抒發
其感想。首聯褒揚元好問整理金朝文獻之功，元好問在金亡後不願
出仕，曾專心著述，輯錄金朝史料（已失傳），又編金詩爲《中州集》。
頷聯出句之「周粟」原指孤竹君二子伯夷、叔齊不食周粟，餓死於
首陽山之事（見《史記・伯夷列傳》），詩人於句中加一「餐」字，
反用其意，謂元好問不做官並不妨害他吃元朝糧食。對句「失楚弓」，
相傳楚恭王出遊，丟失「烏號」良弓，左右欲尋，楚恭王言：「楚人
失弓，楚人得之，又何求焉！」（見劉向《說苑・至公》），「失弓」
本與「失節」無內在關聯，詩人將之接合，巧妙傳達元好問擔心史
書寫其失節不忠之矛盾心理。頸聯形容元好問對故國之懷念。尾聯
意爲元好問之《元遺山集》得益於「國家不幸」之滄桑變化，並點
出不同經歷對詩人創作之影響。用典靈巧，足見匠心。

此外古體長篇亦不乏用典豐贍之例，如七古〈元祐黨碑在桂林者
今尙存沈魯堂太守搨一本見示援筆作歌〉（見《甌北集》卷十六）一
首，化用《錢氏私志》、《家世舊聞》、《悅生隨抄》、《虛谷閑抄》、《燕
閑常談》、《太淸樓侍宴記》、《曲洧舊聞》、《揮塵錄》、《老學庵筆記》
等多種宋代筆記雜錄，故李保泰評此作云「用書不下數十種，毫無補
綴痕迹，是其心思筆力鎔鑄之妙。」（《甌北詩鈔》七言古二）。

〔註75〕脫脫等撰：《宋史・文天祥傳》，北京・中華書局，1997 年 11 月，總
頁 3192。

（四）精深警策

瓹北生活的時代，雖譽爲「乾隆盛世」，然實屬封建社會晚期，諸多矛盾現象日益暴露。爲此，瓹北以深邃眼光和敏銳感受，觸及潛藏深處的危機、衝突，透過詠史形式，予以揭示，此類作品精深警策，饒富題外之旨，如〈讀史〉四首其一：

> 歷歷興衰史冊陳，古方今病輒相循。
> 時當暇豫誰憂國，事到艱難已乏人。
> 九仞山纔傾簣土，一杯水豈救車薪。
> 書生把卷偏多感，剪燭徬徨到嚮晨。（《甌北集》卷四十二）

詩作於嘉慶五年（1800），當時王朝逐漸衰陵，吏治腐化，土地兼併日趨嚴重，益以災荒連年，民不聊生。遂導致嘉慶元年（1796）川、楚、陝白蓮教起義，且歷時九年。嘉慶四年（1799），衝突愈發激烈。嘉慶帝曾下詔罪己，宣布「但治從逆；不治從教」亦懲辦和珅等貪官污吏，欲以鎮壓與勸說處理農民起義。瓹北此詩即從側面反映史實。起首稱歷代興衰，史冊均載，古今動亂，如出一轍，引人思索。頷聯指出悠閒逸樂時誰會憂國，等到國步艱難處又無人可倚，再深一層。頸聯形容朝廷措施無濟於事，要做幾丈高之山才倒了一簣土，而一杯水如何能救一車柴所燃燒之火燄？末聯爲詩人透悉朝廷雖採動作，但弊病已深入骨髓，故而呈示憂患之情！

另一〈讀史〉云：

> 一編青史幾千秋，都入燈前大白浮。
> 運去臥龍空伐敵，時來屠狗亦封侯。
> 六州鑄錯終存鐵，萬里乘風或覆舟。
> 歷歷古今成局在，興衰不盡繫人謀。（《甌北集》卷四十三）

此詩作於嘉慶六年（1801）。首聯爲詩人檢閱史典，讀至感發處，便滿飲一杯酒，而數千載青史，均隨香醪進入腹中。頷聯述若形勢不佳，連諸葛亮那樣的智者，屢次伐魏，亦無功而返；倘時來運轉，那殺狗爲業的樊噲也因佐劉邦征戰而建功封侯。頸聯引羅紹威故實，言紹威因憎惡魏博地方牙軍驕恣，故求援朱溫（全忠）勦滅，

其間爲供應軍需，紹威將牲畜錢糧消耗殆盡，事後，牙軍雖除，然魏博就此衰微，紹威既而悔之，謂人曰：「合六州四十三縣鐵，不能爲此錯也！」〔註 76〕。詩揉諸葛亮、樊噲、羅紹威史事，昭示歷史進程有其規律，往往難以盡如人意，且不因「人謀」而轉移，進而鑒戒世人，行事勿違歷史規律。

再如〈詠史〉云：

食椒能幾粒，八百斛猶貧。

枉署摸金尉，先爲入草人。

但知鳥攫肉，豈悟象焚身。

何事狂奔者，依然覆轍循。（《甌北集》卷二十七）

本詩約作於乾隆四十七年（1782），甌北已 56 歲，眼見朝政逐漸腐化，詩人憂心忡忡，故有此篇。首聯借元載事，刻畫斂聚者貪得無厭，《新唐書・元載傳》記錄元載死後，朝廷「籍及家，鍾乳五百兩，詔分賜中書、門下臺省官，胡椒至八百石，它物稱是。」〔註 77〕頷聯又借「摸金尉」、「入草人」描繪貪財者之下場。當中「摸金尉」從陳琳〈爲袁紹檄豫州〉一文而來：「操又特置發丘中郎將，摸金校尉，所過隳突，無骸不露」李周翰注曰「言操置發丘中郎，摸金校尉之官，所過皆破壞冢墓，以取金寶，而露其骸骨也。」，後泛指發冢盜金者爲「摸金」。至於「入草人」語出《新五代史・李嚴傳》，後唐莊宗（李存勗）派李嚴入蜀市珍奇，充實後宮。時前蜀主王衍治蜀，嚴禁以奇貨出劍門，非奇物而出者，名曰「入草物」，李嚴只得金二百兩、地衣、毛布之類。莊宗聞之，大怒曰：「物歸中國，謂之『入草』，王衍其能免爲『入草人』乎？」於是決議伐蜀，王衍降，後被殺〔註 78〕。頸聯之「鳥攫肉」，據《漢書・循吏傳・黃霸傳》載

〔註 76〕司馬光編著：《資治通鑑》（18），北京・中華書局，2005 年 9 月，頁 8660。

〔註 77〕歐陽脩等撰：《新唐書・元載傳》，北京・中華書局，1997 年 11 月，總頁 1208。

〔註 78〕歐陽脩撰：《新五代史・李嚴傳》，北京・中華書局，1997 年 11 月，

黃霸爲太守時，曾派官吏察訪民情，「吏出，不敢舍郵亭，食於道旁，烏攫其肉」〔註79〕，此地形容貪財者奪物之凶。而「象焚身」，語本《左傳・襄公二十四年》：「象有齒以焚其身，賄也」〔註80〕，指象因具珍貴之牙而招致捕殺，此喻因多財或貪財致禍。尾聯之意爲狂肆搜財者，不知何故，依然重蹈敗亡者之途。全篇寓意深刻，啓人心智。

胡憶蕭選注《趙翼詩選》評此詩言「詩寫得含蓄，但卻生動而又深刻——短短八句詩，概括出封建社會統治階級的腐朽本質。」〔註81〕讓我們對甌北作意獲致深一層之體會。

以上徵引詩例，雖非全豹，略可窺得三大家總體詠史作品風格之一斑，撮要而說，三大家詠史，均爲其詩學思想之落實，亦與其秉賦，性情交融，各有所長，難分軒輊，正如尚鎔《三家詩話》所云：「讀三家之詩，巧麗者愛子才，樸健者愛苕生，宏博者愛雲松，取其長而棄其短，是在善讀者」〔註82〕。

須特別提出的是，從來詩家享譽士林既久，胥不免遭受抨擊聲浪，如郭麐《靈芬館詩話》卷八就曾對袁枚、蔣士銓、趙翼三人的詩歌有一段亦褒亦貶的論評，其云：

> 國朝之詩，自乾隆三十年以來，風會一變，於時所推爲渠帥者凡三家，其間利病，可得而言。隨園樹骨高華，賦材雄騺，四時在其筆端，百家供其漁獵，而絕足奔放，往往不免。正如鐘磬高懸，琴瑟迭奏，極其和雅，可以感動天人，協平志氣，然魚龍曼衍，黎靬（西域國名）眩人之戲，

總頁 78。

〔註79〕 參班固撰：《漢書》卷八十九，北京・中華書局，1997 年 11 月，總頁 922。

〔註80〕 參阮元校勘：《十三經注疏》（下），台北・大化書局，1982 年 10 月，總頁 1979。

〔註81〕 胡憶蕭選注：《趙翼詩選》，鄭州・中州古籍出版社，1985 年 2 月，頁 122。

〔註82〕 見郭紹虞編選、富壽蓀校點：《清詩話續編》，上海・上海古籍出版社，1999 年 6 月，頁 1921。

亦雜出其間，恐難登於夔曠之側（夔、師曠，古樂師）。忠
雅託足甚高，立言必雅，造次忠孝，讚頌風烈，而體骨應
圖，神采或乏。辟如豐容盛鬋，副笄六珈，重簾複帳，望
若天人，欲其騰光曼睩，一顧傾城，亦不可得。甌北橐有
萬夫，目短一世，合銅鐵爲金銀，化神奇於臭腐，力欲度
越前人，震駴凡俗。辟如阿修羅具大神通，舉足攪海，引
手摘月，能令諸天宮闕悉時震動，但恐瞿曇氏出世作師子
吼耳。要皆各有心胸，各有詣力，善學者去其皮毛而取其
神髓可矣。〔註83〕

所謂「黎軒眩人之戲」是指袁枚詩中的遊戲之作，黎軒是西域國名，
其人善眩幻。作者認爲這類作品連入列古代著名音樂家夔、師曠之側
都不能。

　　而蔣士銓的不足在於缺乏神采，好比美人無神采，必難教世人
驚豔。至於趙翼雖有萬夫莫開之稟賦，也極力創新欲超越前人，卻
不知人外有人，天外有天。

　　又朱庭珍《筱園詩話》卷二評趙翼、袁枚則全爲貶抑之辭，其
曰：

趙雲松翼，則與錢塘袁枚，同負重名，時稱袁、趙。袁既
以淫女狡童之性靈爲宗，專法香山、誠齋之病，誤以鄙俚
淺滑爲自然，尖酸佻巧爲聰明，諧謔游戲爲風趣，粗惡頹
放爲雄豪，輕薄卑靡爲天眞，淫穢浪蕩爲豔情，倡魔道妖
言，以潰詩教之防。一盲作俑，萬瞽從風，紛紛逐臭之夫，
如雲繼起。因其詩不講格律，不貴學問，空疏易於效顰。
其詩話又強詞奪理，小有語趣，無稽臆說，便於借口。眼
前瑣事，口角戲言，拈來即是詩句。稍有聰慧之人，挾彼
一編，奉爲導師，旬月之間，便成詩人；鈍根人多用兩月
工夫，亦無不可。於彼教自雄，誠爲捷徑矣。不比正宗專
門，須有根柢學力，又須講求理法才氣，屢年難深造成功，

<hr>

〔註83〕見郭麐：《靈芬館詩話》，《續修四庫全書》第 1705 冊，上海・上海
　　　古籍出版社，2002 年。

用力之久且勤也。是以謬種蔓延不已，流毒天下，至今為
梗。趙翼詩比子才雖典較多，七律詩工對偶，但詼諧戲謔，
俚俗鄙惡，尤無所不至。街談巷議，土音方言，以及稗官
小說，傳奇演劇，童謠俗諺，秧歌苗曲之類，無不入詩，
公然作典故成句用，此亦詩中蟊賊，無醜不備矣。袁、趙
二家之為詩魔，較前明鍾、譚，南宋江湖、九僧、四靈、
江西諸派，末流之弊，更增十百，實風雅之蠹，六義之罪
魁也。至西川之張船山問陶，其惡俗叫囂之魔，亦與袁、
趙相等。若李調元，則專拾袁枚唾餘以為能，並附和雲松，
其俗鄙尤甚，是直犬吠驢鳴，不足以詩論矣。〔註84〕

將袁枚、趙翼與附和性靈說之相關詩人批評得一無是處，此一說法，
實有欠公允，觀其詠史作品，應可釋吾人之疑於一二。

　　至若錢鍾書《談藝錄》論蔣士銓詩則說：「心餘雖樹風骨，而所
作心思詞藻，皆平直粗獷，不耐咀詠」〔註85〕。這樣的評論，並不能
說服那些曾經孜孜矻矻，潛心鑽研心餘之詩並歸結其風格者之心。

　　卡西爾《人論》曾說：「藝術使我們看到的是人的靈魂最深和最
多樣化的運動。但是這些運動的形式、韻律、節奏是不能與任何單一
情感狀態同日而語的。我們在藝術中所感受到的不是哪種單純的或單
一的情感特質，而是生命本身的動態過程」〔註86〕。乾隆三大家詠史
詩恰為其「靈魂最深沉和最多樣化的運動」之折射。可以說，他們的
詠史，深刻反映出詩人現實生活的諸多面向，是將精神理念、心緒悸
動、歷史感與時代感融於一爐的佳構。

　　綜上所述，得知美的創造者之心靈變化常常影響其作品的風格，
而作品的風格呈現也反應美的創造者之心靈變化。詠史之作，意在抒
懷，「作者所描繪的歷史事件和歷史人物，實際上也就是詩人自身情

〔註84〕見郭紹虞編選、富壽孫校點：《清詩話續編（下）》，上海‧上海古籍
　　　　出版社，1999年6月，頁2366～2367。
〔註85〕錢鍾書著：《談藝錄》，北京‧商務印書館，2011年12月，頁350。
〔註86〕卡西爾著、甘陽譯：《人論》，上海‧上海譯文出版社，1985年，頁
　　　　189。

感的客觀化所著意製造的心理距離」〔註87〕，因此，不論是對「歷史」
進行引伸發揮、重新詮釋或翻案立說、藉古論今等方式，都能看出作
者的慧眼獨具，聽到詩人的心弦撥動。

　　從前面章節的分析中，我們知道乾隆三大家詠史詩乃是透過精美
的語言，真摯的情感，深刻的思維，獨特的風格來詮釋古代真實事例，
緣此它涵融文學、史學、哲學於一緒，具有「史實與詩歌雙重相乘之
美的效果」〔註88〕。

〔註87〕 蕭馳：〈中國古典詠史詩的美學結構〉，《學術月刊》，上海・上海人
　　　　民出版社，1983 年 12 月，頁 43。
〔註88〕 邱師燮友序拙著：《晚唐五代詠史詩之美學意識》，台北・秀威出版
　　　　社，2005 年 1 月，頁 2。

第七章　結論：乾隆三大家詠史詩歷史地位及影響

　　人生短暫，藝術無窮。中西思想家、文學家均持此一觀點。如晉‧王羲之〈蘭亭集序〉曰：

> 夫人之相與，俯仰一世，或取諸懷抱，晤言一室之內；或
> 因寄所托，放浪形骸之外。雖取舍萬殊，靜躁不同，當其
> 欣於所遇，暫得於己，快然自足，曾不知老之將至。及其
> 所之既倦，情隨事遷，感慨系之矣。向之所欣，俯仰之間
> 已爲陳跡，猶不能不以之興懷；況修短隨化，終期於盡。
> 古人云：「死生亦大矣。」豈不痛哉！每覽昔人興感之由，
> 若合一契，未嘗不臨文嗟悼，不能喻之於懷。固知一死生
> 爲虛誕，齊彭、殤爲妄作。後之視今，亦猶今之視昔，悲
> 夫！故列敘時人，錄其所述，雖世殊事異，所以興懷，其
> 致一也。後之覽者，亦將有感於斯文。〔註1〕

作者通過對人世歡樂的企盼和對生命的珍視與熱愛，從而體悟人的一生儘管短暫，但文學生命卻可以不朽的眞知。

　　在西方，希臘哲學家希波克拉底（Hippocratic，約前460～前377）

〔註1〕張溥輯：《漢魏六朝百三家集‧王右軍集》，台北‧新興書局，1986年。

曾於《格言集》中揭示：「生命短暫，藝術（原指醫術）長久」〔註2〕。
英國小說家康拉德（Joseph Conrad，1857～1924）說：「藝術是永存的，而生命是短暫的」（《水仙號上的黑傢伙》，1897）。美國詩人朗費羅（Henry Wadsworth Longfellow，1807～1882）的經典之作〈人生頌〉亦云：「智藝無窮，時光飛逝」〔註3〕。乾隆三大家辭世距今約二百多年（袁枚 1716～1797，蔣士銓 1725～1785，趙翼 1727～1814）。吾人閱讀、鑑賞其詠史詩，卻不曾感覺他們已離開如此久遠，主要原因在於三人均以生命爲詩〔註4〕，詩歌是他們心路歷程、生命足跡的眞實紀錄，也是他們思想、情感、才學、識見的完整體現。誠如蔡英俊所說：「詩歌的意義和價值，基本上是來自於它表現、彰顯了人類的存在經驗」〔註5〕。華夏民族是一個具有悠久歷史的民族，在五千年的時空裏，曾傳遞許多高賢名士與聖代風華，讓歷代詩人觀覽，心馳神往之情油然而生。同時，面對那些昏主闇臣和殘山剩水，在憑弔之際，也不免流下一掬同情之淚，有所感當有所作，他們欲將此「情」體現於語言文字，進而彰顯其時代精神與歷史意識，於是許多優秀的詠史詩誕生並且流傳至今。

　　從歷代詩人氣韻生動，餘味深遠的詠史作品中，散發出一縷淡淡的思古幽情，這縷幽情到了清代乾隆時期袁枚、蔣士銓、趙翼三家詩人手上，又開出一朵新花。儘管清末大儒梁啓超（1873～1929）曾在其著《清代學術概論》中論述：「乾嘉全盛時，所謂袁（枚）、蔣（士銓）、趙（翼）三大家者，腐臭殆不可嚮邇」〔註6〕。而歷來

〔註2〕　參喬治・薩頓著，魯旭東譯：《希臘黃金時代的古代科學》，河南・大象出版社，2010 年 5 月。
〔註3〕　參趙振江譯：《外國詩歌名篇導讀》，太原・山西教育出版社，1994 年。
〔註4〕　袁枚《小倉山房詩集》收錄子才 21～82 歲 4330 首詩；蔣士銓《忠雅堂詩集》記載心餘 21～61 歲 2596 首詩；趙翼《甌北集》保存甌北 20～88 歲 4810 首詩。
〔註5〕　蔡英俊：〈意象〉，台北《國文天地》，1986 年 11 月，第 2 卷第 6 期，頁 48。
〔註6〕　梁啓超著：《清代學術概論》，上海・上海古籍出版社，1998 年 1 月，

研究袁、蔣、趙三大家的論述，仍不絕如縷，充分展現「不因人廢言」的智慧與氣魄。在經過上述章節的比較、歸納與分析之後，我們可以從承繼與創新兩方面總結乾隆三大家詠史詩的歷史地位，並從時人與稍後之世的詠史諸作，觀察其影響所及。

第一節　乾隆三大家詠史詩歷史地位

　　乾隆三大家詠史詩，包羅宏富，上下千古，各呈異彩，各具特色，在汲取前人詠史精髓的同時，復能開展屬於自我的詠史風格，故而吸引當代與近世學者的關注，今分前代詠史手法的承繼、在傳統基礎上的創新兩方面確立其歷史地位。

一、前代詠史手法的承繼

　　歷代詩話中曾經論述詠史詩之表現方式，如謝榛《四溟詩話》卷一言：「史詩勿輕作。或己事相觸，或時政相關，或獨出斷案。若胡曾百篇一律，但撫景感慨而已」〔註7〕。謝氏以為詠史詩有三種基本表現方式，所謂「己事相觸」即「借史抒懷」，借古人遭遇表達個己偃蹇困頓的情懷；「時政相關」即「借古論今」，詩題雖詠古人古事，實則藉喻具體的今人今事。而「獨出斷案」乃「以詩論史」，徵引前人事跡，予以論斷，表達史觀。又如袁枚《隨園詩話》卷十四中有「詠史三體」之說：

> 詠史有三體：一借古人往事，抒自己之懷抱，左太沖〈詠史〉是也。一為隱括其事，而以詠歎出之，張景陽之詠二疏，盧子諒之詠藺生，是也。一取對仗之巧，義山之牽牛對駐馬（案：李商隱〈馬嵬二首〉之二），韋莊之無忌對莫愁（案：韋莊〈憶昔〉）是也。〔註8〕

頁 101。

〔註7〕丁福保輯：《歷代詩話續編》（下），台北・木鐸出版社，1988 年 7 月，頁 1150。

〔註8〕袁枚著、張健精選：《隨園詩話精選》，台北・文史哲出版社，1986

第一體同謝氏之「己事相觸」為「借史詠懷」。第二體屬「述史言志」，櫽括前人之事，加以詠歎。唯第三是詠史的對仗技巧，似不宜別列一體。

　　除上述二說，近代學者黃雅歆在〈魏晉詠史詩之發展與構成形式〉一文中亦曾揭示詠史詩可以有的幾種表現方式，其曰：

> 所謂「詠」史，史事與詩的關係應是密切的，它不一定要被明白的直敘，所代表的意義可以被引申，或被重新詮釋；表現方式可富新意。作者可引史書評述為己意，亦可提出翻案之語，或藉古論今，這即是「詠」，同時也是使詠史詩更具意義的重要部分。〔註9〕

當中「直敘」、「引申」、「重新詮釋」、「引史書評述為己意」、「翻案之語」和「藉古論今」等也是歷代詩人在創作詠史詩時經常使用的手法，這些手法，並不是同時出現在某一時代，而是經過詩人長時間的醞釀、嘗試而來。如同蕭馳《中國詩歌美學》論「詠史詩藝術的發展」時所說的「詠史詩的藝術功能從述史向詠懷發展，而結束於史論詩體」〔註10〕。乾隆三大家詠史詩在承繼前代詠史手法上均有突出的表現，以下分別就述史言志、借史詠懷、覽跡詠古、翻案立說、引古鑒今等層面與前人詩歌作比較，以顯現其歷史地位。

（一）述史言志

　　述史言志的吟詠方式，以班固〈詠史〉為開端，曹植、王粲繼之，丁福保《全漢三國晉南北朝詩》緒言云：「班固〈詠史〉，據事直書，特開子建、仲宣〈詠三良〉一派」。這類詠史詩的特點在於，「櫽括本傳，不加藻飾」。如班固〈詠史〉內容寫緹縈救父之事〔註11〕，儘管

年4月，頁104。

〔註9〕 黃雅歆：〈魏晉詠史詩之發展與構成形式〉，台北《中國文學研究》，1990年5月，第4輯，頁3。

〔註10〕蕭馳著：《中國詩歌美學》，北京・北京大學出版社，1986年，頁144。

〔註11〕全詩內容為：「三王德彌薄，惟後用肉刑。太倉令有罪，就逮長安城。自恨身無子，困急獨煢煢。小女痛父言，死者不可生。上書詣闕下，

被鍾嶸評爲「質木無文」，卻是第一首以〈詠史〉爲名的詠史詩，具有指標意義。其後歷代詠史間有此類篇章，乾隆三大家詠史詩中亦不乏相關創作，如袁枚〈詠史〉六首之五：

> 東漢耻機權，君子多硜硜。悲哉陳與竇，謀疏功不成！其時涼州反，有人頌《孝經》。意欲口打賊，賊聞笑不勝。雖無補國家，尚未遠人情。一變至南宋，佛行而儒名。希哲學主靜，人死不聞聲。魏公敗符離，自誇心學精。殺人三十萬，於心不曾驚。似此稱理學，何處托生靈？鳴呼孔與孟，九泉涕沾纓！（《小倉山房詩集》卷五）

子才作此詩約 31～33 歲（乾隆十一年至十三年，1746～1748），在江寧知縣任內。這是一首借古喻今的詠史作品，詩人通過漢末名士的固執淺薄（「東漢耻機權，君子多硜硜」）和南宋理學的不近人情（「希哲學主靜，人死不聞聲」），從而批判清代思想界之迂闊，體現作者反傳統的特質。

又如蔣士銓〈詠史〉二首之一：

> 威鳳備華采，出爲明庭儀。野鶴無文章，雲海誇奇姿。豈不念符端？賦質非所宜。巢由處聖世，而敢傲睨之。高尚耻聞達，矯語欺當時。匪以君相名，沒世人焉知。羊裘不足道，何況商山芝。隱顯異鑿枘，修名以爲期。（《忠雅堂詩集》卷一）

本首作於乾隆十年（1745），詩人年 21。這年冬，與張氏於南昌結婚，成家後的心餘，體認立業的重要，厥有「丈夫志四方，家室安足戀」（〈抵建昌〉）的想法，同時經綸滿腹的他，懷著「安能老丹穴，而不思明堂」（〈遠遊〉）的壯志，憧憬「一飛儀虞庭，再飛鳴岐陽」（〈遠遊〉）的未來，是以對於前賢（巢父、許由、嚴光、商山四皓）處聖世而歸隱的作法，難以認同，這首詩即表達他追求功名的願望。

思古歌雞鳴。憂心摧折裂，晨風揚激聲。聖漢孝文帝，惻然感至情。百男何憒憒，不如一緹縈」。參遽欽立輯校：《先秦漢魏晉南北朝詩》，台北·學海出版社，1991 年 2 月，頁 170。

　　再觀趙翼〈詠史〉六首之三：

　　　　古制謁長者，脫屨始造請。見君更不韤，左氏傳可證。蕭
　　　　何履上殿，殊禮出特命。迨乎唐以來，朝鞾始漸盛。及其
　　　　習用慣，遂乃著爲令。設使跣入朝，翻成大不敬。泥古有
　　　　難通，即事朗可鏡。所以周官書，或貽後世病。（《甌北集》
　　　　卷三十）

這篇詩歌是趙翼於乾隆五十一年（1786）所作，年屆花甲（60歲）
的甌北，回首歷史，更趨細膩，其《陔餘叢考》、《廿二史劄記》等
書中，曾對歷代典章制度之沿革、變遷，作過一番考述。此首即透
過鞋襪之事爲例，觀察自周末迄清初這段漫長歷史裏，許多體制均
曾變化，甚至爲截然相反之情況，從而表述反對泥古，即事爲鑒之
歷史觀。詩人善於「因小見大」的表現方式，通俗易曉，復發人深
思。

（二）借史詠懷

　　借史詠懷的詠史詩是由左思所開創的詠史「變體」（何焯語），
此體自開創以來，一直是詩人喜好的表現手法之一。這類作品大多
「藉古人酒杯，澆胸中塊壘」。如袁枚〈荊卿里〉寓有辜負金鈇舉薦
之愧。其〈黃金臺〉一詩，既是對燕昭王築臺「豪舉」之質疑，亦
抒發己身懷才不遇的悲慨。又〈杜牧墓〉一首通過對杜牧生平事跡
的熟稔，品評其豪邁、溫婉性情，從而將己身風骨與之比況，爲袁
枚詠史中「借史詠懷」上乘之作。

　　而蔣士銓〈采石磯登太白樓〉四首之一，詩人憑吊李白之餘，也
抒寫胸中失意之感；〈讀昌黎詩〉將研讀韓詩的感受，直截呈露，酣
暢淋漓，感慨深致；又〈南池杜少陵祠堂〉二首之二，推崇杜甫憂君
愛國精神並對他悲涼身世表示同情。

　　此外，趙翼〈閱三國志蜀向朗仕諸葛丞相長史免官後優游無事垂
三十年潛心典籍年踰八十猶手自校刊開門接賓誘納後進但講古義不
干時事人皆重之余出處蹤跡頗似之所不及者官職聲名耳昔東坡慕香

山謂生平似其爲人故詩中屢及之然晚途尚有不同者不如余之與巨達無一不相肖也爰作詩以誌景附之意〉一詩，比附向朗，作意鮮明。又〈嚴灘〉一篇，過桐廬見嚴陵灘，思及嚴光，自述其志，頡頏古人，隱現自如，餘韻無窮。

（三）覽跡詠古

這是詠史中融滲懷古意緒的作品。朱庭珍《筱園詩話》卷三云：「凡懷古詩，須上下千古，包羅渾含，出新奇以正大之域，融議論於神韻之中，則氣韻雄壯，情文相生，有我有人，意不竭而識自見，始非史論一派」〔註12〕。此地所謂「懷古詩」應屬詠史詩中的「懷古類型」，端詳卷中舉引範例，便能知曉。作者所摘錄近代數首詩篇，蔣士銓〈題南史〉、袁枚〈睢陽廟〉均在選取之列，惟詩題詩句略顯差異〔註13〕。蔣士銓〈讀南史〉云：

> 篡弑相尋競滅亡，髑髏腥帶粉脂香。
> 皇天好殺非無故，亂世多才定不祥。
> 六代文章藏虎豹，百年花月醉鴛鴦。
> 南朝幾片風流地，酒色乾坤戰馬場。

這是心餘在乾隆十七年（1752，28 歲）赴北京途中所賦之七律。首聯記述南朝宋（420～479）、齊（479～502）、梁（502～557）、陳（557～589）諸位君主，篡弑相尋，國祚均不久長。其建都之地，資源充足，勝境繁華，既是殺戮戰場，也是脂粉天堂。頷聯謂皇天好殺，肇因亂世之有才者易遭君王忌恨而命喪黃泉。頸聯重申六代（三國吳、東晉、宋、齊、梁、陳）以金陵爲都，才士輩出，臥虎藏龍；由於物阜，故聲色犬馬，紙醉金迷。末聯呼應起首，言南朝立國雖短，卻是

〔註12〕見郭紹虞編選、富壽蓀校點：《清詩話續編》，上海・上海古籍出版社，1999 年 6 月，頁 2377。

〔註13〕案：蔣士銓之詩，《忠雅堂詩集》卷三作〈讀南史〉，詩句略有差異，朱氏所引首句爲「半壁銷沉霸業荒」，《詩集》首句爲「篡弑相尋競滅亡」；第六句朱氏所引爲「百年花月化鴛鴦」，《詩集》作「百年花月醉鴛鴦」。袁枚之詩，《小倉山房詩集》卷一作〈題張睢陽廟壁〉。

酒色、奪權戰場，語帶諷喻。

　　袁枚〈題張睢陽廟壁〉詩云：

　　　　刀上蛾眉喚奈何，將軍鄰境尚笙歌。

　　　　殘兵獨障全淮水，壯士同揮落日戈。

　　　　六射鬚眉渾不動，一城人肉已無多。

　　　　而今雀鼠空啼竄，暮雨靈旗冷薛蘿。（《小倉山房詩集》卷一）

此作繫於乾隆元年至二年（1736～1737，21～22 歲），內容歌頌唐朝睢陽守將張巡。首聯出句「刀上蛾眉」指張巡殺妾以饗士卒。史載，睢陽食盡時，「巡士多餓死，存者皆痍傷氣乏。巡出愛妾曰：『諸君經年乏食，而忠義不少衰，吾恨不割肌以啖眾，寧惜一妾而坐視士飢？』乃殺以大饗，坐者皆泣。巡彊令食之」〔註14〕。對句「將軍鄰境尚笙歌」指賀蘭進明於睢陽告急時，擁兵屯臨淮（今安徽鳳陽東），觀望不肯救。張巡遣南霽雲突圍馳臨淮求援，賀蘭懼死，無心出兵，設宴作樂招待南霽雲，霽雲悲憤，斷指而去〔註15〕。詩人將兩幅畫面並置，一哀一樂，對比鮮明。頷聯描寫整個淮河流域均由睢陽殘兵獨自捍衛，戰情壯烈。頸聯「六射」句意為張巡偏將雷萬春，守雍丘，遭令狐潮埋伏之弓箭手「發六矢著面」，紋絲不動。「一城人肉」言睢陽食罄，羅掘俱窮，「初殺馬食，既盡，而及婦人老弱，凡食三萬口。人知將死，而莫有畔者。城破，遺民止四百而已」〔註16〕。尾聯形容當時殺氣尚存，雀鼠亦猶有餘悸，詩人佇立暮雨中望著睢陽廟靈旗飄颺，心底無限哀思。

　　至於趙翼詠史諸篇融滲懷古意緒之作，亦極為豐贍，盡數羅列，勢有不能，試舉〈淮陰釣臺〉二首之一，以觀其奧：

　　　　遺跡長淮一釣臺，常令過客此低徊。

　　　　蕭曹內本無君坐，雲夢間還謁帝來。

〔註14〕參歐陽脩等撰：《新唐書・忠義中》，北京・中華書局，1997 年 11 月，
　　　　總頁 1416。

〔註15〕同上註。

〔註16〕同上註。

與嚕伍憐魚服困，假齊王伏狗烹災。

千秋此獄難翻案，留作人間弔古哀。(《甌北集》卷二)

此詩爲甌北年輕時期（乾隆十四至十七，1749～1752，23～26 歲）的創作。篇中通過登臨淮陰釣臺抒發詩人對韓信的觀感。「淮陰釣臺」爲韓信早歲垂釣之所，遺址於今江蘇淮安縣北。首聯云詩人駐足釣臺遺跡，思古之情油然而生。頷聯回顧韓信相關史實。蕭何、曹參佐劉邦定天下，相繼爲相時未提及韓信。而人告韓信謀反，即刻受縛。據《史記・淮陰侯列傳》所書：

> 漢六年，人有上書告楚王反。高帝以陳平計，天子巡狩會諸侯，南方有雲夢，發使告諸侯會陳：「吾將游雲夢。」實欲襲信，信弗知。高祖且至楚，信欲發兵反，自度無罪，欲謁上，恐見禽。人或說信曰：「斬眛謁上，上必喜，無患。」信見眛計事。眛曰：「漢所以不擊取楚，以眛在公所。若欲捕我以自媚於漢，吾今日死，公亦隨手亡矣。」乃罵信曰：「公非長者！」卒自剄。信持其首，謁高祖於陳。上令武士縛信，載後車。信曰：「果若人言，『狡兔死，良狗烹；高鳥盡，良弓藏；敵國破，謀臣亡。』天下已定，我固當烹！」上曰：「人告公反。」遂械繫信。〔註17〕

乃知劉邦對於韓信已萌芥蒂，始終未曾將其視爲心腹，否則不會未察先縛。頸聯出句意指詩人對於韓信與樊噲同列，益以魚服被貶心存同情。對句評斷當劉邦受困滎陽待援，韓信卻要求做齊地假王時，已預伏日後殺機。末聯以爲韓信已亡，再論其功過是非，厥爲事後諸葛，無實質意義。然其事跡足讓後人引以爲鑑！

（四）翻案立說

施補華《峴傭說詩》云：「死典活用，古人所貴」〔註18〕，袁枚《隨園詩話》卷二亦言：「詩貴翻案」。在史料上別生耳目，作翻

〔註17〕參司馬遷撰：《史記・淮陰侯列傳》，北京・中華書局，1997 年 11 月，總頁 665。

〔註18〕見郭紹編選、富壽蓀校點：《清詩話續編》，上海・上海古籍出版社，1999 年 6 月，頁 1242。

案文章，在晚唐詩人和北宋王安石的詠史作品中經常出現，如詠西施，陸龜蒙〈吳宮懷古〉云：「吳王事事須亡國，未必西施勝六宮」；羅隱〈西施〉也說：「西施若解傾吳國，越國亡來又是誰？」一反前人女色禍國之論，賦有新意。

又詠賈誼，李商隱〈賈生〉云：「宣室求賢訪逐臣，賈生才調更無倫。可憐夜半虛前席，不問蒼生問鬼神。」爲賈誼懷才不遇有所感歎，王安石〈賈生〉則以爲：「一時謀議略施行，誰道君王薄賈生？爵位自高言盡廢，古來何啻萬公卿！」認爲文帝並未薄待賈誼，不能說賈誼懷才不遇，只要政治主張能夠施行，爵位高低可以不論，一翻李商隱〈賈生〉詩意。

又詠項羽，杜牧〈題烏江亭〉說：「勝敗兵家事不期，包羞忍恥是男兒。江東子弟多才俊，捲土重來未可知。」項羽兵敗，於烏江自刎，詩人以爲要是項羽不死，包羞忍恥，渡過烏江，再率領江東子弟捲土重來，天下屬誰還不可知。王安石〈烏江亭〉卻說：「百戰疲勞壯士哀，中原一敗勢難回。江東子弟今雖在，肯爲君王捲土來？」他認爲垓下大戰之後，項羽敗局已定，不可能捲土重來，與杜牧看法截然相反，也屬翻案詩例。

至於翻案手法在三大家的詠史作品中，也不遑多讓。如袁枚〈馬嵬〉：「莫唱當年〈長恨歌〉，人間亦自有銀河。石壕村裏夫妻別，淚比長生殿上多。」（《小倉山房詩集》卷八）翻新白居易〈長恨歌〉的詩意而用之，由表現帝王后妃轉而表現石壕村裏的尋常夫妻。又〈賈生〉一詩與李商隱有不同的看法，其曰：

> 不問蒼生問鬼神，玉溪生笑漢文君。
> 請看宣室無才子，巫蠱紛紛死萬人。（《隨園詩話》卷十六）

本詩錄在《隨園詩話》卷十六，詩前有袁枚自序：

> 義山譏漢文：召賈生「問鬼神」，「不問蒼生」。此言是也。然鬼神之禮不明，亦是蒼生之累。嗣後武帝巫蠱禍起，父子不保；其時無前席之問故耳。余故反其意題云：『不問蒼

生問鬼神，玉溪生笑漢文君。請看宣室無才子，巫蠱紛紛
死萬人。』〔註19〕

詳詩之旨，與義山之作對舉，詩人以為「先問蒼生後鬼神」可矣。又
袁枚〈成敗〉〔註20〕一詩，王英志說：「詩翻『成則為王，敗則為寇』
傳統觀念之案，視苻堅、竇建德為『英雄』，堪稱獨具隻眼，膽識過
人」〔註21〕所評不虛。

此外，蔣士銓〈采石磯登太白樓〉四首之四〔註22〕，「刻意生新，
羞作雷同語」、「前人窠臼一掃而空」（延君壽《老生常談》語）；趙翼
〈雜題〉九首之三〔註23〕，將秦始皇築長城，隋煬帝開運河等事跡，
重新給予評價，稱其「功及萬世長」，一翻前人之意。又在〈丹陽道
中〉〔註24〕一詩凸顯隋煬帝開鑿運河等同聖王大禹治水之功，翻新前
人創作，凡此均出人意表，呈顯詩人不同一般之史識。

（五）引古鑒今

陳壽《三國志・吳書・吳主五子傳》云：「明鏡可以照形，古事
所以知今」〔註25〕。唐太宗李・世民深體「以古為鏡，可以知興替」
（《貞觀政要・論任賢》）之道，曾召文士，設史館，修史書，意在
「欲覽前王之得失，為在身之龜鏡」（宋・王欽若等編修《冊府元龜》
卷554《國史部・恩獎》）。晚唐詩人周曇創作詠史七絕195首，其
〈閑吟〉一詩述及創作動機云：「考摭妍媸用破心，剪裁千古獻當今。
閑吟不是閑吟事，事有閑思閑要吟」（《全唐詩》卷七二八）。及趙翼

〔註19〕袁枚著、王英志校點：《袁枚全集（第三冊）》，《隨園詩話》，南京・
　　　江蘇古籍出版社，1997年7月，頁524。
〔註20〕見《小倉山房詩集》卷三十四。
〔註21〕見袁枚著、王英志選注：《袁枚詩選》，北京・人民文學出版社，2009
　　　年1月，頁173。
〔註22〕見《忠雅堂詩集》卷十四。
〔註23〕見《甌北集》卷二十三。
〔註24〕見《甌北集》卷四十。
〔註25〕見《三國志・吳書・吳主五子傳》，北京・中華書局，1997年11月，
　　　總頁355。

〈讀史〉亦說:「歷歷興衰史冊陳,古方今病輒相循」(《甌北集》卷四十二)。乃知「以史為鑒」為華夏民族特性之一,亦為史家、詩人所重視之法。故三大家創作詠史作品時,均關注治亂之道的探尋,同時留意歷史對現實的借鑒意涵。

詠史詩中的引古鑒今,是對古人古事加以諷諭、評論,其目的在鑒戒今人今事。元・楊載《詩法家數》云:「諷諫之詩,要感事陳辭,忠厚懇惻。諷諭甚切而不失情性之正;觸物感傷而無怨懟之詞。雖美實刺,此方為有益之言也」〔註26〕。三大家均生活在文字獄頻仍的時代,敢於創作相關詩歌,已屬難能,如袁枚〈驪山〉〔註27〕一詩云「後王不鑒前王失,複道離宮重鬱鬱」感慨唐玄宗為個人私慾,從而興建驪山,耗費資源,未以前王(秦始皇)之失為鑒。又蔣士銓〈響屧廊〉二首之二〔註28〕云:「憐伊幾緉平生屐,踏碎山河是此聲」。寫吳王夫差不重封疆治國的大業,而迷戀絕世美女西施,寵幸之厚恩及雙腳,終致山河破碎,社稷覆亡,厥有殷鑒之旨。而趙翼詠史素懷經世致用精神,在感慨史事的同時相當重視其對現實之借鑒意涵,如乾隆朝中後期,吏治愈發腐敗,其〈閒詠史事六首〉其二云:「炙手權門百賄填,古人眼孔究堪憐。區區黃雀青魚鮓,屋棟雖充值幾錢」(《甌北集》卷三十一)詩藉陶侃乘監魚梁之便,「以一坩鮓遺母」〔註29〕,對比時下貪官實不值一提,如今狀況是「庫無百萬黃金鋌,那足稱為宰相家」(〈閒詠史事六首〉其三),將矛頭暗指乾隆皇寵幸之和珅。又如〈詠史〉感歎:「食椒能幾粒,八百斛猶貧。枉署摸金尉,先為入草人。但知烏攫肉,豈悟象焚身。何事狂奔者,依然覆轍循」(《甌北集》卷二十七)諷諭各級官吏均貪財聚斂而奮不顧身。此外,〈閱明史有感於流賊事〉三首之二:「百年

〔註26〕見何文煥輯:《歷代詩話》,台北・藝文印書館,1971 年,頁 474。
〔註27〕見《小倉山房詩集》補遺卷二。
〔註28〕見《忠雅堂詩集》卷二十二。
〔註29〕見《晉書》卷九十六〈列女傳・陶侃母湛氏傳〉,北京・中華書局,1997 年 11 月,總頁 643。

安堵享昇平，誰肯輕生肇亂萌。死有餘辜貪吏害，鋌而走險小人情」
（《甌北集》卷三十九）既是對明末歷史之總結，亦是對乾嘉時勢之
清醒掌握。

二、在傳統基礎上的創新

　　獨創性，是所有的文學樣式的創作都要奮然登攀的高峰，尤其是
詩的生命旗幟〔註30〕。袁枚、蔣士銓、趙翼三大家的詠史詩除了承繼
前代的詠史手法，也在傳統基礎上作出諸多創新，這些創新，有屬於
個人的，也有三人相同的，均對詠史詩的發展呈示具體貢獻。

（一）開掘詠史新題

　　乾隆三大家的詩學觀相近，均以表現眞性情，直抒所見爲旨歸，
袁枚說：「若夫詩者，心之聲也，性情所流露者也；從性情而得者，
如出水芙蓉，天然可愛。」〔註31〕，蔣士銓云：「文章本性情，不在
面目同。」〔註32〕、「性情出本眞，風格出脂韋」〔註33〕，趙翼也說：
「詩本性情，當以性情爲主。」〔註34〕。

　　同時他們又認爲作詩須有創新精神，自開生面，各不相襲，如袁
枚稱：「司空表聖論詩，貴得味外味；余謂今之作詩者，味內味尚不
能得，況味外味乎？要之，以出新意、去陳言爲第一」〔註35〕。標舉
出新意，去陳腐之言爲創作詩文首務。蔣士銓主張：「辭必己出，意
必自陳」〔註36〕。並指出作詩須「首戒蹈襲」〔註37〕，不僅要做到「不
依傍古人」，還應當「變化古人詩法，獨抒其性眞之所至」〔註38〕。

〔註30〕李元洛：《詩美學》，台北・東大圖書事業公司，1990 年 2 月，頁 200。
〔註31〕見《小倉山房尺牘》卷七。
〔註32〕見〈文字〉四首之一，《忠雅堂詩集》卷十三。
〔註33〕見〈說詩一首示朱緗〉，《忠雅堂詩集》卷十八。
〔註34〕見《甌北詩話》卷四。
〔註35〕見《隨園詩話》卷六。
〔註36〕見〈沈先生擬古樂府序〉，《忠雅堂文集》卷一。
〔註37〕〈鍾叔語秀才詩序〉，《忠雅堂文集》卷一。
〔註38〕〈學詩記〉，《忠雅堂文集》卷二。

至於趙翼則用詩歌來陳述他的看法，其〈論詩〉云：「詞客爭新角短長，迭開風氣遞登場。自身已有初中晚，安得千秋尚漢唐。」（《甌北集》卷五十三）、「李杜詩篇萬口傳，至今已覺不新鮮。江山代有才人出，各領風騷數百年。」、「隻眼須憑自主張，紛紛藝苑漫雌黃。矮人看戲何曾見，都是隨人說短長。」（《甌北集》卷二十八）。

在詠史詩創作方面，他們除了在舊題材的內容上擬出新意，如前所述的袁枚〈馬嵬〉，翻新白居易〈長恨歌〉的詩意等。也注重開掘前人未曾歌詠或較少歌詠的新題，如趙翼〈焦山江上為張世傑與元阿珠董文炳血戰處事見宋元二史從未有詠之者舟行過此補弔以詩〉（《甌北集》卷三十七）即是明顯之例，黃庭堅曾云：「隨人作計終後人，自成一家始逼真。」（〈以右軍書數種贈邱十四〉）詩文貴獨創，能跳脫前人窠臼而自闢蹊徑，是藝術追求的最高原則。

（二）表彰忠臣節義

賀貽孫《詩筏》云：「詩人佳處，多是忠孝至性之語。」又「忠孝之詩，不必問工拙也」〔註39〕。在三大家詠史作品中以蔣士銓題詠居首，如史可法、江萬里、謝枋得等先賢堅持民族氣節的情操，均得詩人由衷的讚賞。而岳飛、文天祥等為國捐軀，范仲淹、王安石等戮力改革，詩人也表達其仰慕與崇敬。試舉心餘名篇〈梅花嶺弔史閣部〉，詩云：

> 號令難安四鎮強，甘同馬革自沉湘。
> 生無君相興南國，死有衣冠葬北邙。
> 碧血自封心更赤，梅花人拜土俱香。
> 九原若遇左忠毅，相向留都哭戰場。（《忠雅堂詩集》卷二）

乾隆十三年（1748），詩人春闈落第，南歸途經揚州，而有此作。內容憑弔先烈史可法，讚頌其英雄氣節。史可法為明末河南祥符人，字憲之，號道鄰，崇禎進士，崇禎十七年李自成攻破北京，可法於南京擁立福王，加大學士，稱「史閣部」。清兵南下，其堅守揚州，

〔註39〕參郭紹虞編選：《清詩話續編》，頁195、196。

城破自殺未死，爲清兵所執，不屈被殺。揚州人民於城外梅花嶺築衣冠冢紀念之。首聯出句指黃得功、劉良佐、劉澤清、高杰分別駐守滁和、鳳壽、淮海、徐泗等四鎮，其縱兵搶掠，互相殘殺，至爲跋扈。史可法勢單力薄，難使強橫四鎮聽從號令。對句連用「馬革」和「沉湘」兩大典故，說明史可法以身殉國之決心。其中「馬革」典出《後漢書・馬援列傳》：「援曰：『……男兒要當死於邊野，以馬革裹屍還葬耳，何能臥牀上在兒女子手中邪？』冀曰：『諒爲烈士，當如此矣。』」〔註40〕；而「沉湘」指戰國時期楚國三閭大夫屈原忠誠受讒被放，自沉汩羅江。頷聯敘述史可法生前未遇賢君良相，無以復興南明；死後，世人感念其忠貞，將其袍笏葬於揚州廓外之梅花嶺。頸聯「碧血自封」指史可法立志殉國。揚州被圍，可法與城中諸將相約，城破之日將其殺之，實現與揚州共存亡之志。「梅花」句意爲至梅花嶺瞻仰史可法衣冠冢者眾多，使泥土均染香氣。側面喻指史可法流芳萬代，忠名永存。尾聯呈示史可法與左光斗（諡號忠毅）兩位英烈之士，若地下相遇，必定相向留都（明遷都北京後，以舊都南京爲留都）哭泣，哀痛南明覆亡。

　　全篇筆力遒勁，氣勢雄渾。王文濡評曰：「五六句傳神言外，一結忽然想到忠毅，便有生發。」厥爲心餘七律上乘之作。

　　至於袁枚、趙翼詠史作品頌揚忠臣節義未若心餘傾力而爲，卻不乏珠玉之章，如袁枚〈謁岳王墓作十五絕句〉其三、其十五云：

　　　　一個西湖換兩宮，靖康〈小雅〉唱雍雍。
　　　　憐他絕代英雄將，爭不遲生付孝宗！（其三）

　　　　江山也要偉人扶，神化丹青即畫圖。
　　　　賴有岳于雙少保，人間才覺重西湖。（其十五）
　　　　（《小倉山房詩集》卷二十六）

此爲子才於乾隆四十四至四十五年（1779～1780，64～65 歲）間至西湖謁岳飛墳所作之組詩，一題十五首。這裏舉其三、其十五爲代表

〔註40〕參范曄：《後漢書》，北京・中華書局，1997 年 11 月，總頁232。

分析。前一首諷喻靖康年間統治者花天酒地，文恬武嬉，不恤國事，並為岳飛生不逢時，表達慨嘆之意。後一首申明江山壯麗，亦須偉人相扶。岳飛、于謙之墓均位於西湖，這兩位為國捐軀的民族英雄，獲得眾人崇敬成為當地人文一景，為西湖添增諸多色彩。二詩之末句寓意悠邈，或感慨，或頌揚，具深化主題之作用。

復徵甌北〈過文信祠同舫莕作末章兼弔李文水〉四首其二：

> 三百餘年養士恩，故應末造澤猶存。
> 半生聲伎勤王散，一代科名死事尊。
> 滿地白翎人換世，空山朱喌客招魂。
> 笑他北去留承旨，也是南朝一狀元。(《甌北集》卷七)

此作創於乾隆二十四年（1759，33 歲）。詩人採取對比手法，讚揚文天祥為南宋王朝殉節。篇中透顯文天祥原本能過著豪華的生活，為救宋抗元，不僅捐出全數家資，更將生命奉獻給朝廷。文天祥與留夢炎，同屬南宋狀元宰相，一位英勇抗敵，臨死不屈；一位趨炎附勢，失節降元，兩人之高下，不言自喻。這是詩人構思詠史作品之玄奧所在。

（三）提升女性地位

女性在中國古代漫長的封建社會中一直處於弱勢地位，傳統禮教規範她們必須「三從四德」〔註41〕，加上宋明理學又有「餓死事極小，失節事極大」〔註42〕等貞節觀念之束縛，使得婦女命運乖舛，其生存權與人性基本權利普遍受到侵犯甚至剝奪，「不僅男人歧視女人，女人自己也瞧不起自己。一些長輩女人虐待晚輩女人，而等到晚輩熬成了長輩，又繼承前代的品行」〔註43〕，有鑒於此，詩人每

〔註41〕 「三從」是指未嫁從父、既嫁從夫、夫死從子，語出《儀禮‧喪服》。「四德」是指婦德、婦言、婦容、婦功，見於東漢班昭《女誡‧婦行》。

〔註42〕 參程顥、程頤：《二程集》，北京‧中華書局，1981 年。

〔註43〕 沈金浩：〈清代詩歌中的人文精神〉，深圳《深圳大學學報》，2001 年，第 6 期。

藉歷史女性人物表現詩人反對封建禮教，追求民主、平等的思想。
如趙翼〈莪洲以陝中遊草見示和其五首〉之〈乾陵〉：

> 一番時局牝朝新，安坐粧臺換紫宸。
> 臣僕不妨居妾位，英雄何必在男身。
> 林巒赭豈媧皇石，風雨陰疑妒婦津。
> 同穴橋陵應話舊，曾經共輦洛陽春。（《甌北集》卷三十一）

詩中讚揚武則天的雄才偉略，「臣僕不妨居妾位，英雄何必在男身」
一反男尊女卑的封建世俗論調。又〈土城懷古〉四首其一：

> 郊圻屹立土門崇，遼后曾經此詰戎。
> 赤帝敢傷吾子白，雌風偏勝大王雄。
> 封椿坐困南朝費，歲幣終來內府充。
> 千載遺踪有雙阜，猶傳女隊簇妝紅。（《甌北集》卷二）

原詩自註云：「德勝門外土阜，本元都故址，然土人至今呼為蕭太后
土城，必有所自。按遼聖宗母蕭氏最賢，岐溝關之捷、益津關長城口
及瀛洲之戰、澶淵之役，皆與聖宗同行，此或其駐師地也。明英宗陷
土木後，也先擁之至土城，景泰帝使王復、趙榮出見，亦即此地，郊
行過此，各咏二首。」就註文所示，知此作為甌北途經土城，憶及昔
日遼國太后蕭氏之功勳（如澶淵之盟，宋眞宗景德元年（1004），宰
相寇準定親征之策，與遼戰，失利，訂輸遼歲幣），心生景仰，故而
形諸韻文。首聯言蕭太后曾親臨土城指揮軍事，不同於一般皇室女
子，深居簡出。頷聯，藉劉邦（赤帝子）斬白帝子事，喻蕭氏專征勝
於男子雄風，對仗精工。頸聯承上，頌揚蕭氏之功，同時呈顯宋室之
敗。末聯呼應詩題「土城」，因蕭太后之名得以流傳至今。

　　復次如〈題露筋祠〉（《甌北集》卷二）、〈題黃道婆祠〉（《甌北
集》卷五十三）等，對露筋女的宿野守貞和黃道婆的歷史功績均允
以高度評價。而袁枚〈上官婉兒〉一作，極力讚美女子聰明才智不
讓鬚眉，對於初唐女詩人上官婉兒評詩衡文之能力表達欽佩之忱。
至於蔣士銓，亦有〈四女祠〉讚揚貝州四女貞孝，種槐表明不嫁決
心，讓父母安享天年，最終全家飛昇成仙。

（四）考據之法入詩

　　考據之法入詩，在三大家中，爲趙翼特有的創作方式，其創作背景與當時考據學盛行相關，將史學思維與方法融入詩歌，用另一種視域來思辨歷史，自有新意，如〈古州諸葛營〉：

> 我昔從軍走滇徼，所至俱有武侯迹。瀾滄西夫到木邦，遺壘爭傳丞相壁。（自註：永昌及木邦俱有諸葛營）今來入黔首古州，又有營名表公額。夷攻當年用兵地，木鹿都魯極西磧。距此奚啻六千里，中有千山萬山隔。五月渡瀘七月平，統計出師日纔百。兵縱神速倍道馳，亦豈能來樹營柵。想是擒縱威聲在，一時羣蠻盡辟易。地中鼓角皆雷霆，山頭草木總戈戟。遂疑處處有公到，如水行地初不擇。英雄作事以氣勝，力所未至光已射。一方戰定各部蠻，數月功成亙古赫。經過我亦一儒生，懷古眞慚軀七尺。（《甌北集》卷十八）

這首詩約作於乾隆三十六、七年，趙翼 45、46 歲的作品。詩中「古州」位於安南諒山東北，作者以爲永昌及木邦的諸葛營，是受到諸葛亮「七擒七縱」孟獲之聲威的影響。「夷攻當年用兵地，木鹿都魯極西磧。距此奚啻六千里，中有千山萬山隔。五月渡瀘七月平，統計出師日纔百。兵縱神速倍道馳，亦豈能來樹營柵。想是擒縱威聲在，一時羣蠻盡辟易。」這十句，是詩人考據的重點，詩人以爲在時間上，諸葛亮出師不過百日，而從蜀地至此地的距離不只六千里，加上中間有千萬山嶽阻隔，諸葛亮不可能來此立營。由於蠻夷震懾於諸葛丞相的大名，遂處處懷疑有其形迹，這段考據，實爲合情合理。

　　又如〈白鹿洞書院〉詩：

> 鹿洞古書院，南唐所育賢。號廬山國學，養士有賜田。堂堂朱助教，鼓篋勤陶甄。盧絳觚龘輩，三害悉改愆。（自註：見陸游南唐書）晦翁守南康，踵舊開講筵。道學一以振，朗日行中天。名蹟遂獨擅，胥忘保大年。嗚呼後居上，創者轉就湮。書臺百尺基，既被昭明遷。書院千間廈，又爲

　　朱子專。一笑李中主，身後太可憐。(《甌北集》卷三十四)
根據文獻資料〔註44〕，白鹿洞書院，原址在江西廬山五老峰東南。唐
貞元中，李渤隱居讀書於此，嘗蓄一白鹿自娛，人稱白鹿先生。後渤
任江州刺史，于其地建台榭，遂以白鹿名洞。南唐時就遺址建學館，
稱廬山國學。宋初改名白鹿洞書院，與石鼓、應天、嶽麓並稱宋代四
大書院。南宋朱熹知南康，手訂學規，修整書院，並講學其中。詩的
前四句以白描方式敘述白鹿洞書院的建造與原稱，「堂堂朱助教，鼓
篋勤陶甄。盧絳蒯鼇輩，三害悉改愆。」四句引用陸游《南唐書》典
故，朱助教指朱弼，曾任國子助教。盧絳與諸葛濤，蒯鼇，號廬山三
害，「飲博不逞，患苦諸生」，後經朱弼繩之以禮法，乃「愧服引去」
〔註45〕，「晦翁守南康」以下就白鹿洞書院的承繼、變遷作點染，並
感歎當初南唐的建造者，竟被後人所遺忘。從字裏行間的推敲，可知
趙翼考據十分詳實。

　　揆諸趙翼以考據之法入詩的特質，要如張濤所説：「趙翼雖以考
據之法入詩，但又能進行自覺意識的創新。其詩多用白描，語言通俗
口語化，手法靈活，不拘格調；更主要的是不管借古詠懷，還是借物
詠懷，既情緒飽滿，又善于說理，而無隱晦艱澀之感，其詩往往表現
得意象鮮明，意境宏大，故趙翼是借考據之法行『性靈』之詩，其詩
要比翁方綱等人純以『考據』入詩，既無感情又晦澀難懂的『學術詩』
更多創新意義。」〔註46〕洵爲知言之論。

　　統縮觀之，乾隆三大家詠史詩在承繼與創新兩方面均呈現其清
新雋永的詩情、史識，也能陶染當代與後世讀者吟誦、詠歎，從而
激起自身的歷史情懷，厥有獨特的地位與價值。

〔註44〕李晨光：《白鹿洞書院古志五種（全二冊）》，北京・中華書局，1995
　　　年11月。
〔註45〕陸游：《南唐書》，景印文淵閣《四庫全書》本，台北・台灣商務印
　　　書館，1986年。
〔註46〕張濤：〈史與詩的合璧：作爲史家身分的趙翼詩歌創新〉，石家莊《河
　　　北學刊》，2003年5月，23卷3期，頁132。

第二節　乾隆三大家詠史詩之影響

　　詩是美文學，是文學的精華〔註47〕。就中蘊含創造意義，優秀詩人厥爲創造者，觀乾隆三大家詠史詩篇，以歷史與人生調和，將其所知、所感、所思、所願、所爲，運用優美文字，體現人生經驗中至眞、至善、至美、至情的境界，搖蕩吾人心靈，陶染吾人性情，進而憑誠摯情感、廣袤思維，啓迪人生，指導人生，一字一句，一聲一韻，無不賦予影響力。不唯今人戮力潛研，即如當代與稍後之世，追步其思、其作者亦眾。茲舉數人詩學觀與三家相近，從而反映於所作詠史篇章以明梗概。

　　首爲黃景仁。黃景仁（1749～1783），字漢鏞，一字仲則，晚號鹿菲子，江蘇武進人。生於乾隆十四年（1749），卒於乾隆四十八年（1783），年三十五。諸生，官縣丞，著有《兩當軒集》。

　　劉大杰以爲仲則作詩「不追求格調，直抒懷抱」〔註48〕，王英志從黃景仁詩「寫眞性情，詩中有我，主觀性強」和「多用白描手法，詩風清新」兩方面言其與袁枚性靈詩相通〔註49〕。此外，李日剛《中國詩歌流變史》亦說「仲則詩以奇肆新警見長」〔註50〕，試觀其〈太白墓〉詩云：

> 束髮讀君詩，今來展君墓。清風江上灑然來，我欲因之寄微慕。嗚呼有才如君不免死，我固知君死非死。長星落地三千年，此是昆明劫灰耳。高冠岌岌佩陸離，縱橫擊劍胸中奇。陶鎔屈宋入大雅，揮灑日月成瑰詞。當時有君無著處，即今遺躅猶相思。醒時兀兀醉千首，應是鴻濛借君手。乾坤無事入懷抱，只有求仙與飲酒。一生低首惟宣城，墓門正對青山青。風流輝映今猶昔，更有灞橋驢背客。此間地下眞可觀，怪底江山總生色。江山終古月明裏，醉魄沉

〔註47〕李元洛：《詩美學》，台北・東大圖書事業公司，1990年2月，頁9。
〔註48〕參劉大杰著：《中國文學發展史》，頁1234。
〔註49〕參王英志著：《袁枚評傳》，南京・南京大學出版社，2002年，頁586。
〔註50〕參李日剛著：《中國詩歌流變史》，台北・文津出版社，1987年2月，頁748。

沉呼不起。錦袍畫舫寂無人，隱隱歌聲繞江水。殘膏剩粉
灑六合，猶作人間萬餘子。與 君 同時杜拾遺，窆石卻在瀟
湘湄。我昔南行曾訪之，衡雲慘慘通九疑。即論身後歸骨
地，儼與詩境同分馳。終嫌此老太憤激，我所師者非公誰。
人生百年要行樂，一日千杯苦不足。笑看樵牧語斜陽，死
當埋 我 茲山麓。(《兩當軒集》)

乾隆三十六年（1771），詩人 23 歲，至太平（即當塗）入學使朱筠
（笥河）幕，而有此作。此詩詠盛唐李白，對李白的人生態度，詩
歌成就均給予高度評價，篇中多處稱「君」，足見詩人喜愛太白的程
度。起筆「束髮」四句言作詩因緣，十五歲讀李白詩，今日瞻仰李
白墓，望江上清風，詩思油然而生。「嗚呼」兩句，先慨歎天才不免
一死，後謂太白詩卷長留人間，精神不滅，雖死非死。「長星」至「墓
門」十四句就李白生平點染，其中「長星」二句言李白爲長星遭煞
劫，入凡間受苦。接著「高冠」至「應是」六句描摹李白相貌、氣
度，並述其詩，不假雕飾，渾然天成。「乾坤」至「墓門」四句寫李
白人生態度，和景仰南齊詩人謝朓。「風流」以下十句，徵引諸多唐
人故事烘托其風流韻致，如「灞橋驢背客」〔註51〕指賈島驢背賦詩
之事。「錦袍畫舫」〔註52〕指崔宗之與李白同遊采石之事。又「殘膏
剩粉」〔註53〕本指杜甫詩才「渾涵汪茫」、「沾丐後人多矣」此處移

〔註51〕胡仔《苕溪漁隱叢話前集》卷十九引《劉公嘉話》云：「島（賈島）
初赴舉京師，一日於驢上得句云：「鳥宿池邊樹，僧敲月下門。」始
欲著「推」字，又欲著「敲」字，練之未定，遂於驢上吟哦。時時
引手作「推敲」之勢。時韓愈吏部權京兆，島不覺衝至第三節。左
右擁之尹前，島具對所得詞句云云。韓立馬良久，謂島曰：「作『敲』
字佳矣」。參胡仔纂集、廖德明校點：《苕溪漁隱叢話前集》，北京·
人民文學出版社，1962 年。
〔註52〕歐陽脩等撰：《新唐書·李白傳》：「白（李白）浮游四方，嘗乘月與
崔宗之自采石至金陵，著宮錦袍坐舟中，旁若無人。」北京·中華
書局，1997 年 11 月，總頁 1472。
〔註53〕歐陽脩等撰：《新唐書·杜甫傳》贊曰：「唐興，詩人承陳、隋風流，
浮靡相矜。至甫，渾涵汪茫，千彙萬狀，兼古今而有之，它人不足，
甫乃厭餘，殘膏賸馥，沾丐後人多矣」。北京·中華書局，1997 年

用於李白。「與君」至「我所」八句，謂杜甫葬耒陽，李白葬當塗，
東西相對，詩境分馳兩地。從而述及以李白爲師之志。「人生」四句
以及時行樂作結，寓意深長。

次爲舒位。舒位（1765～1816），字立人，號鐵雲，小字犀禪。
原籍直隸大興（今屬北京），出生於蘇州。乾隆五十三年戊申（1788）
舉人。少工詩古文，年十四，隨父宦遊廣西永福，讀書於官署後鐵
雲山，故以之爲號。舒位博覽群籍，行走四方，益以接觸社會層面
廣闊，詩多羈旅、行役、贈答及詠史之作，間揉諷喻時政之篇。著
有《瓶水齋詩集》、《瓶笙館修簫譜》等。舒位非袁枚弟子，然其「我
用我法」、「學我者死」（〈自贊〉）之詩學觀屬性靈一路。試徵〈楊忠
愍公祠〉二首析之：

> 不上需頭乞郡章，殘豪重掃一臺霜。
> 力排宰相冰山冷，聲撼郎官鐵鎖香。
> 九廟灰飛無劫火，兩楹血食此斜陽。
> 讀書種子何曾絕，愁殺鈐山舊草堂。（其一）
> 塞上和戎厭鼓鼙，閨中抗疏撤釵笄。
> 三邊債帥驕無主，千古忠臣烈有妻。
> 仙籙荒唐天左右，朝衣慘澹市東西。
> 玉熙事事堪惆悵，碧血何時化紫泥。（其二）〔註54〕

二詩均詠明代忠臣楊繼盛。楊繼盛（1516～1555），字仲芳，號椒山，
河北容城人。生於明武宗正德十一年，卒於明世宗嘉靖三十四年，年
四十。時嚴嵩專權，繼盛不畏其勢，於嘉靖三十二年（1553）起草〈請
誅賊臣疏〉彈劾嚴嵩「十罪五奸」。被嚴嵩羅織罪名繫於囹圄，終遭
殺害。臨刑時曾賦詩云曰：「浩氣還太虛，丹心照千古。生平未報恩，
留作忠魂補」〔註55〕。

---

11 月，總頁 1466。

〔註54〕參徐世昌：《清詩匯》（第四冊），台北・世界書局，1982 年 10 月，
卷一百○六，頁 5。

〔註55〕見張廷玉：《明史・楊繼盛傳》，北京・中華書局，1997 年 11 月，總

　　一般詩人拜謁楊忠愍公祠，均以讚頌本人爲主，此地第一首亦是如此，但第二首卻書及楊公之妻，是爲獨特之處。第一首「不上」二句言繼盛上奏章非爲個人前程，而是爲整個社稷著想。「力排」二句指嚴嵩雖一時顯赫，然終不可久恃，希冀朝中眾官早日醒覺。「九廟」二句述明朝早已在戰火中灰飛煙滅，而繼盛之祠廟仍時有祭祀者。「讀書種子」指楊繼盛，「鈐山舊草堂」指嚴嵩，因嚴嵩曾於鈐山結草堂讀書。末二句謂像楊繼盛之忠臣永遠不會斷絕，而像嚴嵩之奸佞終必伏法。

　　第二首通篇對仗，「塞上」句指繼盛彈劾仇鸞事。《明史》紀錄，俺答攻擊京師，咸寧侯仇鸞因勤王受寵，皇帝任其爲大將軍，委以辦寇。然仇鸞畏懼俺答，請開馬市與俺答媾和。繼盛以爲仇恥爲雪，媾和乃示弱辱國，於是奏言彈劾。「閨中」句指繼盛妻上疏營救丈夫一事。《明史》本傳載，楊繼盛臨刑前，其妻張氏伏闕上書，言倘若繼盛罪重，「必不可赦，願即斬臣妾首，以代夫誅。」〔註56〕。頷聯「三邊債帥」指仇鸞，「千古忠臣」指繼盛，這兩句點出仇鸞不待皇帝下令，自行遣官與俺答訂約，驕橫若無主；而繼盛不畏強豪，仗義執言，堪譽千古忠臣，其妻義烈亦爲當世罕有。頸聯「仙籙荒唐天左右」諷世宗佞道，聽信賊臣諛詞；「朝衣慘澹市東西」喻大臣受戮，棄屍東市。尾聯「玉熙」借指嘉靖朝，當時內憂外患不斷，帝王無心朝政，故而詩人有「事事堪惆悵」之嘆。最後一句中的「碧血」乃忠臣志士爲正義而流之血，「紫泥」則指皇帝詔書，此句意謂忠臣之血何時感化帝王下詔鋤奸！隱含詩人入骨沉哀！

　　再次王曇。王曇（1760～1817），一名良士，字仲瞿，號蠱舟，又號昭明閣外史。浙江秀水（今嘉興）人。乾隆五十九年甲寅（1749）舉人。屢試進士不第，貧困而終。著《煙霞萬古樓文集》六卷，《詩選》二卷，《仲瞿詩錄》一卷等。

　　　　頁 1429～1431。
〔註56〕同上註，總頁 1431。

　　王曇與龔自珍屬忘年之交，其思想、生活態度與詩歌風格略可於
龔自珍所作〈王仲瞿墓表銘〉窺得一斑：

> 其爲人也中身，沉沉芳逸，懷思惻悱；其爲文也，一往三
> 復，情繁而聲長；其爲學也，溺於史，人所不經意，纍纍
> 心口間；其爲文也，喜臚史；其爲人也，幽如閒如，寒夜
> 屏人語，絮絮如老嫗，匪但平易近人而已。其一切奇怪不
> 可遍之狀，皆貧病怨恨，不得已詐而盾焉者也。〔註57〕

此文不同一般諛墓之作，無請託，無潤筆，出於龔氏自書，眞實反映
王曇生平。王曇詩以奇肆著稱，尤長於詠史弔古，如〈留侯祠〉云：

> 子胥鞭楚楚不絕，留侯入秦秦即滅。英雄爲報一家仇，何
> 苦漂流萬人血。胥不得佐太子建，良不得佐韓王成。不爲
> 赤松走，幾爲猛犬烹。功人功狗兩無益，徒受亭公謾罵名。
> 張良不食穀，李泌不娶妻。早欲祠黃石，何如老白衣。君
> 不見五湖范蠡載西施，一舸鴟夷去已遲。魯連不忍秦皇帝，
> 密鑄亡秦一柄鎚。（《仲瞿詩錄》）

這篇作品運用多種修辭方式，頗見詩人匠心，如「子胥鞭楚楚不絕，
留侯入秦秦即滅」。屬句中頂眞。「胥不得佐太子建，良不得佐韓王
成」。爲類疊修辭。又多處使用對比，凸顯詩中論點，如「英雄爲報
一家仇，何苦漂流萬人血」。子胥、張良相同，爲報個人之仇，而造
成萬人流血，實屬不該。「功人功狗兩無益，徒受亭公謾罵名」。劉邦
性好謾罵，尤其是對儒者，此二句說，張良與蕭何一般，屬於運籌帷
幄、戰略決策的功人，然在詩人眼中與功狗並無不同。「張良不食穀，
李泌不娶妻。早欲祠黃石，何如老白衣」。四句再以張良與李泌相比，
皆屬飄逸絕塵的高人。

　　又次孫原湘。孫原湘（1760～1829），字子瀟，號心青，先世本
安徽休寧籍，後遷居江蘇昭文（今常熟）。生於清乾隆二十五年
（1760），卒於道光九年（1829），年七十。

〔註57〕參嘉興市志編纂委員會編：《嘉興市志》（下），北京‧中國書籍出版
　　　社，1997年。

　　子瀟論詩，著眼於詩當具自家面目，力斥以格律體裁規橅唐、宋之非，並主性情與風韵。其作以風韵勝，能以才氣寫性靈而獨開生面，如張維屏《國朝詩人徵略二編・聽松廬詩話》曾評：

　　　　子瀟詩有兩種：一種以空靈勝，運思清而能入，用筆活而
　　　　能出，妙處在人意中，又往往出人意外；一種以精切勝，
　　　　詠古必切其人，論事必得其要，固是應有者有，卻不肯人
　　　　云亦云。〔註58〕

除上述特質，張氏亦將孫詩與時賢略作比觀，其云：「《天眞閣詩》，骨力沉鬱不及船山，卻無船山集中之叫囂；才氣富贍不及隨園，卻無隨園集中之遊戲」〔註59〕。試觀其〈歌風臺〉詩云：

　　　　韓彭戮盡淮南反，泣下龍顏慷慨歌。
　　　　一代大風從此起，四方猛士已無多。
　　　　英雄得志猶情累，富貴還鄉奈老何！
　　　　此去關中莫回首，只應魂魄戀山河。（《天眞閣集》）

此篇自出新意，不落窠臼。前四句詩人雖將「韓彭戮盡淮南反」作爲〈大風歌〉之具體歷史背景，然其用意不在譏諷，而在試圖藉此揭示劉邦當時慷慨傷懷之具體內涵。「一代大風從此起，四方猛士已無多」漢代國祚始於劉邦，但當初助其完成帝業之韓信、彭越已然伏誅，英布亦反叛，眼下能護衛海內之「四方猛士」所剩無多，與昔日麾下諸將雲集、一呼百應之勢相照，如何不使其萌生悲懷，感慨系之！此種悲涼情懷除反映立國者對其基業之深切關注，同時透顯其於誅殺功臣後產生某種矛盾心態：鏟除韓、彭和英布，能確保帝位無虞，然隨之而來厥爲乏人守土，故不得不因此擔憂矣。

　　後四句則自另一層面摹寫劉邦當日複雜心理。回顧過往，只是小小泗水亭長，今日「威加海內」，可謂鴻志凌雲，風光無限，然爲何縱酒高歌後卻傷懷而泣下？應是出於對故鄉之深厚情感所致。劉

〔註58〕參錢仲聯主編：《清詩紀事》，南京・鳳凰出版社，2004年4月，總頁2115。
〔註59〕同上註。

邦還鄉時已屆五十三歲，儘管富貴權位無人能及，但歲月易得，老之將至，難免桑榆晚景之嘆。「富貴還鄉奈老何」即說明此一心境。末二句喻劉邦雖眷故鄉，仍以江山社稷為重，毅然定都關中。據《史記・高祖本紀》所載，劉邦曾對沛縣父兄云：「游子悲故鄉，吾雖都關中，萬歲後吾魂魄猶樂思沛」〔註60〕。詩裏「魂魄戀山河」當指此而說。劉邦生前未若項羽，滅秦後返回楚地放棄關中，故知作者之意在稱美劉邦能克服個人私情，以大局為要。全篇文字看似淺近平易，詩味卻至為濃厚，此即子瀟之詩所以傳世之道。

　　復次龔自珍。龔自珍（1792～1841），字璱人，號定盦。初名自暹，字愛吾，更名鞏祚，又名易簡，字伯定，號羽琌山民。浙江仁和（今杭州）人。生於清乾隆五十七年（1792），卒於道光二十一年（1841），年五十。其早年有志為科名掌故之學，十二歲從外祖段玉裁治《說文》，二十八歲從劉逢祿治公羊學。嘉慶二十三年（1818）舉人。道光九年（1829）進士，授內閣中書，陞宗人府主事，充玉牒館纂修官，十七年，改禮部祠祭司行走，主客司主事，一生困阨下僚，十九年乞養歸。越明年卒於丹陽雲陽書院。有《龔自珍全集》。

　　定盦論詩重視「真」，其云：

> 詩欲其真，不欲其偽。最初為真，後起非真；信於己者為真，徇於人者非真；足於己者為真，襲於人者非真。是故讀書有真種子，作文有真血脈，而作詩有真氣骨。得其真，則一花一木，一水一石，一謳一詠，皆有天趣，足以移人；失其真，則雖鏤金錯采，累牘連篇，吾不知其中何所有也。古今論詩有二：曰性情，曰格調。性情，真也，襲格調而喪其面目，偽矣。格調，亦真也。離性情而飾其衣冠，偽矣。〔註61〕

這裏所強調的「真」，主要是針對自由個性（情）而言。清代初期，

〔註60〕見司馬遷：《史記・高祖本紀》，北京・中華書局，1997年11月，總頁103。

〔註61〕參林昌彝：《射鷹樓詩話》，上海・上海古籍出版社，1988年，卷十。

沈德潛、翁方綱等以封建倫理教化說詩，袁枚則提出「性靈」以對，
到了龔自珍，將「情」提昇至更高之境，既非倫理教化，亦不僅止抒
一己哀樂，而是要求自由個性的流露。

　　定盦詩之所以動人肺肝，除與詩學思想相關，亦與時局密合，正
如汪國垣〈近代詩派與地域〉所述：「蒿目時艱，用心經世，既不得
用，乃發於詩。雖山水游讌，而非摹山範水，乃感美非吾土；雖吊古
詠史，而非抒懷舊之蓄念，乃抑揚有爲之言。……思深慮遠，骨力堅
蒼。每於詠嘆之中，時寓憂勤之感」〔註62〕其詩飽含社會歷史與政治
內容，絕少單純描摹自然風物，總著眼於現實形勢，反映民生疾苦與
政局黑暗，並以先進思維，傲岸性格，憤疾態度，發抒寄興感慨，表
現對理想之企求與未來展望。試觀其〈詠史〉云：

　　　金粉東南十五州，萬重恩怨屬名流。
　　　牢盆狎客操全算，團扇才人踞上游。
　　　避席畏聞文字獄，著書都爲稻粱謀。
　　　田橫五百人安在，難道歸來盡列侯？〔註63〕

這是定盦七律名作，首聯運縱橫筆力，道出古來富庶繁華，曾譽爲
「六朝金粉」之東南廣大區域，其統治階層，勾心鬥角，互相傾軋，
織就諸多無聊與無謂之恩怨。特標「東南」旨在凸出首要，亦是對
整個士林之概括。頷聯「牢盆狎客」稱依附權門之幫閒幕客；「團扇
才人」謂如東晉重臣王導之孫王珉等貴族子弟，終日手持白團扇，
論玄說理，清談誤國。前者鑽營諂媚，幫閒有術，操持政要；後者
身居上位，百無一能，虛飾風雅。

　　頸聯「避席畏聞文字獄，著書都爲稻粱謀」剴切陳述末世之士，
猥瑣鄙陋，畏葸不前。於文字獄高壓之下，著書立說未敢涉及時事，
僅鑽入故紙堆中研究無關宏旨之學，藉之暫得溫飽。「稻粱謀」語出

〔註62〕參汪國垣〈近代詩派與地域〉，《汪辟疆文集》，上海・上海古籍出版
　　　　社，1988年12月。
〔註63〕龔自珍撰：《龔定盦全集》，《續修四庫全書》冊1520，上海・上海古
　　　　籍出版社，2002年。

杜甫〈同諸公登慈恩寺塔〉之結句「君看隨陽雁，各有稻粱謀」。此地「隨陽雁」指趨炎附勢之徒，相當於本詩之「牢盆狎客」，作者移諸形容廣大士林，措辭相似，命意新穎！

前六句自不同類型開展，寓鞭撻於揭露性之描繪，用意昭然，同時為末聯震聲發聵之反詰作好鋪陳。據《史記》載，劉邦統一天下時，欲招降自立為齊王之田橫兄弟，然田橫不甘臣伏，於前往洛陽之途自刎。而留於島上之五百名手下聞此訊，亦集體自盡。詩人徵引此充盈壯烈情操和錚錚氣骨之史實，與前述士林頹風適成鮮明對照，便使讀者精神為之一振，將其情感思維誌於心版！

最後舉黃遵憲。黃遵憲（1848～1905），字公度，號人境廬主人，別署法時尚任齋主人、水蒼雁紅館主人、觀日道人、東海公、布袋和尚、公之它，廣東嘉應州（今梅州市）人。生於清宣宗道光二十八年戊申（1848）年，卒於清德宗光緒三十一年乙巳（1905）年。光緒舉人，歷任日、美、英各國外交官，深受西方思想影響。曾著《人境廬詩草》、《日本國志》等作。

黃遵憲論詩「以言志為體，以感人為用」（〈與梁任公書〉），其要點如《人境廬詩草·自序》云：

> 士生古人之後，古人之詩號專門名家者，無慮百數十家，欲棄去古人之糟粕，而不為古人所束縛，誠戛戛乎其難。雖然，僕嘗以為詩之外有事，詩之中有人；今之世異於古，今之人亦何必與古人同。嘗於胸中設一詩境：一曰，復古人比興之體；一曰，以單行之神，運排偶之體；一曰，取〈離騷〉樂府之神理而不襲其貌；一曰，用古文家伸縮離合之法以入詩。其取材也，自群經三史，逮於周、秦諸子之書，許、鄭諸家之注，凡事名物名切于今者，皆採取而假借之。其述事也，舉今日之官書會典方言俗諺，以及古人未有之物，未闢之境，耳目所歷，皆筆而書之。其煉格也，自曹、鮑、陶、謝、李、杜、韓、蘇訖于晚近小家，

不名一格，不專一體，要不失乎爲我之詩。〔註64〕

在這段序文裏，除了全面表達他個人對「詩」之觀點，舉凡詩境、取材、述事及煉格等層面，均顯不凡創見。其立論核心爲：善學傳統，取其菁華，棄其糟粕；取材須廣，述事充實；反對擬古，擺脫束縛。

至於黃遵憲詩歌之特色，不僅內容充實，反映時代精神，更將詩歌創作與社會生活、政治局勢緊密結合。其蒿目世變，撫時感事，所歷聞見，發之歌詩，呈顯關懷家國命運及反對外國侵略之愛國情操，具深刻現實性。

近代錢鍾書評黃遵憲詩歌創作時曾云：「近人論詩界維新，必推黃公度。《人境廬詩》奇才大句，自爲作手。五古議論縱橫，近隨園、甌北；歌行鋪比翻騰處似舒鐵雲；七絕則龔定盦」。〔註65〕亦足見與性靈詩說相關。試品其〈馮將軍歌〉云：

馮將軍，英名天下聞。將軍少小能殺賊，一出旌旗雲變色。江南十載戰功高，黃袿色映花翎飄。中原盪清更無事，每日摩挲腰下刀。何物島夷橫割地，更索黃金要歲幣。北門管鑰賴將軍，虎節重臣親拜疏。將軍劍光方出匣，將軍謗書忽盈篋。將軍鹵莽不好謀，小敵雖勇大敵怯。將軍氣湧高於山，看我長驅出玉關。平生蓄養敢死士，不斬樓蘭今不還。手執蛇矛長丈八，談笑欲吸匈奴血。左右橫排斷後刀，有進無退退則殺。奮梃大呼從如雲，同拚一死隨將軍。將軍報國期死君，我輩忍孤將軍恩。將軍威嚴若天神，將軍有令敢不遵，負將軍者誅及身。將軍一叱人馬驚。從而往者五千人。五千人馬排牆進，綿綿延延相擊應。轟雷巨砲欲發聲，既戟交胸刀在頸。敵軍披靡鼓聲死，萬頭竄竄紛如蟻。十盪十決無當前，一日橫馳三百里。吁嗟乎！馬江一敗軍心慴，龍州拓地賊氛壓。閃閃龍旗天上翻，道咸以來無此捷。得如將軍數十人，制梃能撻虎狼秦。能興滅

〔註64〕黃遵憲著，吳振清、徐勇、王家祥編校整理：《黃遵憲集》，天津・天津人民出版社，2003 年 10 月，頁 79。
〔註65〕錢鍾書著：《談藝錄》，北京・商務印書館，2011 年，頁 71。

國柔強鄰。嗚呼安得如 將軍 ！〔註66〕

學者以爲此詩「較爲全面而眞實地描述了淸末愛國將領、民族英雄馮子材的一生經歷，尤其突出了他堅決抗擊外國侵略者，取得道咸以來罕見的歷史功績。同時也揭露淸政府投降賣國的可恥行徑。思想深沉，內涵蘊藉，表現藝術亦有特色」〔註67〕。提供吾人許多鑑賞此詩的切入點，至爲珍貴。全詩共五十句，凡三百四十言，爲一古體長詩，亦爲黃遵憲詠史代表作之一。就思想情感層面，「將軍」一詞出現於詩中凡十六次，與《史記・魏公子列傳》〔註68〕相仿，如王遽常《國恥詩話》云：「按察有〈馮將軍歌〉紀其事，其辭云云。刻畫將軍，虎虎如生。連疊十六將軍字，蓋效史公〈魏公子無忌傳〉」〔註69〕。又錢仲聯《夢苕盦詩話》云：「公度〈馮將軍歌〉……連用將軍字，此《史》、《漢》文法，用之于詩，璧壘一新」〔註70〕。詩人如此寫法，如聞其聲呼喊，使全篇氣勢充暢，更顯其對馮將軍景仰之情。

　　就詞句表現方面，黃遵憲曾提出「我手寫我口，古豈能拘牽。即今流俗語，我若登簡編；五千年後人，驚爲古斕斑」（〈雜感五首〉之二）。故而語言運用較爲通俗，所用之典亦不生僻，符合其詩學主張，詩中間用修辭法，如「借代」，以「北門管鑰」、「玉關」代指鎮南關，用「樓蘭」、「匈奴」、「虎狼秦」指稱侵略者。如「類疊」，「將軍」（類字）、「綿綿延延相擊應」、「萬頭竄竄紛如蟻」（疊字）。如「頂

〔註66〕黃遵憲著，吳振淸、徐勇、王家祥編校整理：《黃遵憲集》，天津・天津人民出版社，2003年10月，頁156～157。

〔註67〕吳龍章：〈鎮南關抗法的雄渾戰鼓──黃遵憲〈馮將軍歌〉古體長詩思想藝術發微〉，廣西《欽州師範高等專科學校學報》，2006年2月，第21卷第1期。

〔註68〕參司馬遷撰：《史記》，北京・中華書局，1997年11月，總頁602～604。

〔註69〕錢仲聯主編：《清詩紀事》，南京・鳳凰出版社，2004年4月，總頁3119。

〔註70〕同前註，總頁3120。

眞」，「同拚一死隨將軍。將軍報國期死君」、「從而往者五千人。五千人馬排牆進」。如「感歎」，「吁嗟乎！馬江一敗軍心懾」、「能興滅國柔強鄰。嗚呼安得如將軍」等，亦見其才思敏捷，學養深厚。

晚清民初詩人陳三立曾論其詩卷，以爲「馳域外之觀，寫心上之語，才思橫逸，風格渾轉，出其餘技，乃近大家，此之謂天下健者」〔註71〕。給予相當高度的評價。綜而言之，本篇以飽滿熱情，頌揚馮將軍英勇抗戰的愛國精神，筆墨酣暢，一氣呵成，實爲不可多得之佳作。

泚筆至此，想起張曉風於《再生緣・前身》中曾說：「當我們讀一切歷史，一切故事，一切詩歌的時候，我們血脈賁張，我們扼腕振臂，我們淒然淚下，我們或哂或笑，或歌或哭，當此之際，我們所看到的豈是別人的故事，我們所看到的是我們自己。也許你會笑我們癡，但是，我們看到的是我們自己，一部分的自己」〔註72〕。而蕭馳於〈中國古典詠史詩的美學結構〉一文中亦曾揭示：「詠史詩像自然詩一樣，意在『從對象中尋回自我』。」、「作者所描繪的歷史事件和歷史人物，實際上也就是詩人自身情感的客觀化所著意製造的心理距離，詩人在現實中的痛切感受要通過一面歷史的鏡子返照出來」。〔註73〕在品閱三大家詠史創作的當下，不免時而浮現此種情懷與哲思，甚至爲那傳遞而來的驚喜悸動不已。今日吾人因其詠史詩歌中所散發不可思議的魅力而深受吸引；來年必將照見諸多讀者及研究、鑑賞家持續投入心神於那璀璨無儔的東方神韻！

〔註71〕同前註，總頁 3107。
〔註72〕張曉風著：《再生緣》，台北・爾雅出版社，1982 年 5 月，頁 129。
〔註73〕蕭馳：〈中國古典詠史詩的美學結構〉，《學術月刊》，1983 年 12 月，頁 43。

附　錄

附錄一　袁枚《小倉山房詩集》中的詠史作品

詩　題	出處	體式	繫年（詩人歲數）
1〈錢塘江懷古〉	卷一	七絕	乾隆元年至二年（21～22）
2〈釣臺〉	卷一	五古	乾隆元年至二年（21～22）
3〈書子陵祠堂〉	卷一	五古	乾隆元年至二年（21～22）
4〈羅昭諫墓〉	卷一	七律	乾隆元年至二年（21～22）
5〈臨安懷古〉	卷一	七律	乾隆元年至二年（21～22）
6〈吳桓王廟〉	卷一	七律	乾隆元年至二年（21～22）
7〈謝太傅祠〉	卷一	七律	乾隆元年至二年（21～22）
8〈長沙謁賈誼祠〉	卷一	五古	乾隆元年至二年（21～22）
9〈書倉頡廟〉	卷一	雜言	乾隆元年至二年（21～22）
10〈題柳毅祠〉	卷一	七絕	乾隆元年至二年（21～22）
11〈赤壁〉	卷一	七律	乾隆元年至二年（21～22）
12〈峴山〉	卷一	七律	乾隆元年至二年（21～22）
13～14〈銅雀臺〉（2首）	卷一	七律	乾隆元年至二年（21～22）
15〈題張睢陽廟壁〉	卷一	七律	乾隆元年至二年（21～22）
16〈大梁吊信陵君〉	卷一	七古	乾隆元年至二年（21～22）
17〈牛口谷〉	卷一	七律	乾隆元年至二年（21～22）
18〈博浪城〉	卷一	七律	乾隆元年至二年（21～22）

19	〈澶淵〉	卷一	七律	乾隆元年至二年（21～22）
20	〈過鄴下吊高神武〉	卷一	七律	乾隆元年至二年（21～22）
21	〈白馬驛〉	卷一	雜言	乾隆元年至二年（21～22）
22	〈銅駝街〉	卷一	七古	乾隆元年至二年（21～22）
23	〈北魏帝移宮處〉	卷一	七古	乾隆元年至二年（21～22）
24	〈景泰陵〉	卷一	七律	乾隆元年至二年（21～22）
25	〈易水懷古〉	卷一	五古	乾隆元年至二年（21～22）
26	〈荊卿里〉	卷一	七律	乾隆元年至二年（21～22）
27	〈黃金臺〉	卷一	七古	乾隆元年至二年（21～22）
28	〈宋徽宗玉璽歌〉	卷二	七古	乾隆四年至六年（24～26）
29～30	〈西施〉（2首）	卷二	七絕	乾隆四年至六年（24～26）
31	〈文君〉	卷二	七絕	乾隆四年至六年（24～26）
32	〈二喬〉	卷二	七絕	乾隆四年至六年（24～26）
33	〈吳絳仙〉	卷二	七絕	乾隆四年至六年（24～26）
34	〈潘妃〉	卷二	七絕	乾隆四年至六年（24～26）
35～36	〈張麗華〉（2首）	卷二	七絕	乾隆四年至六年（24～26）
37	〈孫夫人〉	卷二	七絕	乾隆四年至六年（24～26）
38～39	〈玉環〉（2首）	卷二	七絕	乾隆四年至六年（24～26）
40～41	〈王才人〉（2首）	卷二	七絕	乾隆四年至六年（24～26）
42～43	〈小周后〉（2首）	卷二	七絕	乾隆四年至六年（24～26）
44	〈上官婉兒〉	卷二	七絕	乾隆四年至六年（24～26）
45	〈明妃曲〉	卷三	七古	乾隆七年至八年（27～28）
46～47	〈抵金陵〉（2首）	卷三	七律	乾隆七年至八年（27～28）
48	〈兒寬〉	卷三	七絕	乾隆七年至八年（27～28）
49	〈韓偓〉	卷三	七絕	乾隆七年至八年（27～28）
50	〈漂母祠〉	卷五	七絕	乾隆十一至十三年（31～33）
51～56	〈詠史〉（6首）	卷五	五古	乾隆十一至十三年（31～33）
57	〈臺城懷古二十四韻〉	卷五	五古	乾隆十一至十三年（31～33）
58	〈董賢玉印歌〉	卷五	七古	乾隆十一至十三年（31～33）
59	〈題嚴子陵像〉	卷五	七律	乾隆十一至十三年（31～33）
60	〈嚴助〉	卷五	七絕	乾隆十一至十三年（31～33）

61 〈婕妤怨〉	卷五	雜言	乾隆十一至十三年（31～33）
62 〈韋綬〉	卷五	七絕	乾隆十一至十三年（31～33）
63 〈王珪〉	卷五	七絕	乾隆十一至十三年（31～33）
64 〈宋祁〉	卷五	七絕	乾隆十一至十三年（31～33）
65 〈橫塘懷古〉	卷七	雜言	乾隆十五至十六年（35～36）
66～69〈雜詩八首〉之一、二、六、八（4 首）	卷七	五古	乾隆十五至十六年（35～36）
70〈偶成〉四首之四	卷七	五古	乾隆十五至十六年（35～36）
71～72〈歌風臺〉（2 首）	卷八	七律	乾隆十七年（37）
73〈光武原陵〉	卷八	七古	乾隆十七年（37）
74〈唐昭宗和陵〉	卷八	七古	乾隆十七年（37）
75〈周世宗慶陵〉	卷八	五古	乾隆十七年（37）
76〈邯鄲驛〉	卷八	七絕	乾隆十七年（37）
77〈昭君〉	卷八	七絕	乾隆十七年（37）
78〈秦始皇陵〉	卷八	雜言	乾隆十七年（37）
79～86〈秦中雜感〉（8 首）	卷八	七律	乾隆十七年（37）
87～90〈馬嵬〉（4 首）	卷八	七絕	乾隆十七年（37）
91〈扁鵲墓〉	卷八	七律	乾隆十七年（37）
92～93〈武后乾陵〉（2 首）	卷八	七律	乾隆十七年（37）
94〈乙弗后寂陵〉	卷八	七律	乾隆十七年（37）
95〈過新平吊苻堅〉	卷八	七律	乾隆十七年（37）
96〈王猛墓〉	卷八	七律	乾隆十七年（37）
97〈楊震墓〉	卷八	七律	乾隆十七年（37）
98〈昭陵〉	卷八	七律	乾隆十七年（37）
99〈戲馬臺吊宋武帝〉	卷八	七律	乾隆十七年（37）
100〈鈎弋夫人通靈臺〉	卷八	七律	乾隆十七年（37）
101〈汾陽王故里〉	卷八	七律	乾隆十七年（37）
102〈杜牧墓〉	卷八	七律	乾隆十七年（37）
103〈盤古冢〉	卷八	七律	乾隆十七年（37）
104～120〈車中憶古人，作五、六、七言詩〉（17 首）	卷八	五絕 7 六絕 3 七絕 7	乾隆十七年（37）

121〈汴梁懷古〉	卷八	七古	乾隆十七年（37）
122～1125〈再題馬嵬驛〉（4首）	卷八	七絕	乾隆十七年（37）
126〈靈武〉	卷八	七絕	乾隆十七年（37）
127〈戲題《高熲傳》〉	卷八	七絕	乾隆十七年（37）
128〈讀《寒朗傳》〉	卷九	五古	乾隆十八年（38）
129〈雜詩三首〉之一	卷九	五古	乾隆十八年（38）
130〈孝陵十八韻〉	卷十	五古	乾隆十九年（39）
131〈徐中山王墓〉	卷十	七古	乾隆十九年（39）
132〈梁武帝疑陵〉	卷十	七古	乾隆十九年（39）
133〈謁蔣廟〉	卷十	七律	乾隆十九年（39）
134〈景陽井〉	卷十	七絕	乾隆十九年（39）
135～144〈讀史雜詩〉（10首）	卷十	七絕	乾隆十九年（39）
145〈陶通明〉	卷十一	雜言	乾隆二十年（40）
146〈五人墓〉	卷十二	七古	乾隆二十一年（41）
147～154〈題李後主百尺樓〉（8首）	卷十三	七絕	乾隆二十二年（42）
155〈題柳如是畫像〉	卷十三	七古	乾隆二十二年（42）
156〈讀《王荊公傳》〉	卷十三	七絕	乾隆二十二年（42）
157〈譙周〉	卷十四	七絕	乾隆二十三年（43）
158〈周昌〉	卷十四	七絕	乾隆二十三年（43）
159〈朱買臣〉	卷十四	七絕	乾隆二十三年（43）
160〈張禹〉	卷十四	七絕	乾隆二十三年（43）
161〈叔孫通〉	卷十四	七絕	乾隆二十三年（43）
162〈朱栩〉	卷十四	七絕	乾隆二十三年（43）
163〈王儉〉	卷十四	七絕	乾隆二十三年（43）
164〈范希文〉	卷十四	七絕	乾隆二十三年（43）
165〈陶弘景〉	卷十四	七絕	乾隆二十三年（43）
166〈郗詵〉	卷十四	七絕	乾隆二十三年（43）
167〈沈約〉	卷十四	七絕	乾隆二十三年（43）
168〈謝景仁〉	卷十四	七絕	乾隆二十三年（43）

169〈王僧孺〉	卷十四	七絕	乾隆二十三年（43）
170〈金川門〉	卷十六	七絕	乾隆二十五至二十六年（45～46）
171〈岳武穆墓〉	卷十七	七律	乾隆二十七至二十八年（47～48）
172～175〈題史閣部遺像〉（4首）	卷二十	五律	乾隆三十一至三十二年（51～52）
176〈和蔚亭舍人《司馬相如》詩〉	卷二二	五古	乾隆三十五至三十六年（55～56）
177〈昭君〉	卷二五	雜言	乾隆四十一至四十三年（61～63）
178〈讀《淮陰侯傳》〉	卷二五	七絕	乾隆四十一至四十三年（61～63）
179～193〈謁岳王墓作十五絕句〉（15首）	卷二六	七絕	乾隆四十四至四十五年（64～65）
194〈施將軍廟〉	卷二六	雜言	乾隆四十四至四十五年（64～65）
195〈禹陵二十四韻〉	卷二六	五古	乾隆四十四至四十五年（64～65）
196〈蘭亭〉	卷二六	五律	乾隆四十四至四十五年（64～65）
197〈王右軍祠〉	卷二六	七律	乾隆四十四至四十五年（64～65）
198～199〈西施廟〉（2首）	卷二六	五律、七絕	乾隆四十四至四十五年（64～65）
200〈湖上雜詩〉二十一首之十三	卷二六	七絕	乾隆四十四至四十五年（64～65）
201〈伍員墓〉	卷二六	七律	乾隆四十四至四十五年（64～65）
202～203〈周瑜墓〉（2首）	卷二七	七律	乾隆四十六年（66）
204〈周孝侯斬蛟臺〉	卷二八	雜言	乾隆四十七年（67）
205〈孝侯射虎處〉	卷二八	雜言	乾隆四十七年（67）
206〈赤城有田橫廟〉	卷二八	五古	乾隆四十七年（67）
207〈五百人墓〉	卷二八	五絕	乾隆四十七年（67）
208〈一行禪師塔〉	卷二八	七律	乾隆四十七年（67）
209〈到桐柏宮觀伯夷、叔齊石像〉	卷二八	七律	乾隆四十七年（67）
210〈過謝客岩有懷康樂公〉	卷二八	五律	乾隆四十七年（67）
211〈瞻康樂公像〉	卷二八	七絕	乾隆四十七年（67）
212〈重登釣臺〉	卷二八	七律	乾隆四十七年（67）
213～215〈再題子陵廟〉（3首）	卷二八	七絕	乾隆四十七年（67）

216〈過文選樓弔昭明太子〉	卷二九	七律	乾隆四十八年（68）
217〈謁余忠宣公墓登大觀亭〉	卷二九	七絕	乾隆四十八年（68）
218〈過彭澤縣愛其風景清絕，有懷靖節先生〉	卷三十	五律	乾隆四十八年（69）
219〈到廬山開先寺，讀王文成公《紀功碑》二十四韻〉	卷三十	五古	乾隆四十八年（69）
220〈過柴桑亂峰中躡梯而下，觀陶公醉石〉	卷三十	雜言	乾隆四十八年（69）
221〈謁靖節先生祠〉	卷三十	五古	乾隆四十八年（69）
222〈白鹿書院〉	卷三十	七律	乾隆四十八年（69）
223〈徐稚子墓〉	卷三十	五律	乾隆四十八年（69）
224〈謁張曲江祠〉	卷三十	七律	乾隆四十八年（69）
225〈謁陳白沙先生祠，觀宣德皇帝聘玉〉	卷三十	五律	乾隆四十八年（69）
226～228〈讀白太傅集三首〉（3首）	卷三十	七律	乾隆四十八年（69）
229〈二妃廟〉	卷三十	七律	乾隆四十八年（69）
230〈柳子厚祠〉	卷三十	七律	乾隆四十八年（69）
231〈李鄴侯故居〉	卷三十	七律	乾隆四十八年（69）
232～236〈再題賈太傅祠〉（5首）	卷三十	七絕	乾隆四十八年（69）
237〈息夫人廟〉	卷三十	七律	乾隆四十八年（69）
238〈禰衡墓〉	卷三十	七律	乾隆四十八年（69）
239～240〈遣懷雜詩〉二十五首之八、二十（2首）	卷三一	五古	乾隆五十至五十一年（70～71）
241〈過虞溝題虞姬廟〉	卷三一	七律	乾隆五十至五十一年（70～71）
242〈《洗馬圖》〉	卷三一	七絕	乾隆五十至五十一年（70～71）
243〈洪武大石碑歌〉	卷三一	雜言	乾隆五十至五十一年（70～71）
244～245〈詩會分詠美人，霞裳拈得綠珠連作五首不愜余意，乃請老人擬賦兩章；恐有鮑老登場之誚，奈何〉（2首）	卷三一	七絕	乾隆五十至五十一年（70～71）

246	〈讀昌黎集戲作〉	卷三三	七絕	乾隆五十六年（76）
247	〈曹娥廟〉	卷三四	五律	乾隆五十七至五十八年（77～78）
248	〈錢忠懿王墓〉	卷三四	七古	乾隆五十七至五十八年（77～78）
249	〈題武肅王像求觀鐵券不得〉	卷三四	雜言	乾隆五十七至五十八年（77～78）
250～252	〈讀史有感〉（3首）	卷三四	七絕	乾隆五十七至五十八年（77～78）
253	〈成敗〉	卷三四	五絕	乾隆五十七至五十八年（77～78）
254～255	〈讀《論語》有感〉（2首）	卷三六	七絕	乾隆六十至嘉慶元年（80～81）
256	〈魏齊〉	卷三六	七絕	乾隆六十至嘉慶元年（80～81）
257	〈紀周將軍墓上事〉	卷三六	七古	乾隆六十至嘉慶元年（80～81）
258	〈讀《北魏書》有感〉	卷三七	五古	嘉慶二年（82）
259	〈讀《孔子世家》〉	卷三七	七絕	嘉慶二年（82）
260	〈太白樓〉	補遺卷二	五律	雍正十一年至乾隆五十一年刪餘改剩之作（18～71）
261	〈讀《唐書》〉	補遺卷二	七絕	雍正十一年至乾隆五十一年刪餘改剩之作（18～71）
262～263	〈甘露〉（2首）	補遺卷二	五古	雍正十一年至乾隆五十一年刪餘改剩之作（18～71）
264	〈昭君〉	補遺卷二	七絕	雍正十一年至乾隆五十一年刪餘改剩之作（18～71）
265	〈管仲墓〉	補遺卷二	雜言	雍正十一年至乾隆五十一年刪餘改剩之作（18～71）
266	〈柳下惠墓〉	補遺卷二	七絕	雍正十一年至乾隆五十一年刪餘改剩之作（18～71）
267	〈嵇侍中祠〉	補遺卷二	五律	雍正十一年至乾隆五十一年刪餘改剩之作（18～71）
268	〈蒯徹墓〉	補遺卷二	七律	雍正十一年至乾隆五十一年刪餘改剩之作（18～71）
269	〈驪山〉	補遺卷二	七古	雍正十一年至乾隆五十一年刪餘改剩之作（18～71）
270	〈賈生〉	《隨園詩話》卷十六	七絕	未詳

附錄二 蔣士銓《忠雅堂詩集》中的詠史作品

詩　　題	出處	體式	繫年（詩人歲數）
1～10〈讀史〉（10首）	卷一	七絕	乾隆十年（21）
11～12〈詠史〉（2首）	卷一	五古	乾隆十年（21）
13〈番君廟〉	卷一	七古	乾隆十一年（22）
14〈止水亭吊江文忠公萬里〉	卷一	七古	乾隆十一年（22）
15～16〈康山忠臣廟〉（2首）	卷一	七古	乾隆十一年（22）
17～18〈張睢陽廟〉（2首）	卷一	七律	乾隆十一年（22）
19～22〈謝文節祠〉（4首）	卷一	七律	乾隆十一年（22）
23～24〈過嚴子陵釣臺〉（2首）	卷二	七律	乾隆十二年（23）
25〈五人墓〉	卷二	七絕	乾隆十二年（23）
26～27〈濟寧不得登太白酒樓〉（2首）	卷二	七律	乾隆十三年（24）
28～29〈南池杜少陵祠堂〉（2首）	卷二	七律	乾隆十三年（24）
30〈梅花嶺吊史閣部〉	卷二	七律	乾隆十三年（24）
31～38〈金陵雜詠〉（8首）	卷二	七絕	乾隆十三年（24）
39～46〈楊太眞雙魚鏡〉（8首）	卷二	七絕	乾隆十四年（25）
47～49〈謁張睢陽廟〉（3首）	卷二	七律	乾隆十五年（26）
50〈康山營〉	卷三	七古	乾隆十六年（27）
51〈讀南史〉	卷三	七律	乾隆十七年（28）
52～53〈烏江項王廟〉（2首）	卷三	七律	乾隆十七年（28）
54～56〈再過四女祠〉（3首）	卷三	七絕	乾隆十七年（28）
57～65〈董恆巖太守芝龕記題詞〉（9首）	卷三	七絕	乾隆十七年（28）
66～69〈題婁妃墓圖〉（4首）	卷四	七絕	乾隆二十年（31）
70〈余忠宣公墓〉	卷六	五律	乾隆二十一年（32）
71～73〈讀昌黎集〉（3首）	卷六	五古	乾隆二十一年（32）
74〈讀史〉	卷八	七律	乾隆二十六年（37）
75～77〈得史閣部遺像並家書眞迹〉（3首）	卷十	五律	乾隆二十八年（39）
78～79〈壽萱堂小集分賦金陵古迹得周顒草堂〉（2首）	卷十一	七律	乾隆二十八年（39）
80～81〈詠老將〉（2首）	卷十一	七律	乾隆二十八年（39）
82〈樂毅故里〉	卷十一	七古	乾隆二十九年（40）

83～85〈督亢陂雜詠〉（3 首）	卷十一	七絕	乾隆二十九年（40）
86〈樓桑村〉	卷十一	七古	乾隆二十九年（40）
87〈張桓侯井里〉	卷十一	七古	乾隆二十九年（40）
88〈荊軻里〉	卷十一	七古	乾隆二十九年（40）
89〈郭隗里〉	卷十一	五古	乾隆二十九年（40）
90～92〈郭村張燕公讀書處〉（3 首）	卷十一	七絕	乾隆二十九年（40）
93〈清風店吊紀信〉	卷十一	七絕	乾隆二十九年（40）
94〈定州詠中山靖王〉	卷十一	七律	乾隆二十九年（40）
95〈趙順平故里〉	卷十一	七律	乾隆二十九年（40）
96〈魏鄭公祠〉	卷十一	五古	乾隆二十九年（40）
97〈李左車〉	卷十一	七古	乾隆二十九年（40）
98〈馮唐墓〉	卷十一	五古	乾隆二十九年（40）
99〈荀卿〉	卷十一	五古	乾隆二十九年（40）
100〈平原君〉	卷十一	五絕	乾隆二十九年（40）
101〈孔穎達墓下作〉	卷十一	七古	乾隆二十九年（40）
102～104〈讀宋儒奏疏〉（3 首）	卷十二	五古	乾隆二十九年（40）
105〈四女祠〉	卷十二	五律	乾隆二十九年（40）
106〈謁仲廟〉	卷十二	五律	乾隆二十九年（40）
107〈漂母祠〉	卷十二	七律	乾隆二十九年（40）
108〈韓侯釣臺〉	卷十二	雜言	乾隆二十九年（40）
109～110〈露筋祠〉（2 首）	卷十二	七絕	乾隆二十九年（40）
111〈春申君〉	卷十三	五律	乾隆二十九年（40）
112～114〈讀史〉（3 首）	卷十三	五古	乾隆三十年（41）
115～116〈皖口謁余忠宣公祠〉（2 首）	卷十三	七律	乾隆三十年（41）
117～118〈讀荊公集〉（2 首）	卷十三	七律	乾隆三十年（41）
119～121〈題荊公集後〉（3 首）	卷十三	七絕	乾隆三十年（41）
122〈讀昌黎詩〉	卷十三	七絕	乾隆三十年（41）
123〈讀宋人論新法箚子〉	卷十三	七律	乾隆三十年（41）
124～127〈讀晉書〉（4 首）	卷十三	五古	乾隆三十年（41）
128〈樵舍〉	卷十三	五古	乾隆三十年（41）
129～132〈采石磯登太白樓〉（4 首）	卷十四	五律	乾隆三十一年（42）

133〈邀笛步〉	卷十四	七絕	乾隆三十一年（42）
134〈胭脂井〉	卷十四	七絕	乾隆三十一年（42）
135〈讀後漢逸民傳〉	卷十五	五古	乾隆三十一年（42）
136～137〈范大夫祠〉（2首）	卷十五	五律	乾隆三十一年（42）
138～139〈岳鄂王墓〉（2首）	卷十五	五律	乾隆三十一年（42）
140〈賢王祠〉	卷十五	五古	乾隆三十一年（42）
141～142〈禹陵〉（2首）	卷十五	七律	乾隆三十一年（42）
143〈吼山〉	卷十五	七古	乾隆三十一年（42）
144～146〈表忠觀〉（3首）	卷十五	七絕	乾隆三十一年（42）
147〈錢武肅王鐵券歌〉	卷十五	雜言	乾隆三十一年（42）
148〈題表忠觀碑後〉	卷十五	七古	乾隆三十一年（42）
149〈謁于忠肅公祠墓〉	卷十五	五古	乾隆三十一年（42）
150〈黃天蕩〉	卷十五	七古	乾隆三十一年（42）
151～154〈書宋史宰相傳後〉（4首）	卷十六	五古	乾隆三十二年（43）
155〈蔡中郎〉	卷十六	七律	乾隆三十二年（43）
156〈赤菫山〉	卷十六	雜言	乾隆三十二年（43）
157〈沈氏園吊放翁〉	卷十六	七古	乾隆三十二年（43）
158〈題文信國遺像〉	卷十八	七古	乾隆三十三年（44）
159〈飛來山登應天塔遂謁朱文懿公祠〉	卷十八	七古	乾隆三十三年（44）
160〈吊祁忠敏公〉	卷十八	七古	乾隆三十三年（44）
161〈禹廟〉	卷十九	七律	乾隆三十六年（47）
162〈嚴先生祠〉	卷十九	五律	乾隆三十六年（47）
163〈拜胡安定祠像〉	卷十九	五古	乾隆三十六年（47）
164〈題史道鄰閣部遺像〉	卷二十	雜言	乾隆三十七年（48）
165～168〈讀始皇本紀〉（4首）	卷二一	五古	乾隆三十八年（49）
169〈登靈巖山〉	卷二二	七律	乾隆三十九年（50）
170～171〈響屧廊〉（2首）	卷二二	七絕	乾隆三十九年（50）
172〈天平山謁范墳〉	卷二二	五古	乾隆三十九年（50）
173〈義莊謁范文正祠〉	卷二二	五古	乾隆三十九年（50）
174〈恭和御題史忠正可法遺像詩韻〉	卷二三	七律	乾隆四十二年（53）
175〈余忠宣祠〉	卷二四	七律	乾隆四十三年（54）

176	〈梅花嶺謁史忠正祠墓〉	卷二四	五律	乾隆四十三年(54)
177	〈讀杜詩〉	卷二四	五古	乾隆四十三年(54)
178	〈魯連臺〉	卷二四	五律	乾隆四十三年(54)
179	〈讀莊子〉	卷二四	七律	乾隆四十三年(54)
180	〈錢忠懿王金塗塔歌〉	卷二四	七古	乾隆四十三年(54)
181	〈趙忠毅公鐵如意歌〉	卷二四	七古	乾隆四十三年(54)
182	〈長毋相忘漢瓦歌〉	卷二五	七古	乾隆四十五年(56)
183	〈文信國琴〉	卷二五	七古	乾隆四十五年(56)
184	〈張瘦銅舍人屬題倪文正遺像〉	卷二六	七古	乾隆四十八年(59)
185	〈婁妃墓〉	卷二六	七古	乾隆四十八年(59)

附錄三　趙翼《甌北集》中的詠史作品

詩　　題	出處	體式	繫年（詩人歲數）
1～13〈古詩二十首〉之七、八、九、十、十一、十二、十三、十五、十六、十七、十八、十九、二十（13首）	卷一	五古	乾隆十一至十三年（20～22）
14 六朝前祠廟，多祀城陽王。歐九不讀書，乃修唐表志。〈題閣典史祠〉	卷一	七古	乾隆十一至十三年（20～22）
15〈五牧鎮為宋將尹玉戰死處〉	卷一	五律	乾隆十一至十三年（20～22）
16～17〈黃天蕩懷古〉（2首）	卷一	七律	乾隆十一至十三年（20～22）
18～21〈題明太祖陵〉（4首）	卷一	七律	乾隆十一至十三年（20～22）
22〈揚州雜詠・朱瑾墓〉	卷二	七古	乾隆十四至十七年（23～26）
23〈揚州雜詠・李制置〉	卷二	七古	乾隆十四至十七年（23～26）
24〈揚州雜詠・梅花嶺〉	卷二	七古	乾隆十四至十七年（23～26）
25〈題露筋祠〉	卷二	七古	乾隆十四至十七年（23～26）
26～27〈淮陰釣臺〉（2首）	卷二	七律	乾隆十四至十七年（23～26）
28〈張子房祠〉	卷二	雜言	乾隆十四至十七年（23～26）
29～32〈土城懷古〉（4首）	卷二	七律	乾隆十四至十七年（23～26）
33〈德州南有地名夾馬營查初白詩謂即宋祖所生地而以不能克復燕雲致鄉社拋落邊鄙曾漢高之統有燕代詩中有微詞焉按宋紀太祖生洛陽夾馬營張淏雲谷雜記及孫公談圃亦云而市釋文瑩玉壺清話並載夾馬營在西京太祖兒時埋一石馬於巷內登極後還鄉掘得之登臺發矢矢落處即營為永昌陵而以石馬預志其地是夾馬營在洛陽此地特名偶同未可牽合又楊誠齋揮麈錄謂南京應天寺本後唐夾馬營大中祥符二年以太祖所生地建寺錫名云云其說稍岐然宋南京乃今歸德府亦非德州地也詩以正之〉	卷三	七古	乾隆十七至二十年（26～29）

34	〈下相懷古〉	卷三	雜言	乾隆十七至二十年（26～29）
35	〈圖山爲張世傑戰敗駐兵處〉	卷三	七律	乾隆十七至二十年（26～29）
36	〈漂母祠〉	卷三	七古	乾隆十七至二十年（26～29）
37	〈阜城咏古〉	卷三	七古	乾隆十七至二十年（26～29）
38	〈白溝河爲遼宋分界處〉	卷三	七律	乾隆十七至二十年（26～29）
39	〈樓桑邨〉	卷三	七律	乾隆十七至二十年（26～29）
40	〈題柳如是小像〉	卷六	七古	乾隆二十三年（32）
41～44	〈過文信國祠同舫莘作末章兼弔李文水〉（4 首）	卷七	七律	乾隆二十四年（33）
45	〈愍忠寺石壇相傳唐太宗征高麗回瘞戰骨處〉	卷七	五古	乾隆二十四年（33）
46～47	〈戲題姮娥奔月圖〉（2 首）	卷七	七絕	乾隆二十四年（33）
48	〈題唐明皇馬上擊毬圖〉	卷七	七古	乾隆二十四年（33）
49	〈翰林院有土地祠相傳祀韓昌黎詩以解嘲〉	卷九	七古	乾隆二十六至二十八年（35～37）
50～53	〈和友人洛陽懷古四首〉（芳林園、金墉城、梓澤園、西陽門）（4 首）	卷九	七律	乾隆二十六至二十八年（35～37）
54	〈修史漫興〉	卷九	七律	乾隆二十六至二十八年（35～37）
55～62	〈題吟藭所譜蔡文姬歸漢傳奇〉（8 首）	卷十	七絕	乾隆二十八至二十九年（37～38）
63	〈萬柳堂詠古〉	卷十一	七律	乾隆二十九至三十年（38～39）
64～71	〈友人以鄴城懷古詩見示但侈陳魏瓦齊磚而於歷代割據建都之跡殊多掛漏爲補成八首〉（8 首）	卷十一	七律	乾隆二十九至三十年（38～39）
72～73	〈歌風臺懷古〉（2 首）	卷十三	七律	乾隆三十一至三十三年（40～42）
74	〈五人墓〉	卷十三	雜言	乾隆三十一至三十三年（40～42）
75～80	〈西湖詠古〉（6 首）	卷十三	七律	乾隆三十一至三十三年（40～42）
81	〈岳忠武墓〉	卷十三	雜言	乾隆三十一至三十三年（40～42）
82	〈釣臺〉	卷十三	七古	乾隆三十一至三十三年（40～42）
83	〈鄱陽湖懷古〉	卷十三	七律	乾隆三十一至三十三年（40～42）

84～85〈滕王閣〉（2首）	卷十三	七律	乾隆三十一至三十三年（40～42）
86〈樟樹鎮爲王文成誓師地〉	卷十三	五律	乾隆三十一至三十三年（40～42）
87～88〈袁州城外石橋最雄麗相傳爲嚴世藩所作〉（2首）	卷十三	七律	乾隆三十一至三十三年（40～42）
89〈浮湘〉	卷十三	七律	乾隆三十一至三十三年（40～42）
90〈耒陽杜工部祠〉	卷十三	七律	乾隆三十一至三十三年（40～42）
91〈永州道中〉	卷十三	七律	乾隆三十一至三十三年（40～42）
92〈風洞山爲瞿式耜、張同敞殉節地〉	卷十三	七律	乾隆三十一至三十三年（40～42）
93〈歸德峽讀王文成平田州摩崖頌〉	卷十三	七律	乾隆三十一至三十三年（40～42）
94〈田州〉	卷十三	七律	乾隆三十一至三十三年（40～42）
95〈崑崙關詠古〉	卷十三	七律	乾隆三十一至三十三年（40～42）
96〈題楊畏知祠〉	卷十四	七律	乾隆三十三年（42）
97〈下關〉	卷十四	五古	乾隆三十三年（42）
98〈永昌吊徐武功、楊升庵〉	卷十四	七律	乾隆三十三年（42）
99～100〈橫州大灘謁伏波將軍〉（2首）	卷十六	五律	乾隆三十四至三十五年（43～44）
101〈梧州道中〉	卷十六	五古	乾隆三十四至三十五年（43～44）
102～103〈宿南寧敷文書院王文成平田州時駐師講學處也瞻拜遺像敬志二律〉	卷十六	七律	乾隆三十四至三十五年（43～44）
104〈元祐黨碑在桂林者今尚存沈魯堂太守搨一本見示援筆作歌〉	卷十六	七古	乾隆三十四至三十五年（43～44）
105〈登鎮海樓〉	卷十六	七律	乾隆三十四至三十五年（43～44）
106〈尉陀朝漢臺故址〉	卷十六	七律	乾隆三十四至三十五年（43～44）
107〈崖山〉	卷十七	七律	乾隆三十五至三十六年（44～45）
108〈慈元殿〉	卷十七	七律	乾隆三十五至三十六年（44～45）
109〈永福陵〉	卷十七	七律	乾隆三十五至三十六年（44～45）
110〈大忠祠〉	卷十七	七律	乾隆三十五至三十六年（44～45）
111〈劉王郊基〉	卷十七	七律	乾隆三十五至三十六年（44～45）
112～114〈三君祠〉（任囂、尉佗、陸賈）（3首）	卷十七	七律	乾隆三十五至三十六年（44～45）

115～116〈伶仃洋弔古〉（2首）	卷十七	七律	乾隆三十五至三十六年（44～45）
117〈柳州〉	卷十八	七古	乾隆三十六至三十七年（45～46）
118〈古州諸葛營〉	卷十八	七古	乾隆三十六至三十七年（45～46）
119〈七星橋題武侯祠相傳昔南征過兵處〉	卷十八	七律	乾隆三十六至三十七年（45～46）
120〈南籠〉	卷十九	七律	乾隆三十七年（46）
121〈馬場〉	卷十九	七律	乾隆三十七年（46）
122～123〈詠史〉（2首）	卷十九	七律	乾隆三十七年（46）
124〈關索插槍巖歌〉	卷十九	七古	乾隆三十七年（46）
125〈白雲山羅永菴相傳爲明惠帝遯跡之所〉	卷十九	七古	乾隆三十七年（46）
126〈張三丰禮斗亭〉	卷二十	七律	乾隆三十七至三十八年（46～47）
127～128〈古來詠明妃楊妃者多失其平戲作二絕〉（2首）	卷二十	七絕	乾隆三十七至三十八年（46～47）
129〈甘將軍廟神鴉歌〉	卷二十	七古	乾隆三十七至三十八年（46～47）
130〈赤壁〉	卷二十	七律	乾隆三十七至三十八年（46～47）
131〈鸚鵡洲弔禰正平〉	卷二十	七律	乾隆三十七至三十八年（46～47）
132〈棕三舍人歌〉	卷二十	雜言	乾隆三十七至三十八年（46～47）
133〈黃石磯〉	卷二十	雜言	乾隆三十七至三十八年（46～47）
134〈皖口謁余忠宣公墓〉	卷二十	七律	乾隆三十七至三十八年（46～47）
135〈蟂磯靈澤夫人廟〉	卷二十	七古	乾隆三十七至三十八年（46～47）
136〈牛渚磯〉	卷二十	七古	乾隆三十七至三十八年（46～47）
137～139〈金陵〉（3首）	卷二十	七絕	乾隆三十七至三十八年（46～47）
140～141〈金川門懷古〉（2首）	卷二十	七律	乾隆三十七至三十八年（46～47）
142～143〈天平山謁范文正公祠〉（2首）	卷二一	七律	乾隆三十八至三十九年（47～48）
144〈韓蘄王墓〉	卷二一	七律	乾隆三十八至三十九年（47～48）
145〈館娃宮〉	卷二一	七律	乾隆三十八至三十九年（47～48）
146～150〈偶得九首〉之三、六、七、八、九（5首）	卷二一	五古	乾隆三十八至三十九年（47～48）
151〈采石太白樓和韻〉	卷二二	七律	乾隆四十年（49）

152～156〈雜題〉九首之三、四、五、六、九（5首）	卷二三	五古	乾隆四十一至四十二年（50～51）
157～158〈書所見〉（2首）	卷二五	五古	乾隆四十四年（53）
159～160〈閱史戲作〉（2首）	卷二五	七絕	乾隆四十四年（53）
161〈讀陸放翁詩題後〉	卷二六	七古	乾隆四十五年（54）
162〈漂母祠和韻〉	卷二六	五律	乾隆四十五年（54）
163〈論詩〉	卷二六	雜言	乾隆四十五年（54）
164〈高郵弔毛惜惜〉	卷二七	七律	乾隆四十六至四十七年（55～56）
165〈詠史〉	卷二七	五律	乾隆四十六至四十七年（55～56）
166〈讀史〉	卷二八	七絕	乾隆四十八至四十九年（57～58）
167〈仙掌路〉	卷二八	七律	乾隆四十八至四十九年（57～58）
168〈大儀鎮〉	卷二八	七律	乾隆四十八至四十九年（57～58）
169〈龜山〉	卷二八	七律	乾隆四十八至四十九年（57～58）
170〈訪眞州館故址〉	卷二八	七古	乾隆四十八至四十九年（57～58）
171～172〈題吳梅村集〉（2首）	卷二八	七律	乾隆四十八至四十九年（57～58）
173～174〈蕃釐觀懷古〉（2首）	卷二八	七律	乾隆四十八至四十九年（57～58）
175〈史閣部祠〉	卷二八	七律	乾隆四十八至四十九年（57～58）
176〈土橋〉	卷二八	七律	乾隆四十八至四十九年（57～58）
177～178〈論詩〉四首之二、三（2首）	卷二八	七絕	乾隆四十八至四十九年（57～58）
179〈金山詠韓忠武事〉	卷三十	七律	乾隆五十一（60）
180～185〈詠史〉（6首）	卷三十	五古	乾隆五十一（60）
186〈漁梁驛韓蘄王擒劉正彥處也〉	卷三一	五律	乾隆五十二至五十三年（61～62）
187〈建陽市謝疊山賣卜處〉	卷三一	五律	乾隆五十二至五十三年（61～62）
188〈延津〉	卷三一	五古	乾隆五十二至五十三年（61～62）
189〈王審知墓〉	卷三一	七律	乾隆五十二至五十三年（61～62）
190〈萬安橋畔有夏將軍廟即傳奇所稱入海投文之醉隸夏得海也事見明史蔡錫傳中戲書其事於壁〉	卷三一	七古	乾隆五十二至五十三年（61～62）
191〈漳州木棉菴懷古〉	卷三一	七古	乾隆五十二至五十三年（61～62）

192～193〈廈門水師提督署昔靖海候施襄壯公（琅）駐師地也公平金廈兩島及臺灣後鎮此凡十餘年署後有涵園公所手闢余來登覽慨然想見其爲人因賦二詩〉（2首）	卷三一	七律	乾隆五十二至五十三年（61～62）
194～197〈詠古〉（4首）	卷三一	七絕	乾隆五十二至五十三年（61～62）
198～202〈茝洲以陝中遊草見示和其五首〉（鴻門、灞橋、定軍山、乾陵、馬嵬坡）（5首）	卷三一	七律	乾隆五十二至五十三年（61～62）
203～206〈又和荊州詠古四首〉（4首）	卷三一	七律	乾隆五十二至五十三年（61～62）
207～212〈閒詠史事六首〉（6首）	卷三一	七絕	乾隆五十二至五十三年（61～62）
213～220〈偶閱查初白集中有汴梁雜詩八首但稱梁宋遺墟殊未詳考按汴州自朱梁以宣武軍得天下始建爲東都然溫僭位猶在洛也末帝方即汴爲京後唐仍遷於洛石晉至汴以其地便漕運乃定都焉漢周宋因之劉豫受封亦嘗遷於此金海陵謀南伐宣宗避北侵又皆來都此汴京沿革故事也爰補其缺而以明之周藩附焉〉（8首）	卷三一	七律	乾隆五十二至五十三年（61～62）
221〈李忠定公墓在福州懷安桐口大安山〉	卷三二	雜言	乾隆五十三年（62）
222〈過青田訪劉誠意故居土人云在南田山頂去地千百丈其上平疇千頃村落相望皆公子孫也質之縣令趙君亦云惜匆匆不及往遊賦此以志〉	卷三二	五古	乾隆五十三年（62）
223〈嚴灘〉	卷三二	五古	乾隆五十三年（62）
224〈宗陽宮〉	卷三二	七律	乾隆五十三年（62）
225～230〈齋居無事偶有所得輒韻之共十七首〉之八、九、十、十一、十二、十三（6首）	卷三二	五古	乾隆五十三年（62）

231〈題褒忠錄〉	卷三三	雜言	乾隆五十四至五十五年（63～64）
232〈題元遺山集〉	卷三三	七律	乾隆五十四至五十五年（63～64）
233〈滁陽王廟〉	卷三四	五古	乾隆五十六年（65）
234〈大柳驛相傳爲趙韓王授徒處〉	卷三四	七古	乾隆五十六年（65）
235～236〈淝水〉（2首）	卷三四	七律	乾隆五十六年（65）
237〈昭明讀書臺〉	卷三四	五古	乾隆五十六年（65）
238〈白鹿洞書院〉	卷三四	五古	乾隆五十六年（65）
239〈王文成公紀功碑〉	卷三四	五古	乾隆五十六年（65）
240〈岳母墓〉	卷三四	五律	乾隆五十六年（65）
241〈庾樓〉	卷三四	五律	乾隆五十六年（65）
242〈橋公墓〉	卷三四	七律	乾隆五十六年（65）
243〈舒城有感於周公瑾道南推宅事〉	卷三四	五律	乾隆五十六年（65）
244～247〈岳祠銅爵四首〉（4首）	卷三五	七律	乾隆五十七年（66）
248〈金陵過前明故宮城〉	卷三五	七律	乾隆五十七年（66）
249〈雞鳴山蔣侯廟後殿塑仙妹蓋即其眷屬也不知何年訛爲織女遂有織造使者葺而新之並蔣侯像亦加飾焉天神人鬼混爲一家可發一笑戲爲詩正之〉	卷三五	五古	乾隆五十七年（66）
250〈金川門〉	卷三五	七古	乾隆五十七年（66）
251〈感事〉	卷三六	七律	乾隆五十八年（67）
252〈焦山江上爲張世傑與元阿珠董文炳血戰處事見宋元二史從未有詠之者舟行過此補弔以詩〉	卷三七	七古	乾隆五十九至六十年（68～69）
253〈偶題〉	卷三七	七絕	乾隆五十九至六十年（68～69）
254〈讀宰輔編年錄〉	卷三八	七律	嘉慶元年（70）
255〈秦良玉錦袍歌〉	卷三八	七古	嘉慶元年（70）
256〈石刻諸葛忠武侯像歌〉	卷三八	七古	嘉慶元年（70）
257〈讀香山詩〉	卷三八	五古	嘉慶元年（70）

258〈讀方干詩〉	卷三八	五古	嘉慶元年（70）
259〈讀東坡詩〉	卷三八	五古	嘉慶元年（70）
260～262〈閱明史有感於流賊事〉（3首）	卷三九	七律	嘉慶二年（71）
263〈讀杜詩〉	卷三九	五律	嘉慶二年（71）
264〈讀史〉	卷四十	五律	嘉慶三年（72）
265〈丹陽道中〉	卷四十	五律	嘉慶三年（72）
266〈戲題白香山集〉	卷四一	七絕	嘉慶四至五年（73～74）
267〈再題廿二史箚記〉	卷四一	七律	嘉慶四至五年（73～74）
268〈讀白香山陸放翁二集戲作〉	卷四一	七古	嘉慶四至五年（73～74）
269～271〈書劍南集海棠詩後〉（2首）	卷四二	七絕	嘉慶五至六年（74～75）
272〈書放翁詩後〉	卷四二	五古	嘉慶五至六年（74～75）
273～276〈讀史〉（4首）	卷四二	七律	嘉慶五至六年（74～75）
277〈批閱唐宋詩感賦〉	卷四二	七律	嘉慶五至六年（74～75）
278〈讀史〉	卷四三	七律	嘉慶六年（75）
279〈讀史〉	卷四四	五古	嘉慶七年（76）
280〈沙山弔閻典史故居〉	卷四四	七律	嘉慶七年（76）
281〈題文信國致永豐尉吳名揚三扎〉	卷四四	雜言	嘉慶七年（76）
282〈高郵詠古〉	卷四五	七律	嘉慶八年（77）
283〈眞娘墓〉	卷四七	七律	嘉慶十年（79）
284〈秦望山〉	卷四八	七律	嘉慶十一年（80）
285〈題忠節金正希先生遺像爲其族孫素中太守作〉	卷四八	七古	嘉慶十一年（80）
286〈論詩〉	卷四八	七絕	嘉慶十一年（80）
287〈讀史〉	卷四八	七絕	嘉慶十一年（80）
288～290〈題鶴歸來戲本〉（3首）	卷四八	七律	嘉慶十一年（80）
291〈無聊〉	卷四九	七絕	嘉慶十二年（81）
292〈題葉保堂秀才補刻徐霞客遊記〉	卷四九	五古	嘉慶十二年（81）

293〈閱三國志蜀向朗仕諸葛丞相長史免官後優游無事垂三十年潛心典籍年踰八十猶手自校刊開門接賓誘納後進但講古義不干時事人皆重之余出處蹤跡頗似之所不及者官職聲名耳昔東坡慕香山謂生平似其爲人故詩中屢及之然晚途尙有不同者不如余之與巨達無一不相肖也爰作詩以誌景附之意〉	卷四九	五律	嘉慶十二年（81）
294～295〈葉保堂明經多購抄本異書內有馮夢龍甲申紀聞陳濟生再生紀略王世德崇禎遺錄程源孤臣紀哭等書皆明末說部中所記時事可與明史互相參訂者也楊舍寓齋無事借以遣日偶有感觸輒韻之〉（2首）	卷五十	七律	嘉慶十三年（82）
296〈東籬〉	卷五十	七絕	嘉慶十三年（82）
297〈六言〉	卷五十	六言	嘉慶十三年（82）
298〈和保堂甘露寺詠李德裕之作〉	卷五十	七律	嘉慶十三年（82）
299〈閱綏寇紀略感事〉	卷五一	七絕	嘉慶十四年（83）
301～302〈閱綏寇紀略書蜀亂遺事〉（2首）	卷五一	七律	嘉慶十四年（83）
303〈詠史〉	卷五二	七律	嘉慶十五年（84）
304〈題忠順三娘子圖〉	卷五二	七絕	嘉慶十五年（84）
305〈過前明故宮基〉	卷五二	七律	嘉慶十五年（84）
306〈大功坊〉	卷五二	七律	嘉慶十五年（84）
307〈閱明史有感於萬安罷相道上看三台星事〉	卷五三	七絕	嘉慶十六年（85）
308〈論詩〉	卷五三	七絕	嘉慶十六年（85）
309〈杜牧詩〉	卷五三	七絕	嘉慶十六年（85）
310〈牛塘橋懷古〉	卷五三	七律	嘉慶十六年（85）
311〈題黃道婆祠〉	卷五三	七律	嘉慶十六年（85）

附錄四　袁枚家族世系簡表

　　袁枚家族世系簡表（參考王英志著：《袁枚評傳》頁 648、649 及司仲敖著：《隨園及其性靈詩說之研究》頁 8、9）

　　袁茂英（六世祖）——袁槐眉（五世祖）——袁象春（曾祖）——袁錡（祖父）

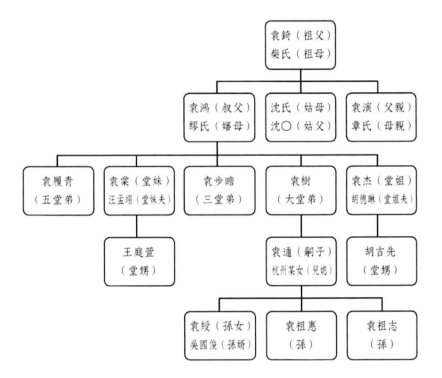

袁枚家族世系簡表（續）

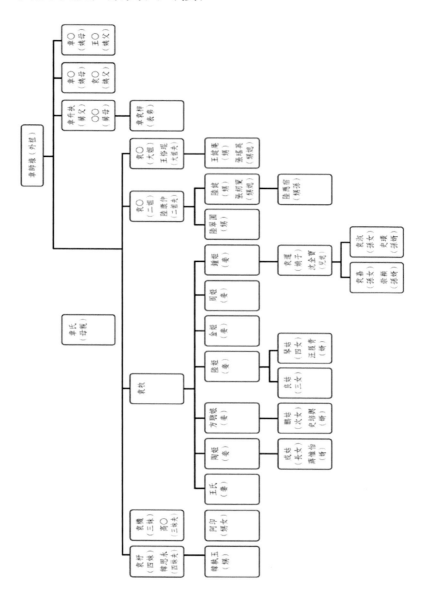

附錄五　蔣士銓家族世系簡表

蔣士銓家族世系簡表（參考王建生著：《蔣心餘研究》頁 25）

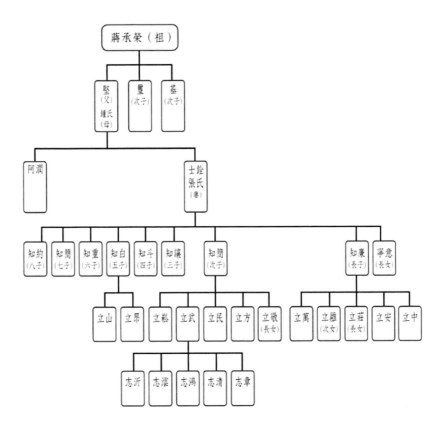

附錄六　趙翼家族世系簡表

（參考王建生著：《趙甌北研究》頁 243、244 及周明儀著：《趙甌北詩及其詩學研究》頁 6）

孟堙（始祖，體坤公）——敔（五傳，竹崖公）——州（十二傳，曾祖，禹九公）——福臻（祖，駢五公，又名斗煃）——惟寬（父，子容公）——翼（甌北）

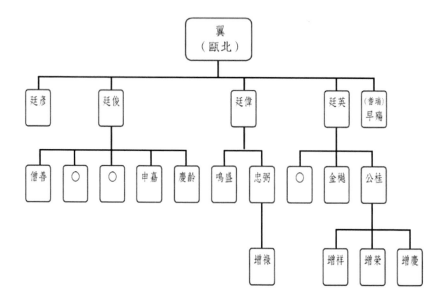

附錄七　〈乾隆三大家詠史詩所詠朝代統計〉

一、袁枚詠史詩所詠朝代統計

朝　　代	詠　史　詩　數	合　　計
上古至商	5首	
西周至戰國	19首	
秦	4首	
漢	60首	
三國	8首	
晉	14首	
南北朝	22首	
隋	3首	
唐	46首	
五代	15首	
宋	27首	
元	1首	
明	14首	
泛詠	32首	270首

二、蔣士銓詠史詩所詠朝代統計

朝　　代	詠　史　詩　數	合　　計
上古至商	3首	
西周至戰國	22首	
秦	7首	
漢	14首	
三國	4首	
晉	3首	
南北朝	6首	
隋	0首	

唐	34 首	
五代	6 首	
宋	19 首	
元	4 首	
明	31 首	
泛詠	32 首	185 首

三、趙翼詠史詩所詠朝代統計

朝　　代	詠 史 詩 數	合　　計
上古至商	2 首	
西周至戰國	6 首	
秦	9 首	
漢	28 首	
三國	18 首	
晉	10 首	
南北朝	9 首	
隋	2 首	
唐	25 首	
五代	10 首	
宋	60 首	
遼	3 首	
金	3 首	
元	6 首	
明	56 首	
清	1 首	
泛詠	63 首	311 首

附錄八　袁枚詠史詩中的歷史人物

朝　代	詩　題	歌　詠　人　物
上古至商	〈盤古冢〉	盤古（上古）
	〈書倉頡廟〉	倉頡（上古）
	〈二妃廟〉	娥皇、女英（上古）
	〈禹陵二十四韻〉	大禹（夏）
	〈到桐柏宮觀伯夷、叔齊石像〉	伯夷、叔齊（商）
西周至戰國	〈西施廟〉（2 首）	西施（春秋）
	〈橫塘懷古〉	西施、伍子胥、吳王、越王（春秋）
	〈大梁吊信陵君〉	魏無忌（戰國）
	〈易水懷古〉	荊軻（戰國）
	〈荊卿里〉	荊軻（戰國）
	〈黃金臺〉	燕昭王（戰國）
	〈西施〉（2 首）	西施（春秋）
	〈扁鵲墓〉	秦越人（春秋）
	〈雜詩三首〉之一（仙人）	王子喬（周）
	〈伍員墓〉	伍子胥（春秋）
	〈息夫人廟〉	息夫人（春秋）
	〈讀《論語》有感〉（2 首）	孔子、公西華、曾點（春秋）
	〈魏齊〉	魏齊（戰國）
	〈讀《孔子世家》〉	孔子（春秋）
	〈管仲墓〉	管仲（春秋）
	〈柳下惠墓〉	柳下惠（春秋）
秦	〈博浪城〉	秦始皇（秦）
	〈漂母祠〉	漂母（秦）
	〈秦始皇陵〉	秦始皇（秦）
	〈過虞溝題虞姬廟〉	虞姬（秦）
漢	〈釣臺〉	嚴光（漢）
	〈書子陵祠堂〉	嚴光（漢）
	〈長沙謁賈誼祠〉	賈誼（漢）

〈赤壁〉	赤壁之戰（漢）
〈文君〉	卓文君（漢）
〈明妃曲〉	王昭君（漢）
〈兒寬〉	兒寬（漢）
〈詠史〉六首之一（武帝）	漢武帝（漢）
〈詠史〉六首之二（儒者）	桓譚（漢）
〈詠史〉六首之三（公孫）	公孫述（漢）
〈詠史〉六首之四（子房）	張良（漢）
〈詠史〉六首之五（東漢）	黨錮之禍（漢）
〈董賢玉印歌〉	董賢（漢）
〈題嚴子陵像〉	嚴光（漢）
〈嚴助〉	嚴助（漢）
〈婕妤怨〉	班婕妤（漢）
〈雜詩八首〉之一（咸陽）	劉邦、商山四皓（漢）
〈雜詩八首〉之二（韓信）	韓信（漢）
〈雜詩八首〉之六（漢代）	朱邑（漢）
〈偶成〉四首之四（昭君）	王昭君（漢）
〈歌風臺〉（2首）	劉邦（漢）
〈光武原陵〉	劉秀（漢）
〈昭君〉	王昭君（漢）
〈楊震墓〉	楊震（漢）
〈鉤弋夫人通靈臺〉	鉤弋夫人（漢）
〈讀《寒朗傳》〉	寒朗（漢）
〈謁蔣廟〉	蔣子文（漢）
〈讀史雜詩〉之二（漢家）	韓嫣（漢）
〈讀史雜詩〉之四（白水）	劉秀（漢）
〈讀史雜詩〉之九（弦絕）	黨錮之禍（漢）
〈周昌〉	周昌（漢）
〈朱買臣〉	朱買臣（漢）
〈張禹〉	張禹（漢）
〈叔孫通〉	叔孫通（漢）

	〈朱栩〉	朱栩（漢）
	〈和尌亭舍人《司馬相如》詩〉	司馬相如（漢）
	〈昭君〉	王昭君（漢）
	〈讀《淮陰侯傳》〉	韓信（漢）
	〈赤城有田橫廟〉	田橫（漢）
	〈五百人墓〉	田橫（漢）
	〈重登釣臺〉	嚴光（漢）
	〈再題子陵廟〉（3首）	嚴光（漢）
	〈徐稚子墓〉	徐稚（漢）
	〈再題賈太傅祠〉（5首）	賈誼（漢）
	〈禰衡墓〉	禰衡（漢）
	〈遣懷雜詩〉二十五首之八（竇融）	竇融（漢）
	〈曹娥廟〉	曹娥（漢）
	〈讀史有感〉之一（禍福）	竇嬰、田蚡（漢）
	〈讀史有感〉之二（長門）	陳皇后（漢）
	〈讀史有感〉之三（跅跎）	王粲（漢）
	〈昭君〉	王昭君（漢）
	〈蒯徹墓〉	蒯徹（漢）
	〈賈生〉	賈誼（漢）
三國	〈吳桓王廟〉	孫策（三國）
	〈銅雀臺〉（2首）	曹操（三國）
	〈二喬〉	大喬、小喬（三國）
	〈孫夫人〉	孫夫人（三國）
	〈譙周〉	譙周（三國）
	〈周瑜墓〉（2首）	周瑜（三國）
晉	〈嵇侍中祠〉	嵇紹（晉）
	〈謝太傅祠〉	謝安（晉）
	〈峴山〉	羊祜（晉）
	〈銅駝街〉	永嘉之亂（晉）
	〈郗詵〉	郗詵（晉）
	〈蘭亭〉	王羲之（晉）

	〈王右軍祠〉	王羲之（晉）
	〈周孝侯斬蛟臺〉	周處（晉）
	〈孝侯射虎處〉	周處（晉）
	〈過彭澤縣愛其風景清絕，有懷靖節先生〉	陶淵明（晉）
	〈過柴桑亂峰中躡梯而下，觀陶公醉石〉	陶淵明（晉）
	〈謁靖節先生祠〉	陶淵明（晉）
	〈詩會分詠美人，霞裳拈得綠珠連作五首不惬余意，乃請老人擬賦兩章；恐有鮑老登場之誚，奈何〉（2首）	綠珠（晉）
南北朝	〈過鄴下吊高神武〉	高歡（南北朝）
	〈北魏帝移宮處〉	孝靜帝元善見（南北朝）
	〈潘妃〉	潘妃（南北朝）
	〈張麗華〉（2首）	張麗華（南北朝）
	〈臺城懷古二十四韻〉	梁武帝（南北朝）
	〈乙弗后寂陵〉	乙弗氏（南北朝）
	〈過新平吊苻堅〉	苻堅（南北朝）
	〈王猛墓〉	王猛（南北朝）
	〈戲馬臺吊宋武帝〉	劉裕（南北朝）
	〈梁武帝疑陵〉	陳武帝（南北朝）
	〈景陽井〉	陳叔寶（南北朝）
	〈陶通明〉	陶弘景（南北朝）
	〈王儉〉	王儉（南北朝）
	〈陶弘景〉	陶弘景（南北朝）
	〈沈約〉	沈約（南北朝）
	〈謝景仁〉	謝景仁（南北朝）
	〈王僧孺〉	王僧孺（南北朝）
	〈過謝客岩有懷康樂公〉	謝靈運（南北朝）
	〈瞻康樂公像〉	謝靈運（南北朝）
	〈過文選樓吊昭明太子〉	蕭統（南北朝）
	〈讀《北魏書》有感〉	夏侯夬、裴伯茂（南北朝）

隋	〈吳絳仙〉	吳絳仙（隋）
	〈詠史〉六首之六（地道）	高熲（隋）
	〈戲題《高熲傳》〉	高熲（隋）
唐	〈羅昭諫墓〉	羅隱（唐）
	〈題柳毅祠〉	柳毅（唐）
	〈題張睢陽廟壁〉	張巡、南霽雲（唐）
	〈牛口谷〉	竇建德（唐）
	〈白馬驛〉	白馬驛之禍（唐）
	〈景泰陵〉	唐憲宗、唐玄宗（唐）
	〈玉環〉（2首）	楊貴妃（唐）
	〈王才人〉（2首）	王才人（唐）
	〈上官婉兒〉	上官婉兒（唐）
	〈韓偓〉	韓偓（唐）
	〈韋綬〉	韋綬（唐）
	〈唐昭宗和陵〉	唐昭宗（唐）
	〈馬嵬〉（4首）	唐玄宗（唐）
	〈武后乾陵〉（2首）	武則天（唐）
	〈昭陵〉	唐太宗（唐）
	〈汾陽王故里〉	郭子儀（唐）
	〈杜牧墓〉	杜牧（唐）
	〈再題馬嵬驛〉（4首）	楊貴妃（唐）
	〈靈武〉	唐玄宗（唐）
	〈讀史雜詩〉之五（金枷）	柳宗元（唐）
	〈讀史雜詩〉之七（家家）	錢徽（唐）
	〈讀史雜詩〉之八（赤棒）	劉從諫、王涯（唐）
	〈讀史雜詩〉之十（樂府）	唐玄宗（唐）
	〈一行禪師塔〉	僧一行（唐）
	〈謁張曲江祠〉	張九齡（唐）
	〈讀白太傅集三首〉（3首）	白居易（唐）
	〈柳子厚祠〉	柳宗元（唐）
	〈李鄴侯故居〉	李泌（唐）

	〈《洗馬圖》〉	唐玄宗（唐）
	〈讀昌黎集戲作〉	韓愈（唐）
	〈太白樓〉	李白（唐）
	〈讀《唐書》〉	唐玄宗（唐）
	〈甘露〉（2 首）	甘露之變（唐）
	〈驪山〉	唐玄宗（唐）
五代	〈錢塘江懷古〉	錢鏐（五代）
	〈臨安懷古〉	錢鏐（五代）
	〈小周后〉（2 首）	小周后（五代）
	〈周世宗慶陵〉	周世宗（五代）
	〈題李後主百尺樓〉（8 首）	李後主（五代）
	〈錢忠懿王墓〉	錢俶（五代）
	〈題武肅王像求觀鐵券不得〉	錢鏐（五代）
宋	〈澶淵〉	澶淵之盟（宋）
	〈宋徽宗玉璽歌〉	宋徽宗（宋）
	〈王珪〉	王珪（宋）
	〈宋祁〉	宋祁（宋）
	〈汴梁懷古〉	宋徽宗（宋）
	〈讀《王荊公傳》〉	王安石（宋）
	〈范希文〉	范仲淹（宋）
	〈岳武穆墓〉	岳飛（宋）
	〈謁岳王墓作十五絕句〉（15 首）	岳飛（宋）
	〈施將軍廟〉	施全（宋）
	〈湖上雜詩〉二十一首之十三	宋高宗（宋）
	〈白鹿書院〉	白鹿洞書院（宋）
	〈遣懷雜詩〉二十五首之二十（侂胄）	韓侂胄（宋）
元	〈謁余忠宣公墓登大觀亭〉	余闕（元）
明	〈雜詩八首〉之八（我愛）	許獬（明）
	〈孝陵十八韻〉	明太祖（明）
	〈徐中山王墓〉	徐達（明）
	〈五人墓〉	顏佩韋、馬杰、楊念如、沈揚、周文元（明）

	〈題柳如是畫像〉	柳如是（明）
	〈金川門〉	靖難之役（明）
	〈題史閣部遺像〉（4 首）	史可法（明）
	〈到廬山開先寺，讀王文成公《紀功碑》二十四韻〉	王守仁（明）
	〈謁陳白沙先生祠，觀宣德皇帝聘玉〉	陳獻章（明）
	〈洪武大石碑歌〉	明太祖（明）
	〈紀周將軍墓上事〉	周遇吉（明）
泛詠	〈邯鄲驛〉	詠邯鄲
	〈秦中雜感〉（8 首）	詠秦中
	〈抵金陵〉（2 首）	詠金陵（南京）
	〈車中雜憶古人，作五、六、七言詩〉（17 首）	雜詠古人
	〈讀史雜詩〉之一（莫笑）	讀史雜詠
	〈讀史雜詩〉之三（堂堂）	讀史雜詠
	〈讀史雜詩〉之六（韋裴）	讀史雜詠
	〈成敗〉	讀史有感

附錄九　蔣士銓詠史詩中的歷史人物

朝　代	詩　題	歌　詠　人　物
上古至商	〈禹陵〉（2 首）	大禹（夏）
	〈禹廟〉	大禹（夏）
西周至戰國	〈響屧廊〉（2 首）	西施（春秋）
	〈讀史〉其四（茂苑）	要離（春秋）
	〈讀史〉其一（產蛙）	豫讓（春秋）
	〈謁仲廟〉	仲由（春秋）
	〈范大夫祠〉（2 首）	范蠡（春秋）
	〈登靈巖山〉	伍子胥、夫差（春秋）
	〈讀史〉其二（風色）	荊軻（戰國）
	〈讀史〉其三（死骨）	樂毅（戰國）
	〈詠史〉其二（邯鄲）	魏公子、魯仲連（戰國）
	〈詠老將〉（2 首）	廉頗（戰國）
	〈樂毅故里〉	樂毅（戰國）
	〈荊軻里〉	荊軻（戰國）
	〈郭隗里〉	郭隗（戰國）
	〈李左車〉	李左車（戰國）
	〈荀卿〉	荀子（戰國）
	〈平原君〉	趙勝（戰國）
	〈春申君〉	黃歇（戰國）
	〈魯連臺〉	魯仲連（戰國）
	〈讀莊子〉	莊子（戰國）
秦	〈烏江項王廟〉（2 首）	項羽（秦）
	〈漂母祠〉	漂母（秦）
	〈讀始皇本紀〉（4 首）	秦始皇（秦）
漢	〈詠史〉其一（威鳳）	嚴光、商山四皓（漢）
	〈番君廟〉	吳芮（漢）
	〈過嚴子陵釣臺〉（2 首）	嚴光（漢）
	〈再過四女祠〉（3 首）	漢四女（漢）

	〈清風店吊紀信〉	紀信（漢）
	〈定州詠中山靖王〉	劉勝（漢）
	〈馮唐墓〉	馮唐（漢）
	〈四女祠〉	漢四女（漢）
	〈韓侯釣臺〉	韓信（漢）
	〈蔡中郎〉	蔡邕（漢）
	〈嚴先生祠〉	嚴光（漢）
三國	〈樓桑村〉	劉備（三國）
	〈張桓侯井里〉	張飛（三國）
	〈趙順平故里〉	趙雲（三國）
	〈賢王祠〉	關羽（三國）
晉	〈讀史〉其六（半壁）	王導（晉）
	〈讀史〉其八（不堪）	晉懷帝司馬熾（晉）
	〈讀史〉其九（功名）	陸機、陸雲（晉）
南北朝	〈讀史〉其五（蔓草）	庾信（南北朝）
	〈讀史〉其七（銅人）	沈炯（南北朝）
	〈壽萱堂小集分賦金陵古迹得周顒草堂〉（2 首）	周顒（南北朝）
	〈邀笛步〉	桓伊（南北朝）
	〈胭脂井〉	陳叔寶、張麗華（南北朝）
唐	〈讀史〉其十（驪山）	唐玄宗、楊貴妃（唐）
	〈張睢陽廟〉（2 首）	張巡（唐）
	〈濟寧不得登太白酒樓〉（2 首）	李白（唐）
	〈南池杜少陵祠堂〉（2 首）	杜甫（唐）
	〈楊太眞雙魚鏡〉（8 首）	楊貴妃（唐）
	〈謁張睢陽廟〉（3 首）	張巡（唐）
	〈讀昌黎集〉（3 首）	韓愈（唐）
	〈郭村張燕公讀書處〉（3 首）	張說（唐）
	〈魏鄭公祠〉	魏徵（唐）
	〈孔穎達墓下作〉	孔穎達（唐）
	〈露筋祠〉（2 首）	露筋女（唐）
	〈讀昌黎詩〉	韓愈（唐）
	〈采石磯登太白樓〉（4 首）	李白（唐）
	〈讀杜詩〉	杜甫（唐）

五代	〈表忠觀〉（3首）	錢鏐（五代）
	〈錢武肅王鐵券歌〉	錢鏐（五代）
	〈題表忠觀碑後〉	錢鏐（五代）
	〈錢忠懿王金塗塔歌〉	錢俶（五代）
宋	〈止水亭弔江文忠公萬里〉	江萬里（宋）
	〈謝文節祠〉（4首）	謝枋得（宋）
	〈讀荊公集〉（2首）	王安石（宋）
	〈題荊公集後〉（3首）	王安石（宋）
	〈岳鄂王墓〉（2首）	岳飛（宋）
	〈黃天蕩〉	韓世忠、梁紅玉（宋）
	〈沈氏園弔放翁〉	陸游（宋）
	〈題文信國遺像〉	文天祥（宋）
	〈拜胡安定祠像〉	胡瑗（宋）
	〈天平山謁范墳〉	范仲淹（宋）
	〈義莊謁范文正祠〉	范仲淹（宋）
	〈文信國琴〉	文天祥（宋）
元	〈余忠宣公墓〉	余闕（元）
	〈皖口謁余忠宣公祠〉（2首）	余闕（元）
	〈余忠宣祠〉	余闕（元）
明	〈康山忠臣廟〉（2首）	丁普郎（明）
	〈五人墓〉	顏佩韋、馬杰、沈揚、楊念如、周文元（明）
	〈梅花嶺弔史閣部〉	史可法（明）
	〈康山營〉	丁普郎（明）
	〈董恆巖太守芝龕記題詞〉（9首）	秦良玉（明）
	〈題婁妃墓圖〉（4首）	婁妃（明）
	〈得史閣部遺像並家書真迹〉（3首）	史可法（明）
	〈樵舍〉	王守仁（明）
	〈謁于忠肅公祠墓〉	于謙（明）
	〈飛來山登應天塔遂謁朱文懿公祠〉	朱賡（明）
	〈弔祁忠敏公〉	祁彪佳（明）
	〈題史道鄰閣部遺像〉	史可法（明）

	〈恭和御題史忠正可法遺像詩韻〉	史可法（明）
	〈梅花嶺謁史忠正祠墓〉	史可法（明）
	〈趙忠毅公鐵如意歌〉	趙南星（明）
	〈張瘦銅舍人屬題倪文正遺像〉	倪元璐（明）
	〈婁妃墓〉	婁妃（明）
泛詠	〈金陵雜詠〉（8首）	詠金陵
	〈讀南史〉	詠南朝
	〈讀史〉	讀史有感
	〈督亢陂雜詠〉（3首）	詠都亢
	〈讀宋儒奏疏〉（3首）	表達史觀
	〈讀史〉（3首）	讀史有感
	〈讀宋人論新法箚子〉	讀史有感
	〈讀晉書〉（4首）	讀史有感
	〈讀後漢逸民傳〉	讀史有感
	〈吼山〉	吼山雜詠
	〈書宋史宰相傳後〉（4首）	讀史有感
	〈赤堇山〉	吳越故實（允常、薛燭、句踐、伍員、文種）
	〈長毋相忘漢瓦歌〉	詠漢宮

附錄十　趙翼詠史詩中的歷史人物

朝　代	詩　　題	歌 詠 人 物
上古至商	〈戲題姮娥奔月圖〉（2 首）	姮娥、后羿（上古）
西周至戰國	〈齋居無事偶有所得輒韻之共十七首〉之八	周公、老子（周）
	〈齋居無事偶有所得輒韻之共十七首〉之九	孔子（春秋）
	〈古詩二十首〉之七 （范蠡）	范蠡（春秋）
	〈館娃宮〉	西施（春秋）
	〈浮湘〉	屈原（戰國）
	〈詠古〉四首之三（英聲）	聶政（戰國）
秦	〈下相懷古〉	項羽（秦）
	〈漂母祠〉	漂母（秦）
	〈尉陀朝漢臺故址〉	尉陀（秦）
	〈三君祠〉之任囂	任囂（秦）
	〈三君祠〉之尉佗	尉佗（秦）
	〈偶得九首〉之三（徐福）	徐福（秦）
	〈漂母祠和韻〉	漂母（秦）
	〈莪洲以陝中遊草見示和其五首〉之〈鴻門〉	項羽（秦）
	〈齋居無事偶有所得輒韻之共十七首〉之十	焚書坑儒（秦）
漢	〈古詩二十首〉之十（長統）	仲長統（漢）
	〈古詩二十首〉之十三（嚴光）	嚴光（漢）
	〈淮陰釣臺〉（2 首）	韓信（漢）
	〈張子房祠〉	張良（漢）
	〈題吟藕所譜蔡文姬歸漢傳奇〉（8 首）	蔡琰（漢）
	〈歌風臺懷古〉（2 首）	劉邦（漢）
	〈釣臺〉	嚴光（漢）
	〈橫州大灘謁伏波將軍〉（2 首）	馬援（漢）
	〈三君祠〉之陸賈	陸賈（漢）
	〈古來詠明妃楊妃者多失其平戲作二絕〉之一	王昭君（漢）

	〈赤壁〉	赤壁之戰（漢）
	〈鸚鵡洲弔禰正平〉	禰衡（漢）
	〈詠史〉六首之一（漢武）	漢武帝（漢）
	〈詠古〉四首之二（滌器）	司馬相如（漢）
	〈閒詠史事六首〉之五	蕭何（漢）
	〈嚴灘〉	嚴光（漢）
	〈橋公墓〉	橋玄（漢）
	〈雞鳴山蔣侯廟後殿塑仙姝蓋即其眷屬也不知何年訛爲織女遂有織造使者葺而新之並蔣侯像亦加飾焉天神人鬼混爲一家可發一笑戲爲詩正之〉	蔣子文（漢）
三國	〈古詩二十首〉之九（武侯）	諸葛亮（三國）
	〈古詩二十首〉之十一（六朝）	關羽（三國）
	〈樓桑邨〉	劉備（三國）
	〈和友人洛陽懷古四首〉之〈芳林園〉	魏明帝（三國）
	〈和友人洛陽懷古四首〉之〈金墉城〉	陳留王曹奐（三國）
	〈友人以鄴城懷古詩見示但侈陳魏瓦齊磚而於歷代割據建都之跡殊多掛漏爲補成八首〉之一	曹操（三國）
	〈古州諸葛營〉	諸葛亮（三國）
	〈七星橋題武侯祠相傳昔南征過兵處〉	諸葛亮（三國）
	〈關索插槍巖歌〉	關索（三國）
	〈甘將軍廟神鴉歌〉	甘寧（三國）
	〈蟂磯靈澤夫人廟〉	孫夫人（三國）
	〈詠史〉六首之二（孔明）	諸葛亮（三國）
	〈莪洲以陝中遊草見示和其五首〉之〈定軍山〉	諸葛亮（三國）
	〈又和荊州詠古四首〉之一	關羽（三國）
	〈齋居無事偶有所得輒韻之共十七首〉之十一	王衷、嵇康（三國）
	〈舒城有感於周公瑾道南推宅事〉	周瑜（三國）
	〈石刻諸葛忠武侯像歌〉	諸葛亮（三國）

	〈閱三國志蜀向朗仕諸葛丞相長史免官後優游無事垂三十年潛心典籍年踰八十猶手自校刊開門接賓誘納後進但講古義不干時事人皆重之余出處蹤跡頗似之所不及者官職聲名耳昔東坡慕香山謂生平似其爲人故詩中屢及之然晚途尚有不同者不如余之與巨達無一不相肖也爰作詩以誌景附之意〉	向朗（三國）
晉	〈古詩二十首〉之八（衰世）	郭巨、鄧攸（晉）
	〈古詩二十首〉之十（長統）	潘岳（晉）
	〈和友人洛陽懷古四首〉之〈梓澤園〉	石崇（晉）
	〈和友人洛陽懷古四首〉之〈西陽門〉	石勒、劉曜（晉）
	〈友人以鄴城懷古詩見示但侈陳魏瓦齊磚而於歷代割據建都之跡殊多掛漏爲補成八首〉之二	石虎（晉）
	〈友人以鄴城懷古詩見示但侈陳魏瓦齊磚而於歷代割據建都之跡殊多掛漏爲補成八首〉之三	慕容儁、慕容垂（晉）
	〈詠古〉四首之一（繻遍）	杜蘭香（晉）
	〈梧州道中〉	綠珠(晉)、楊貴妃(唐)
	〈淝水〉（2首）	淝水之戰（晉）
南北朝	〈友人以鄴城懷古詩見示但侈陳魏瓦齊磚而於歷代割據建都之跡殊多掛漏爲補成八首〉之四	高歡（南北朝）
	〈友人以鄴城懷古詩見示但侈陳魏瓦齊磚而於歷代割據建都之跡殊多掛漏爲補成八首〉之五	孝靜帝元善見（南北朝）
	〈友人以鄴城懷古詩見示但侈陳魏瓦齊磚而於歷代割據建都之跡殊多掛漏爲補成八首〉之六	高洋（南北朝）
	〈友人以鄴城懷古詩見示但侈陳魏瓦齊磚而於歷代割據建都之跡殊多掛漏爲補成八首〉之七	北齊雜詠（南北朝）
	〈友人以鄴城懷古詩見示但侈陳魏瓦齊磚而於歷代割據建都之跡殊多掛漏爲補成八首〉之八	高緯、陸令萱（南北朝）
	〈又和荊州詠古四首〉之二	梁元帝（南北朝）
	〈又和荊州詠古四首〉之三	蕭詧（南北朝）
	〈閒詠史事六首〉之一	馮熙（南北朝）
	〈庾樓〉	庾信（南北朝）

隋	〈齋居無事偶有所得輒韻之共十七首〉之十二	李密、楊玄感（隋）
	〈丹陽道中〉	隋煬帝（隋）
唐	〈古詩二十首〉之十二（有唐）	裴行儉（唐）
	〈古詩二十首〉之十三（嚴光）	李泌（唐）
	〈古詩二十首〉之二十（世傳）	房琯（唐）
	〈題露筋祠〉	露筋女（唐）
	〈愍忠寺石壇相傳唐太宗征高麗回瘞戰骨處〉	唐太宗（唐）
	〈題唐明皇馬上擊毬圖〉	唐玄宗（唐）
	〈翰林院有土地祠相傳祀韓昌黎詩以解嘲〉	韓愈（唐）
	〈耒陽杜工部祠〉	杜甫（唐）
	〈永州道中〉	柳宗元（唐）
	〈柳州〉	柳宗元（唐）
	〈古來詠明妃楊妃者多失其平戲作二絕〉之二	楊貴妃（唐）
	〈偶得九首〉之六（杜陵）	杜甫、白居易（唐）
	〈采石太白樓和韻〉	李白（唐）
	〈王審知墓〉	王審知（唐）
	〈莪洲以陝中遊草見示和其五首〉之〈乾陵〉	武后（唐）
	〈莪洲以陝中遊草見示和其五首〉之〈馬嵬坡〉	楊貴妃（唐）
	〈閒詠史事六首〉之六	百丈懷海、司馬頭陀（唐）
	〈讀香山詩〉	白居易（唐）
	〈讀方干詩〉	方干（唐）
	〈讀杜詩〉	杜甫（唐）
	〈戲題白香山集〉	白居易（唐）
	〈讀白香山陸放翁二集戲作〉	白居易（唐）、陸游（宋）
	〈眞娘墓〉	眞娘（唐）
	〈和保堂甘露寺詠李德裕之作〉	李德裕（唐）
	〈杜牧詩〉	杜牧（唐）

五代	〈古詩二十首〉之十五（元勳）	郭崇韜（五代）
	〈揚州雜詠・朱瑾墓〉	朱瑾（五代）
	〈劉王郊基〉	劉龑（五代）
	〈西湖詠古〉六首之二	錢鏐（五代）
	〈又和荊州詠古四首〉之四	高從誨（五代）
	〈偶閱查初白集中有汴梁雜詩八首但稱梁宋遺墟殊未詳考按汴州自朱梁以宣武軍得天下始建爲東都然溫僭位猶在洛也末帝方即汴爲京後唐仍遷於洛石晉至汴以其地便漕運乃定都焉漢周宋因之劉豫受封亦嘗遷於此金海陵謀南伐宣宗避北侵又皆來都此汴京沿革故事也爰補其缺而以明之周藩附焉〉八首之一	朱溫（五代）
	〈偶閱查初白集中有汴梁雜詩八首但稱梁宋遺墟殊未詳考按汴州自朱梁以宣武軍得天下始建爲東都然溫僭位猶在洛也末帝方即汴爲京後唐仍遷於洛石晉至汴以其地便漕運乃定都焉漢周宋因之劉豫受封亦嘗遷於此金海陵謀南伐宣宗避北侵又皆來都此汴京沿革故事也爰補其缺而以明之周藩附焉〉八首之二	石敬瑭、杜重威（五代）
	〈偶閱查初白集中有汴梁雜詩八首但稱梁宋遺墟殊未詳考按汴州自朱梁以宣武軍得天下始建爲東都然溫僭位猶在洛也末帝方即汴爲京後唐仍遷於洛石晉至汴以其地便漕運乃定都焉漢周宋因之劉豫受封亦嘗遷於此金海陵謀南伐宣宗避北侵又皆來都此汴京沿革故事也爰補其缺而以明之周藩附焉〉八首之三	劉知遠（五代）
	〈偶閱查初白集中有汴梁雜詩八首但稱梁宋遺墟殊未詳考按汴州自朱梁以宣武軍得天下始建爲東都然溫僭位猶在洛也末帝方即汴爲京後唐仍遷於洛石晉至汴以其地便漕運乃定都焉漢周宋因之劉豫受封亦嘗遷於此金海陵謀南伐宣宗避北侵又皆來都此汴京沿革故事也爰補其缺而以明之周藩附焉〉八首之四	郭威、柴榮（五代）
	〈昭明讀書臺〉	李璟、李煜（五代）

宋	〈德州南有地名夾馬營查初白詩謂即宋祖所生地而以不能克復燕雲致鄉社拋落邊鄙曾漢高之統有燕代詩中有微詞焉按宋紀太祖生洛陽夾馬營張淏雲谷雜記及孫公談圃亦云而市釋文瑩玉壺清話並載夾馬營在西京太祖兒時埋一石馬於巷內登極後還鄉掘得之登臺發矢矢落處即營爲永昌陵而以石馬預志其地是夾馬營在洛陽此地特名偶同未可牽合又楊誠齋揮塵錄謂南京應天寺本後唐夾馬營大中祥符二年以太祖所生地建寺錫名云云其說稍岐然宋南京乃今歸德府亦非德州地也詩以正之〉	宋太祖（趙匡胤）（宋）
	〈古詩二十首〉之十五（元勳）	狄青（宋）
	〈古詩二十首〉之十六（歐九）	歐陽脩、滕宗諒（宋）
	〈古詩二十首〉之十七（伯時）	李公麟（宋）
	〈五牧鎮爲宋將尹玉戰死處〉	臨安之戰（宋）
	〈黃天蕩懷古〉（2 首）	韓世忠（宋）
	〈揚州雜詠・李制置〉	李庭芝（宋）
	〈圖山爲張世傑戰敗駐兵處〉	張世傑（宋）
	〈阜城咏古〉	張邦昌、劉豫（宋）
	〈田州〉	土司岑氏（宋）
	〈白溝河爲遼宋分界處〉	澶淵之盟（宋）
	〈過文信國祠同舫葊作末章兼弔李文水〉（4首）	文天祥（宋）
	〈西湖詠古〉六首之三	宋高宗（宋）
	〈西湖詠古〉六首之四	宋高宗（宋）
	〈西湖詠古〉六首之五	趙汝愚（宋）
	〈西湖詠古〉六首之六	賈似道（宋）
	〈岳忠武墓〉	岳飛（宋）
	〈崑崙關詠古〉	狄青（宋）
	〈元祐黨碑在桂林者今尚存沈魯堂太守揚一本見示援筆作歌〉	元祐黨爭（宋）

〈崖山〉	崖山之戰（宋）
〈慈元殿〉	楊太后（宋）
〈永福陵〉	宋端宗（宋）
〈大忠祠〉	文天祥、陸秀夫、張世傑（宋）
〈伶仃洋弔古〉（2首）	文天祥、江萬里、陳宜中（宋）
〈天平山謁范文正公祠〉（2首）	范仲淹（宋）
〈韓蘄王墓〉	韓世忠（宋）
〈偶得九首〉之七（放翁）	陸游、劉克莊（宋）
〈讀陸放翁詩題後〉	陸游（宋）
〈高郵吊毛惜惜〉	毛惜惜（宋）
〈大儀鎮〉	韓世忠（宋）
〈金山詠韓忠武事〉	韓世忠（宋）
〈詠史〉六首之五（荊公）	王安石（宋）
〈詠史〉六首之六（刊碑）	元祐黨爭（宋）
〈漁梁驛韓蘄王擒劉正彥處也〉	韓世忠（宋）
〈建陽市謝疊山賣卜處〉	謝枋得（宋）
〈漳州木棉菴懷古〉	鄭虎臣、賈似道（宋）
〈詠古〉四首之四（閒翻）	曲端（宋）
〈偶閱查初白集中有汴梁雜詩八首但稱梁宋遺墟殊未詳考按汴州自朱梁以宣武軍得天下始建為東都然溫曆位猶在洛也末帝方即汴為京後唐仍遷於洛石晉至汴以其地便漕運乃定都焉漢周宋因之劉豫受封亦嘗遷於此金海陵謀南伐宣宗避北侵又皆來都此汴京沿革故事也爰補其缺而以明之周藩附焉〉八首之五	宋太祖（宋）
〈偶閱查初白集中有汴梁雜詩八首但稱梁宋遺墟殊未詳考按汴州自朱梁以宣武軍得天下始建為東都然溫曆位猶在洛也末帝方即汴為京後唐仍遷於洛石晉至汴以其地便漕運乃定都焉漢周宋因之劉豫受封亦嘗遷於此金海陵謀南伐宣宗避北侵又皆來都此汴京沿革故事也爰補其缺而以明之周藩附焉〉八首之六	劉豫（宋）

	〈李忠定公墓在福州懷安桐口大安山〉	李綱（宋）
	〈齋居無事偶有所得輒韻之共十七首〉之十三	蘇軾、朱熹（宋）
	〈大柳驛相傳爲趙韓王授徒處〉	趙普（宋）
	〈白鹿洞書院〉	白鹿洞書院（宋）
	〈岳母墓〉	岳母（宋）
	〈岳祠銅爵四首〉（4 首）	岳飛（宋）
	〈焦山江上爲張世傑與元阿珠董文炳血戰處事見宋元二史從未有詠之者舟行過此補弔以詩〉	張世傑（宋）
	〈讀東坡詩〉	蘇軾（宋）
	〈書劍南集海棠詩後〉（2 首）	陸游（宋）
	〈書放翁詩後〉	陸游（宋）
	〈題文信國致永豐尉吳名揚三扎〉	文天祥、吳名揚（宋）
遼	〈土城懷古〉之一、二	蕭太后（遼）
	〈閒詠史事六首〉之三	張孝傑（遼）
金	〈龜山〉	完顏亮（金）
	〈偶閱查初白集中有汴梁雜詩八首但稱梁宋遺墟殊未詳考按汴州自朱梁以宣武軍得天下始建爲東都然溫僭位猶在洛也末帝方即汴爲京後唐仍遷於洛石晉至汴以其地便漕運乃定都焉漢周宋因之劉豫受封亦嘗遷於此金海陵謀南伐宣宗避北侵又皆來都此汴京沿革故事也爰補其缺而以明之周藩附焉〉八首之七	金宣宗、金哀宗（金）
	〈題元遺山集〉	元好問（金）
元	〈萬柳堂詠古〉	廉希憲（元）
	〈訪眞州館故址〉	郝經（元）
	〈皖口謁余忠宣公墓〉	余闕（元）
	〈滁陽王廟〉	郭子興（元）
	〈秦望山〉	張士誠（元）
	〈題黃道婆祠〉	黃道婆（元）

明	〈古詩二十首〉之九（武侯）	于謙（明）
	〈題闇典史祠〉	閻應元（明）
	〈題明太祖陵〉（4首）	明太祖（明）
	〈揚州雜詠・梅花嶺〉	史可法（明）
	〈土城懷古〉之三、四	土木之變（明）
	〈題柳如是小像〉	柳如是（明）
	〈五人墓〉	顏佩韋、馬杰、楊念如、沈揚、周文元（明）
	〈樟樹鎮爲王文成誓師地〉	王守仁（明）
	〈袁州城外石橋最雄麗相傳爲嚴世藩所作〉（2首）	嚴世藩（明）
	〈風洞山爲瞿式耜、張同敞殉節地〉	瞿式耜、張同敞（明）
	〈歸德峽讀王文成平田州摩崖頌〉	王守仁（明）
	〈永昌弔徐武功楊升庵〉	徐有貞、楊慎（明）
	〈題楊畏知祠〉	楊畏知（明）
	〈下關〉	藍玉、沐英（明）
	〈宿南寧敷文書院王文成平田州時駐師講學處也瞻拜遺像敬志二律〉（2首）	王守仁（明）
	〈南籠〉	孫可望（明）
	〈馬場〉	吳貞毓（明）
	〈白雲山羅永菴相傳爲明惠帝遯跡之所〉	明惠帝（明）
	〈張三丰禮斗亭〉	張三丰（明）
	〈黃石磯〉	宋以方（明）
	〈金川門懷古〉（2首）	金川門之役（明）
	〈題吳梅村集〉（2首）	吳偉業（明）
	〈史閣部祠〉	史可法（明）
	〈土橋〉	高杰、黃得功（明）
	〈萬安橋畔有夏將軍廟即傳奇所稱入海投文之醉隸夏得海也事見明史蔡錫傳中戲書其事於壁〉	夏得海（明）
	〈閒詠史事六首〉之四	張居正（明）

〈偶閱查初白集中有汴梁雜詩八首但稱梁宋遺墟殊未詳考按汴州自朱梁以宣武軍得天下始建爲東都然溫僭位猶在洛也末帝方即汴爲京後唐仍遷於洛石晉至汴以其地便漕運乃定都焉漢周宋因之劉豫受封亦嘗遷於此金海陵謀南伐宣宗避北侵又皆來都此汴京沿革故事也爰補其缺而以明之周藩附焉〉八首之八	周藩定王（明）
〈過青田訪劉誠意故居土人云在南田山頂去地千百丈其上平疇千頃村落相望皆公子孫也質之縣令趙君亦云惜匆匆不及往遊賦此以志〉	劉基（明）
〈題褒忠錄〉	郝景春（明）
〈王文成公紀功碑〉	王守仁（明）
〈金川門〉	靖難之役（明）
〈秦良玉錦袍歌〉	秦良玉（明）
〈沙山弔閻典史故居〉	閻應元（明）
〈題忠節金正希先生遺像爲其族孫素中太守作〉	金聲（明）
〈題鶴歸來戲本〉（3 首）	瞿式耜、張同敞（明）
〈題葉保堂秀才補刻徐霞客遊記〉	徐宏祖（明）
〈葉保堂明經多購抄本異書內有馮夢龍甲申紀聞陳濟生再生紀略王世德崇禎遺錄程源孤臣紀哭等書皆明末說部中所記時事可與明史互相參訂者也楊舍寓齋無事借以遣日偶有感觸輒韻之〉之一	東林黨（明）
〈葉保堂明經多購抄本異書內有馮夢龍甲申紀聞陳濟生再生紀略王世德崇禎遺錄程源孤臣紀哭等書皆明末說部中所記時事可與明史互相參訂者也楊舍寓齋無事借以遣日偶有感觸輒韻之〉之二	史可法（明）
〈閱綏寇紀略感事〉	明末農民戰爭（明）
〈閱綏寇紀略書蜀亂遺事〉（2 首）	張獻忠（明）
〈題忠順三娘子圖〉	忠順夫人（明）
〈過前明故宮基〉	明太祖（明）
〈大功坊〉	徐達（明）
〈閱明史有感於萬安罷相道上看三台星事〉	萬安（明）
〈牛塘橋懷古〉	徐達（明）

清	〈廈門水師提督署昔靖海侯施襄壯公（琅）駐師地也公平金廈兩島及臺灣後鎮此凡十餘年署後有涵園公所手闢余來登覽慨然想見其為人因賦二詩〉（2首）	施琅（清）
泛詠	〈古詩二十首〉之十八（古來）	讀史雜感（左丘明、司馬遷、班固、蔡邕、陳壽、范曄、魏收、崔浩）
	〈古詩二十首〉之十九（文人）	讀史雜感（諸葛亮、王守仁、陸機、殷浩、房琯、張浚）
	〈修史漫興〉	修史有感
	〈西湖詠古〉六首之一	西湖雜詠
	〈鄱陽湖懷古〉	鄱陽湖雜詠
	〈滕王閣〉（2首）	滕王閣雜詠
	〈詠史〉（2首）	讀史雜詠
	〈金陵〉（3首）	金陵雜詠
	〈偶得九首〉之八（項羽）	讀史雜詠（項羽、明太祖）
	〈偶得九首〉之九（士生）	讀史雜詠（單雄信、張定邊、耿弇、趙雲）
	〈雜題〉九首之三、四、五、六、九（5首）	讀史雜詠
	〈書所見〉（2首）	儒佛之爭
	〈閱史戲作〉（2首）	讀史戲詠
	〈論詩〉（不老）	讀史詠懷
	〈詠史〉（食椒）	讀史有感
	〈讀史〉（一剎）	讀史有感
	〈蕃釐觀懷古〉（2首）	蕃釐觀雜詠
	〈登鎮海樓〉	詠鎮海樓
	〈棕三舍人歌〉	詠棕纜
	〈牛渚磯〉	詠牛渚磯
	〈仙掌路〉	詠仙掌路
	〈論詩〉四首之二、三（2首）	唐宋詩之爭
	〈詠史〉六首之三（古制）	讀史雜詠
	〈詠史〉六首之四（高人）	讀史雜詠

〈延津〉	詠延津
〈宗陽宮〉	詠宗陽宮
〈金陵過前明故宮城〉	詠金陵
〈荄洲以陝中遊草見示和其五首〉之〈灞橋〉	灞橋雜詠
〈閒詠史事六首〉之二	讀史閒詠
〈感事〉	讀史有感
〈偶題〉	讀史有感（西施、王嬙、楊玉環、趙飛燕）
〈讀宰輔編年錄〉	讀史有感（何偃、阮韜、江充、李訓）
〈閱明史有感於流賊事〉（3首）	讀史有感
〈讀史〉	讀史有感
〈再題廿二史箚記〉	讀史有感
〈讀史〉（4首）	讀史有感
〈批閱唐宋詩有感賦〉	讀唐宋詩有感
〈讀史〉（一編）	讀史有感（諸葛亮、樊噲）
〈讀史〉（漢王）	讀史有感（劉邦、烏林答氏）
〈高郵詠古〉	高郵雜詠
〈論詩〉	唐宋詩之爭
〈讀史〉（姓名）	讀史有感
〈無聊〉	讀史有感
〈東籬〉	比附前賢（陶潛、陸游）
〈六言〉	讀史有感（邊韶、蘇軾）
〈詠史〉	讀史有感（高從誨、息夫人）
〈論詩〉	讀詩有感

主要參考文獻

一、專　書

（一）

1. 徐世昌：《清詩匯》（全八冊），台北·世界書局，1982 年 10 月。
2. 袁枚撰：《小倉山房詩集》（全三冊），台北·廣文書局，1993 年 7 月。
3. 蔣士銓著、邵海清校、李夢生箋：《忠雅堂集校箋》（全四冊），上海·上海古籍出版社，1993 年。
4. 趙翼著、李學穎、曹光甫校點：《甌北集》（全二冊），上海·上海古籍出版社，1997 年 4 月。
5. 趙翼著：《甌北詩鈔》，上海·商務出版社，1936 年。

（二）

1. 丁福保輯：《歷代詩話續編》，台北·木鐸出版社，1988 年 7 月。
2. 方回：《瀛奎律髓》，台北·佩文書社，1960 年 8 月。
3. 何文煥編訂：《歷代詩話》，台北·藝文印書館，1974 年 4 月。
4. 沈德潛撰：《說詩晬語》，台北·台灣中華書局，1987 年 8 月。
5. 胡應麟：《詩藪》，上海·上海古籍出版社，1979 年 11 月。
6. 袁枚著：《隨園詩話》，台北·廣文書局，1971 年 6 月。
7. 趙翼撰：《甌北詩話》，台北·木鐸出版社，1982 年 4 月。
8. 劉克莊：《後村詩話》，北京·中華書局，1983 年 12 月。

9. 郭紹虞編選、富壽蓀校點：《清詩話續編》，上海・上海古籍出版社，
   1999 年 6 月。

10. 錢仲聯主編：《清詩紀事》，南京・鳳凰出版社，2004 年 4 月。

（三）

1. 司馬遷：《史記》，北京・中華書局，1997 年 11 月。

2. 班固：《漢書》，北京・中華書局，1997 年 11 月。

3. 范曄：《後漢書》，北京・中華書局，1997 年 11 月。

4. 陳壽：《三國志》，北京・中華書局，1997 年 11 月。

5. 房玄齡：《晉書》，北京・中華書局，1997 年 11 月。

6. 沈約：《宋書》，北京・中華書局，1997 年 11 月。

7. 蕭子顯：《南齊書》，北京・中華書局，1997 年 11 月。

8. 姚思廉：《梁書》，北京・中華書局，1997 年 11 月。

9. 姚思廉：《陳書》，北京・中華書局，1997 年 11 月。

10. 魏收：《魏書》，北京・中華書局，1997 年 11 月。

11. 李百藥：《北齊書》，北京・中華書局，1997 年 11 月。

12. 令狐德棻：《周書》，北京・中華書局，1997 年 11 月。

13. 魏徵：《隋書》，北京・中華書局，1997 年 11 月。

14. 李延壽：《南史》，北京・中華書局，1997 年 11 月。

15. 李延壽：《北史》，北京・中華書局，1997 年 11 月。

16. 劉昫：《舊唐書》，北京・中華書局，1997 年 11 月。

17. 歐陽脩、宋祁：《新唐書》，北京・中華書局，1997 年 11 月。

18. 薛居正：《舊五代史》，北京・中華書局，1997 年 11 月。

19. 歐陽脩：《新五代史》，北京・中華書局，1997 年 11 月。

20. 脫脫：《宋史》，北京・中華書局，1997 年 11 月。

21. 脫脫：《遼史》，北京・中華書局，1997 年 11 月。

22. 脫脫：《金史》，北京・中華書局，1997 年 11 月。

23. 宋濂：《元史》，北京・中華書局，1997 年 11 月。

24. 張廷玉：《明史》，北京・中華書局，1997 年 11 月。

25. 趙爾巽等撰：《清史稿》，上海・上海古籍出版社，1986 年。

26. 趙翼著、王樹民校證：《廿二史劄記校證》，北京・中華書局，2001
    年 11 月。

（四）

1. 仇小屏著：《古典詩詞時空設計美學》，台北・文津出版社，2002 年 11 月。

2. 仇小屏著：《篇章意象論——以古典詩詞爲考察範圍》，台北・萬卷樓圖書事業公司，2006 年 10 月。

3. 王國維：《宋元戲曲史》，台北・台灣商務印書館，1994 年 12 月。

4. 王英志著：《袁枚評傳》，南京・南京大學出版社，2002 年。

5. 王英志主編：《袁枚全集》（全八冊），南京・江蘇古籍出版社，1993 年 9 月。

6. 王建生著：《趙甌北研究》，台北・台灣學生書局，1988 年 7 月。

7. 王建生著：《蔣心餘研究》，台北・台灣學生書局，1996 年 10 月。

8. 王建生著：《袁枚的文學批評》，桃園・聖環圖書事業公司，2001 年 12 月。

9. 司仲敖著：《隨園及其性靈詩說之研究》，台北・文史哲出版社，1988 年 1 月。

10. 永瑢等撰：《四庫全書總目》，北京・中華書局，1995 年 4 月。

11. 弘法大師原撰、王利器校注：《文鏡秘府論校注》，台北・貫雅文化事業公司，1991 年 12 月。

12. 石玲：《袁枚詩論》，濟南・齊魯書社，2003 年 6 月。

13. 朱自清撰：《朱自清說詩》，上海・上海古籍出版社，1996 年 11 月。

14. 朱自清：《詩言志辨》，上海・華東師範大學出版社，1996 年 11 月。

15. 朱光潛著：《朱光潛全集》，合肥・安徽教育・出版社，1987 年 8 月。

16. 李元洛著：《詩美學》，台北・東大圖書公司，1990 年 2 月。

17. 李曰剛著：《中國詩歌流變史》，台北・文津出版社，1987 年 2 月。

18. 李澤厚、汝信主編：《美學百科全書》，北京・社會科學文獻出版社，1990 年 12 月。

19. 李壯鷹著：《中國詩學六論》，濟南・齊魯書社，1989 年 6 月。

20. 李浩著：《唐詩的美學詮釋》，台北・文津出版社，2000 年 5 月。

21. 李澤厚著：《美學論集》，台北・三民書局，1996 年 9 月。

22. 李翰：《漢魏盛唐詠史詩研究》，桂林・廣西師範大學出版社，2006 年 6 月。

23. 周舸岷選注：《袁枚詩選》，杭州・浙江古籍出版社，1989 年 10 月。

24. 吳兆路著：《中國性靈文學思想研究》，台北・文津出版社，1994 年

1 月。

25. 吳長庚選注:《蔣士銓詩選》,鄭州・中州古籍出版社,1990 年 12 月。

26. 杜松柏著:《袁枚》,台北・國家出版社,1982 年 5 月。

27. 杜維運著:《趙翼傳》,台北・時報出版,1983 年 4 月。

28. 季明華撰:《南宋詠史詩研究》,台北・文津出版社,1997 年 11 月。

29. 宗白華著:《宗白華全集》,合肥・安徽教育出版社,1994 年 12 月。

30. 岳希仁:《古代詠史詩精選點評》,桂林・廣西師範大學出版社,1996 年 10 月。

31. 沈德潛選輯:《古詩源》,台北・台灣商務印書館,1988 年 11 月。

32. 姚鉉:《唐文粹》,上海・上海古籍出版社,1994 年。

33. 胡憶蕭選注:《趙翼詩選》,鄭州・中州古籍出版社,1985 年 2 月。

34. 袁行霈著:《中國詩歌藝術研究》,北京・北京大學出版社,1997 年 5 月。

35. 張健著:《詩話與詩評》,台北・文津出版社,2006 年 6 月。

36. 敏澤著:《中國美學思想史》(第三卷),濟南・齊魯書社,1989 年 8 月。

37. 童慶炳著:《中國古代心理詩學與美學》,北京・中華書局,1997 年 10 月。

38. 邱師燮友著:《中國歷代故事詩》,台北・三民書局,1969 年 4 月。

39. 邱師燮友著:《品詩吟詩》,台北・東大圖書公司,1989 年 6 月。

40. 邱師燮友著:《美讀與朗誦》,台北・幼獅文化事業公司,1991 年 8 月。

41. 邱師燮友著:《童山詩論卷》,台北・萬卷樓圖書事業公司,2003 年 4 月。

42. 黃保真、成復旺、蔡鍾翔著:《中國文學理論史》(明清鴉片戰爭前時期),台北・洪葉文化事業公司,1994 年 6 月。

43. 黃永武著:《中國詩學》(思想篇),台北・巨流圖書公司,1999 年 9 月。

44. 黃永武著:《中國詩學》(設計篇),台北・巨流圖書公司,1999 年 9 月。

45. 黃永武著:《中國詩學》(鑑賞篇),台北・巨流圖書公司,1999 年 9 月。

46. 黃永武著:《中國詩學》(考據篇),台北・巨流圖書公司,1999 年 9。

47. 黃瑞雲選注:《詩苑英華》(元明詩卷),武漢・湖北教育出版社,2002年1月。

48. 黃瑞雲選注:《詩苑英華》(清詩卷),武漢・湖北教育出版社,2002年1月。

49. 黑格爾著、朱孟實譯:《美學》(四),台北・里仁書局,1981年5月。

50. 楊鴻烈著:《袁枚評傳》,台北・牧童出版社,1976年3月。

51. 華夫主編:《趙翼詩編年全集》(全四冊),天津・天津古籍出版社,1996年11月。

52. 趙逵夫主編:《詩賦論集》,蘭州・甘肅人民出版社,1995年2月。

53. 趙望秦著:《唐代詠史組詩考論》,西安・三秦出版社,2003年。

54. 趙興勤著:《趙翼評傳》,南京・南京大學出版社,2002年5月。

55. 逯欽立輯校:《先秦漢魏晉南北朝詩》,台北・學海出版社,1991年2月。

56. 劉大杰著:《中國文學發展史》,台北・華正書局,1994年7月。

57. 劉若愚著、杜國清譯:《中國詩學》,台北・幼獅文化事業公司,1979年2月。

58. 葛芝青:《中國詩詞史》,新加坡・文心出版社,1959年1月。

59. 葉慶炳著:《中國文學史》(全二冊),台北・台灣學生書局,1992年9月。

60. 降大任、張仁健注析:《詠史詩注析》,太原・山西教育出版社,1985年。

61. 郭丹著:《古代文學精華》,台北・東大圖書公司,1994年5月。

62. 劉世南著:《清詩流派史》,台北・文津出版社,1995年11月。

63. 劉潔著:《唐詩題材類論》,北京・民族出版社,2005年11月。

64. 劉誠著:《中國詩學史》(清代卷),廈門・鷺江出版社,2002年9月。

65. 陳植鍔著:《詩歌意象論》,北京・中國社會科學出版社,1992年11月。

66. 陳慶輝著:《中國詩學》,台北・文史哲出版社,1994年12月。

67. 陳滿銘著:《章法學新裁》,台北・萬卷樓圖書事業公司,2001年1月。

68. 陳滿銘著:《章法學綜論》,台北・萬卷樓圖書事業公司,2003年6月。

69. 陳延傑:《詩品注》,台北・台灣開明書店,1981年10月。

70. 霍有明著：《清代詩歌發展史》，台北・文津出版社，1994 年 11 月。

71. 蔡英俊著：《興亡千古事》，台北・新自然主義有限公司，2000 年 5 月。

72. 蕭統《文選》（下），台北・五南圖書事業公司，1991 年 10 月。

73. 簡有儀著：《袁枚研究》，台北・文史哲出版社，1988 年 4 月。

74. 簡有儀著：《蔣士銓及其詩文研究》，台北・洪葉文化事業公司，2002 年 4 月。

75. 嚴迪昌著：《清詩史》，杭州・浙江古籍出版社，2002 年 12 月。

76. 顧遠薌著：《隨園詩說的研究》，北京・中國書店，1988 年 3 月。

77. 龔鵬程著：《詩史本色與妙悟》，台北・台灣學生書局，1993 年 2 月。

二、學位論文

1. 王怡云：《安居隨園──袁枚詩中所映現的生命向度》，台南・國立成功大學中國文學研究所碩士論文，2009 年 7 月。

2. 王殿明：《趙翼詩歌研究》，蘭州・西北師範大學碩士學位論文，2005 年 5 月。

3. 王紘久：《袁枚詩論研究》，台北・國立政治大學中國文學研究所碩士論文，1972 年 5 月。

4. 王頌梅：《明清性靈詩說研究》，台北・東吳大學中國文學研究所博士論文，1991 年 6 月。

5. 朴承圭：《性靈詩論研究》，台北・國立台灣師範大學國文研究所博士論文，1999 年 6 月。

6. 向懿柔：《唐代詠史絕句研究》，新竹・國立清華大學中國文學研究所碩士論文，2002 年。

7. 江珮慧：《王荊公詠史詩研究》，彰化・國立彰化師範大學國文學系碩士論文，2005 年。

8. 吳方蓁：《趙翼詩觀研究》，高雄・國立中山大學中國文學系研究所碩士論文，2009 年 7 月。

9. 吳佼融：《袁枚的思想探源》，高雄・國立高雄師範大學國文研究所碩士論文，2006 年 7 月。

10. 李宜涯：《晚唐詠史詩研究》，台北・中國文化大學中國文學研究所博士論文，2001 年 6 月。

11. 李志桓：《袁枚性靈詩說詮釋》，嘉義・國立中正大學中國文學所碩士論文，2007 年 6 月。

12. 李然：《乾隆三大家詩學比較》，上海・華東師範大學古籍研究所博士學位論文，2005 年 5 月。

13. 李秋霞：《袁枚與唐宋詩關係研究》，南昌・江西師範大學碩士研究生學位論文，2009 年 4 月。

14. 李豔梅：《趙翼詩歌分類研究——詠史懷古詩研究》，西安・陝西師範大學碩士學位論文，2007 年 4 月。

15. 沈玲：《袁枚詩學思想述論》，揚州・揚州大學中國古代文學所博士論文，2005 年 5 月。

16. 周佩芳：《袁枚詩論美學研究》，台北・國立台灣師範大學國文研究所碩士論文，1998 年 6 月。

17. 周宜梅：《杜牧詠史詩研究》，台北・國立台灣師範大學國文系在職進修碩士論文，2005 年。

18. 李明華：《南宋詠史詩研究》，台南・國立成功大學歷史語言研究所碩士論文，1993 年。

19. 封萬超：《春墨與性靈——袁枚的人生與詩學》，濟南・山東大學中國古代文學所碩士論文，2004 年 8 月。

20. 徐國華：《蔣士銓研究》，上海・華東師範大學中文研究所博士學位論文，2005 年 7 月。

21. 徐亞萍：《唐代詠史詩與中國傳統士文化關係之研究》，高雄・國立高雄師範大學國文研究所博士論文，1999 年。

22. 張家豪：《李商隱詠史詩解讀研究》，台中・東海大學中國文學系碩士論文，2007 年。

23. 張紹華：《詩人之詩：性靈主題與袁枚詩歌的審美特徵》，蕪湖・安徽師範大學美學所碩士學位論文，2007 年 5 月。

24. 張簡坤明：《袁枚與性靈詩論研究》，台北・中國文化大學中國文學研究所博士論文，1985 年 7 月。

25. 彭娟：《蔣士銓詩歌新論》，大連・遼寧師範大學碩士學位論文，2010 年 5 月。

26. 黃俊傑：《明清之際詠史詩研究》，彰化・國立彰化師範大學國文學系碩士論文，2002 年。

27. 黃建功：《袁枚的學術思想》，新竹・清華大學歷史研究所碩士論文，2008 年 8 月。

28. 黃雅歆：《魏晉詠史詩研究》，台北・國立台灣大學中國文學研究所碩士論文，1990 年。

29. 廖振富：《唐代詠史詩之發展與特質》，台北・國立台灣師範大學國

文研究所碩士論文，1989 年。

30. 郭佳燕：《袁枚詩論之實踐研究》，台北・國立台灣師範大學國文系教學碩士班碩士論文，2011 年 6 月。

31. 劉桂芳：《羅隱詠史詩時空審美研究》，屏東・國立屏東師範學院語文教育學系碩士論文，2005 年。

32. 潘志宏：《晚唐三家詠史詩研究》，新竹・國立清華大學中國文學研究所碩士論文，1993 年。

33. 陳吉山：《北宋詠史詩探論》，台南・國立成功大學歷史語言研究所碩士論文，1993 年。

34. 賴玉樹：《晚唐五代詠史詩之美學意識》，台北・中國文化大學中國文學研究所博士論文，2004 年 6 月。

35. 鄒華秀：《袁枚性靈說之美學研究》，長沙・湖南師範大學文藝學所碩士論文，2006 年 4 月。

36. 韓惠京：《李商隱詠史詩探微》，台北・中國文化大學中國文學研究所碩士論文，1987 年。

37. 蘇宗毅：《袁枚中歲以降居遊與行遊之書寫研究》，嘉義・國立中正大學中國文學系碩士論文，2009 年 6 月。

三、期刊論文

1. 丁俊玲：〈任情適性：論性靈說的生命意緒〉，《西南師範大學學報》（人文社會科學版），2005 年 7 月，第 31 卷第 4 期。

2. 丁恩全、朱留霞：〈趙翼論韓愈〉，周口《周口師範學院學報》，2005 年 1 月，第 22 卷第 1 期。

3. 方瑜：〈李商隱的詠史詩〉，台北《中外文學》，1977 年，第 5 卷第 10～12 期。

4. 王定璋：〈論中晚唐詠史詩的憂患意識與落寞心態〉，廣州《江海學刊》，1990 年，第 6 期。

5. 王文捷：〈袁枚山水旅遊詩歌與山水審美探析〉，《廣西民族大學學報（哲學社會科學版）》，2007 年 5 月，第 29 卷第 3 期。

6. 王忠祿：〈論袁枚詩歌的民主意識〉，《甘肅教育學院學報（社會科學版）》，2003 年，第 3 期。

7. 王樹民：〈趙翼的詩和史學〉，秦皇島《燕山大學學報》（哲學社會科學版），2000 年 11 月，第 1 卷第 4 期。

8. 王紅：〈試論晚唐詠史詩的悲劇審美特徵〉，西安《陝西師大學報》（哲學社會科學版），1989 年，第 3 期。

9. 王寶玲:〈簡談杜牧的詠史詩〉,安陽《殷都學刊》,1993 年,第 1 期。

10. 王建生:〈袁枚趙翼蔣士銓三家同題詩比較研究〉,台中《東海中文學報》,2007 年 7 月,第 19 期。

11. 王英志:〈袁枚的諷諭詩〉,《齊魯學刊》,1987 年,第 2 期。

12. 石玲:〈承遞與開啓:袁枚詩歌的過渡意義〉,濟南《山東師範大學學報》(人文社會科學版),2002 年,第 47 卷第 5 期(總第 184 期)。

13. 任海天:〈傷悼與反思:晚唐詠史詩的焦點指向〉,哈爾濱《北方論叢》,1998 年,第 3 期。

14. 向以鮮:〈漫談中國的詠史詩〉,西安《人文雜誌》,1985 年,第 4 期。

15. 余淑瑛:〈袁枚其人及其性靈說〉,嘉義《嘉義技術學院學報》,1998 年 6 月,第 58 卷。

16. 呂會玲:〈趙翼研究綜述〉,《現代語文(文學研究版)》,2009 年,第 4 期。

17. 李劍波:〈袁枚詩略論〉,《中國韻文學刊》,1999 年 6 月,第 1 期。

18. 李鵬:〈史學趙翼與文學趙翼:學者身分和詩人身分互動的個案研究〉,南昌《江西師範大學學報》(哲學社會科學版),2005 年 7 月,第 38 卷第 4 期。

19. 李鵬:〈趙翼的詠史詩〉,《古典文學知識》,2008 年,第 3 期。

20. 周玉紅:〈雄麗奇恣獨抒性靈——清代詩人趙翼詩風淺析〉,《作家雜誌》(古典文學新探),2011 年,第 1 期。

21. 汪龍麟:〈清代袁枚研究發微〉,阜陽《阜陽師範學院學報》(社會科學版),2004 年,第 1 期(總第 97 期)。

22. 汪龍麟:〈二十世紀後二十年袁枚研究述評〉,《蘇州大學學報》(哲學社會科學版),2005 年 1 月,第 1 期。

23. 胡光波:〈徘徊于情理之間——論蔣士銓詩學觀〉,《語文學刊》(高教版),2006 年,第 11 期。

24. 侯迺慧:〈唐代懷古詩研究〉,台北《中國古典文學研究》,2000 年 6 月,第 3 期。

25. 韋春喜:〈漢魏六朝詠史詩探論〉,湘潭《中國韻文學刊》,2004 年,第 2 期。

26. 孫敏明:〈袁枚「性靈說」再認識〉,寧波《浙江萬里學院學報》,2008 年 1 月,第 21 卷第 1 期。

27. 孫琦英:〈趙翼詠史詩的經世情懷〉,《語文知識》,2008 年,第 2 期。

28. 孫立:〈論詠史詩的寄託〉,廣州《中山大學學報》(社會科學版),

1997 年，第 1 期。

29. 洪順隆：〈六朝異類戀愛小說芻論〉，台北《中國文化大學中文學報》，
   1993 年 2 月，創刊號。

30. 夏長樸師〈丹青難寫是精神──讀王安石的詠史詩〉，台北《國立編
   譯館館刊》，1995 年 12 月，第 24 卷第 2 期。

31. 張嚴：〈論左太沖詠史詩及人格〉，台北《文學雜誌》，1958 年，第 5
   卷第 1 期。

32. 張政烺：〈講史與詠史詩〉，中央研究院《歷史語言研究所集刊》，1948
   年 4 月，第 10 本。

33. 張濤：〈創新：詩歌創作的價值體現──對趙翼詩歌理論的另一種詮
   釋〉，荊州《荊州師範學院學報》（社會科學版），2003 年，第 4 期。

34. 張濤：〈史與詩的合璧：作爲史家身分的趙翼詩歌創新〉，《河北學
   刊》，2003 年 5 月，第 23 卷第 3 期。

35. 張濤：〈憂患・尚情・本眞──對趙翼詩歌人文精神的初步梳理〉，《河
   北師範大學學報》（哲學社會科學版），2004 年 7 月，第 27 卷第 4 期。

36. 張紹華、張友君：〈懷佳人兮不能忘：由袁枚吟詠女性詩作看其性靈
   思想的性別指向〉，湘潭《中國韻文學刊》，2008 年 6 月，第 22 卷第
   2 期。

37. 邱師燮友：〈詩歌意象的表現〉，台北《幼獅文藝》，1978 年 6 月，第
   47 卷第 6 期。

38. 邱師燮友：〈袁枚〈落花〉詩探微〉，收入《第六屆中國詩學會議論
   文集》，台北・萬卷樓圖書事業公司，2002 年 12 月，頁 69～92。

39. 黃盛雄：〈李義山的詠史詩〉，台北《古典文學》，1987 年，第 9 集。

40. 黃筠：〈中國詠史詩的發展與評價〉，北京《中國文化研究》，1994 年。

41. 黃海雲：〈趙翼鎮安府詩文研究〉，蘇州《蘇州大學學報》（哲學社會
   科學版），2005 年 7 月，第 4 期。

42. 黃紅日：〈學古與著我──試論袁枚詩論關於繼承與革新的辯證
   觀〉，麗水《麗水學院學報》，2006 年 8 月，第 28 卷第 4 期。

43. 趙秀娟：〈袁枚詩論及其評價〉，貴陽《貴州工業大學學報》（社會科
   學版），2002 年 3 月，第 4 卷第 1 期。

44. 趙敏俐：〈論班固的〈詠史詩〉與文人五言詩的發展成熟問題──兼
   評當代五言詩研究中流行的一種錯誤觀點〉，哈爾濱《北方論叢》，
   1994 年，第 1 期。

45. 趙興勤：〈清峭奇崛跌宕多致──趙翼詩風初探〉，《古典文學知識》，
   2007 年，第 6 期。

46. 廖振富：〈論顧亭林的詠史詩〉，台北《中華文化復興月刊》，1988 年 1 月，第 21 卷第 1 期。

47. 廖蔚卿：〈論中國古典文學中的兩大主題——從〈登樓賦〉與〈蕪城賦〉探討「遠望當歸」與「登臨懷古」〉，台北《幼獅學誌》，1983 年 5 月，第 17 卷第 3 期。

48. 齊益壽：〈談六朝詠史詩的類型〉，台北《中華文化復興月刊》，1977 年 4 月，第 10 卷第 4 期。

49. 劉小成：〈論蔣士銓的詩學理論〉，泰安《泰山學院學報》，2004 年 9 月，第 26 卷第 5 期。

50. 劉學鍇：〈李商隱詠史詩的主要特徵及其對古代詠史詩的發展〉，北京《文學遺產》，1993 年，第 1 期。

51. 葉繼奮：〈杜牧詠史詩的審美特徵〉，《寧波高等專科學校學報》，2000 年 3 月，第 12 卷第 1 期。

52. 賴玉樹：〈梅花人拜土俱香——試論乾隆三大家詠史詩中的史可法〉，桃園《萬能科技大學學報》，2008 年 7 月，第 30 期。

53. 陳文華：〈論中晚唐詠史詩的三大體式〉，北京《文學遺產》，1989 年，第 5 期。

54. 陳國雄：〈情感的內涵轉換與審美提升——袁枚性情理論研究〉，《社會科學家》，2008 年 12 月，第 12 期（總第 140 期）。

55. 鮑衍海：〈乾隆三大家詠王安石詩歌比較〉，瀋陽《瀋陽大學學報》，2008 年 12 月，第 20 卷第 6 期。

56. 蔣方：〈論左思《詠史》詩的變體——兼論古代詠史詩的文化內涵〉，湘潭《中國韻文學刊》，1994 年，第 1 期。

57. 蔣長棟：〈晚唐社會與晚唐詠史詩的主題〉，湘潭《中國韻文學刊》，1998 年，第 1 期。

58. 蔡英俊：〈意象〉，台北《國文天地》，1986 年 11 月，第 6 期。

59. 蕭馳：〈中國古典詠史詩的美學結構〉，上海《學術月刊》，1983 年，第 12 期。

60. 羅家坤：〈王安石的詠史懷古詩〉，太原《晉陽學刊》，2005 年，第 4 期。

四、外　文

1. （美）Paul Merchant 著、蔡進松譯：《論史詩（The Epic）》，台北・黎明文化，1978 年 2 月。

2. （美）宇文所安著、賈晉華譯：《初唐詩（The Poetry of the Early T'

ang)》，北京・三聯書店，2005 年 4 月。

3. （日）淺見洋二〈關於李商隱的詠史詩〉，《文化》，1987 年，第 50
   卷 3、4 號。

4. （英）雪萊著、伍蠡甫譯：《詩辯》，《西方文論選》（下），上海・上
   海譯文出版社，1979 年 11 月。